湯顯祖集全編

二

[明]湯顯祖 著

徐朔方 箋校

上海古籍出版社

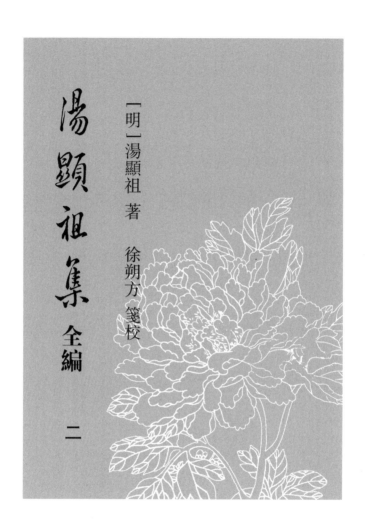

湯顯祖集全編詩文卷一〇　玉茗堂詩之五

詩一百五十八首　一五八四—一五九一，三十五歲—四十二歲。在南京任官時作，年月不詳。

飛霞閣夜宿，送泠道人遊嵩山

天宫吐青霞，陽華朝隱屏。似有采真人，泠泠向虚境。五色費春耘，清虚意言領。開書疑杳冥，扶顔真秀穎。赤熱金陵氣，叠暑江河永。清汗晝流離，當風扇猶秉。人生正危淺，驕陽復兹逞。稍稍映虚真，習習襟期冷。居然朝市中，咫尺會箕潁。始知飛霞閣，夜出甘露井。願擥青荷衣，隨飈散蘭省。屏營坐星夕，倏颯煙裝整。款跨非遥崑，肅形非近嶺。滌蕩中嵩雲，轉側關河影。河影月精流，關氣真人警。長恨滄煙外，奇懷失遮請。牛女足開神，江湖寄千頃。

【箋】

〔飛霞閣〕在南京水西門内。

【校】

〔題〕嵩山，各本作「嵩丘」。據萬曆本改。

【評】

沈際飛評「五色」句云：「琢。」評「當風」句云：「淺。」評「居然」二句云：「從冷字生出。」評「奇懷」句云：「累句。」

喜雪

度臘逾風和，入歲占雨絶。猶欣夙嚴凍，更報今零雪。卧聞森淅歷，起視彌飄撇。氲氤連信宿，颯沓委城闕。寒光黯蕭索，清氣凝坱圠。稍稍薄沉雺，漠漠沾浮月。鍾陵紫氣開，玉階冰溜折。誰分蘭茘榮，長期麥華茁。

望報恩寺塔燈

寶積步城南，露槃應在北。繞行皆世心，登頓極鬼力。衣色江霞染，馬首林煙織。轉眼百枝燈，飛光九層翼。點綴各有行，門檻遠可識。鱗飄燭龍下，星闞暗河直。上領覺俄金，下界似陰色。出江隨倒影，回城送曛黑。岌嶪世希有，灩漾真奇特。蘭膏出大内，雕冶窮殊域。持照諸天人，報恩大明國。

【箋】

〔報恩寺〕一名長干寺。遺址在今南京中華門外南山門寶塔山一帶。永樂十年（一四一二）重建，宣德六年（一四三一）始成。寺有琉璃塔，九級八面。爲著名建築之一。甘熙白下瑣言卷四云：「報恩寺琉璃塔，高出天表，數十里外可望見。」

雪夜望報恩塔燈

熒熒冰雪天，闕南獨吟眺。窣波深洞泬，衝風繞迴竅。窈窕照明園，天花積光耀。白影久希微，碎身此靈廟。西京曲池後，舍利落争慓。大明雖猛特，祇垣亦經燒。猶餘水晶塔，刻畫于闐妙。五色金陵外，千年燈火照。珠龍動鱗甲，星河下奔峭。藐爾雪山人，因緣發微笑。

【校】

〔祇垣亦經燒〕垣，各本誤作「桓」。

怨婦詩

行出鳳臺門，遥見一婦人。懷愁須借問，雪泣始言因。本是皋臺女，穿珠遊漢濱。相逢拾翠子，聘以百流銀。阿母結香纓，阿爹持繡輪。江陽萬餘里，飄摇一女身。遊絲亦有高，芙蓉定無深。恃此朝雲色，常懷明月音。何言朱雀桁，别有鳳凰簪。棄妾青樓晚，閉妾重門陰。陽霞珠似粒，陰雨桂如薪。珠花全轉折，侍女罄隨人。寧惜容華變，恒愁芳潔淪。永束青苔恨，去赴緑楊津。纔驚忿鸞躍，瞥見孤鴛沉。江妃倚浪笑，漢女逐風吟。失意已從古，傷心非獨今。無緣拾香骨，持寄薄人心。

【箋】

〔鳳臺門〕南京外郭南面七門之一。

【校】

〔常懷明月音〕音，萬曆本作「心」。

〔別有鳳凰簪〕簪，萬曆本作「音」。

〔無緣拾香骨〕緣，天啓本、原本誤作「緑」。

【評】

沈際飛評次句云：「未是詩句。」評「恃此」兩句云：「古意。」評「纔驚」二句云：「李後主可能破一字。」

夏至齋爲西署茇竹

方陸閟靈祀，清齋澄宿祲。俛仰罷文奏，信宿晤良歆。晻彼蒼琅竹，翳此芳華林。東園悵蕪蔚，南署稍蒼沉。遂覺來蹤淺，翻令往意深。經營命臺史，顧盼惑流禽。芟根絶横阻，披枝令上尋。希聞留挹露，密處待延陰。且佇壇場色，空淩雲漢心。

送吴幼鍾歸皖

嘉會信流止，通懷時閉申。悠悠紛可悦，蔓蔓具誰親？彯纓感來哲，搦管喟先民。豈無碎首烈，密此惠心人。磬折有餘妍，玉輝時映身。在官非遠爾，接陌有如鄰。色笑動淹夕，思存寧距旬？素心飄以遠，芳意密難陳。美人及遲暮，君子亦清淪。取慰白華想，寧詠紫芝辰。遯思徒可勉，通衢宜見遵。

【箋】

〔吴幼鍾〕皖人。本書卷八送汪汝立郎中奏最兼懷吴幼鍾馬長平詩云：「不知歸皖否，可悉吴生狀？前觀乞米帖，君歸與籌量。無令卒饑死，負此時賢望。」境況甚苦，餘不詳。

【校】

〔嘉會信流止〕萬曆本作「嘉命密流徙」。

〔密此惠心人〕惠，疑當作「蕙」。

【評】

沈際飛評「美人」等句云：「亦自遒。」

送郭考功北征采藥南歸

汜濫青雲浮，晻藹飛風集。河漢夜何明，江湖氣方急。恭逢惟德銓，深心此柔輯。好與羣龍旋，分隨高隼執。江山自淩峻，榮賤有階級。朝陽秀初掞，玉笙清可吸。連輕繡史榮，寧邀璽郎入？晤彼清河嘆，庶此寒泉汲。忻言動皋壤，周咨在原隰。勉爾慎津途，寧論取棲粒。

【校】

〔題〕南歸，萬曆本作「南調」。

〔河漢夜何明〕夜何，萬曆本作「豈無」。

〔分隨高隼執〕高隼，萬曆本作「雕虎」。

〔江山自淩峻〕淩峻，萬曆本作「神俊」。

〔榮賤有階級〕榮賤有，萬曆本作「沉浮爲」。

〔玉笙清可吸〕玉笙，萬曆本作「月津」。

〔連輕繡史榮〕輕，沈際飛本作「經」。

〔庶此寒泉汲〕寒，萬曆本作「陽」。

〔忻言動皋壤〕忻，原本作「沂」。據萬曆本改。

送范敬之郎中奏滿便遊匡山

受命鍾陵下，杳曖蒼梧間。清齋隔浮世，道書酌素顔。往往應鄉語，時時留子餐。君容何樸櫟，君心殊蕙蘭。雖沉中聖答，彌著獨醒言。塵情若飛葉，素愜乃流根。忽聞當北陸，奏秩且南轅。芳春集廬嶽，晏歲及家園。家園日月晚，廬嶽煙雲繁。出山苦不易，入山良復難。願言勖幽躅，無令芳緒殘。

【箋】

〔范敬之〕名世美。江西高安人。萬曆二年（一五七四）進士。十六年任鎮江知府。詩當作於十六年前。見鎮江府志。

【校】

〔杳曖蒼梧間〕杳，萬曆本作「晻」。

秋夜盧龍觀苦熱

火山有棲毫，沸泉猶戲鱗。念此中夜苦，脇息氣不申。薄泄雨雲色，鬱燠江海濱。白門竟長夏，赤道延西昃。翕霍手交扇，霢霂氣沾巾。城陰坐倚徙，簷影立逡巡。渴彼崦嵫色，飲沐寒泉津。青花吐涼月，映之猶炙人。洞房劇温室，清簟若層裀。白汗委流波，展轉難貼身。跳身清露下，餘蚊逐光循。流嘆火西夕，延佇井東晨。開此清涼門，定我冰雪神。倘有四時風，吹人無奪倫。

【箋】

據詩「白門竟長夏」，知作於南京任官時。

〔盧龍〕盧龍山即獅子山，在南京下關附近。

【校】

〔題〕萬曆本無「苦熱」二字。

雨

吾鄉有再熟，蟬鳴即新糈。吴苗苦遲立，似渴白露雨。赤熱不可奈，星雩事已屢。根本東南樞，流言雜軍府。衣冠少三食，相見色淒阻。仰首鍾陵山，雲漢隔深語。昨夜江水動，風雷龍下取。抽尾黑雲際，掣戾若可數。颯沓空中聲，騰旋半日許。疾電閃墻藩，連霆殷窗樹。氣若白濤下，勢如渴烏吐。誰謂不終朝，三日濕后土。夜得清枕簟，晝足涼軒俎。便覺米價定，豁若天雨釜。向曉星河霽，猶望五車柱。

懷范敬之太守潤州

出牧多時彦，了非心所有。何悟獨醒人，出我同門友。華陽有范氏，世禄未應朽。粗經名法深，轉覺風流厚。數典身上衣，肯問家中婦。潤州今如何？脂膏昔能否？陰煙秣陵下，臺門隱高柳。罷謁過從便，獨卧棲遲久。風雨晦堂除，河漢翻户牖。吐納各有致，佳期良不負。送别何悠悠，片語爲君壽。巧步不終朝，拙心當白首。君昔廣陵祠，飛書定姸醜。子源天下士，陳琳安足偶。寸心俎豆前，一字春秋後。壺冰知天寒，此事在人口。金焦矗嶒立，波浪突傾走。交遊兄弟中，發興似枚叟。未是觀濤氣，欲執子之手。見子爲清郎，聞子爲清守。自有中泠泉，何嫌京口酒。

【箋】

見本卷送范敬之郎中奏滿便遊匡山箋。

【校】

〔數典身上衣〕典，原本作「點」。據萬曆本改。

〔自有中泠泉〕泠，天啓本、原本誤作「冷」。據萬曆本改。

慈竹山

暮雀何啾啾，桂樹青簷端。飲隨花葉滋，饑將木蕊殘。鼓翅若有餘，何期孤鳳鸞。千秋江海上，啄唼金琅玕。威蕤自歌舞，豈不淩饑寒。窅窅軒轅子，裁音入雲間。上有鳳凰臺，下有慈竹山。

【箋】

〔慈竹山〕或即慈姥山，在安徽當塗縣北四十里。山生簫管竹，圓緻異於他處。

〔鳳凰臺〕在南京南，去當塗不遠。

【校】

〔何期孤鳳鸞〕期，萬曆本誤作「如」。

〔窅窅軒轅子〕窅窅，萬曆本作「自有」。

【評】

沈際飛評「威蕤」二句云：「傲然不屑。」

湯考功招遊燕子磯別洞，獨宿圓愛師房六十韻

青春白日遲，沉陰物色遽。黯淡青華姿，冷薄芳時趨。清齋饒稚卿，出壑懷謝

傳。莽蒼誠自喜，漸車非可屨。愁看雲物沈，喜見荃蘭竪。遠遊那得期，近悰差足御。月夕乍披朗，花朝擬容與。茂苑吾宗秀，眷言賞心晤。文樽一二好，簡書三四寓。幸不懸長雨，且復晞流露。差池遶西汕，晻靄違東署。矗矗臺城門，灎灎明湖路。荑楊流宿鶯，華荓起窺鷺。始知春氣深，及此佳期赴。精廬且朝食，主人出延步。寒暄三舉爵，圓方一投箸。分金飽騎從，更衣渴馳騖。先驅流食架，後程需卧具。喧飈卷幃入，陰煙承蓋度。蒼疇地脈起，白水雲光布。微麥灑陵阡，疎梅映村聚。時聞雉清叫，忽見鳧驚翥。青江信明遠，層城真算固。市擁鮫人泣，磯臨燕子嗉。葩華鳥瀾蹴，澮沱崖光注。磐石似鼋鼍，舟船如鴈鶩。春波正流美，晝風飆起惡。且入閶陽洞，相趨折蘆渡。峽寫有根雲，罅拆無枝樹。落礫分委積，崩湍轉流輸。地蓋插箕踵，天標眩環顧。時時席礧磈，往往屧沮洳。瞰空引一竇，盤渦有三處。初行地響咽，再入天光吐。後房竟幽燠，久坐若清曙。響像層潭府，密歷潛逵附。鏤鎪費鬼力，窟宅由人遇。常恐風波入，閃爍蛟龍踞。通明暫揮酌，愁陰且言去。亭皋靡芳築，津石流檀度。不見銖衣拂，但聞金策駐。昔物豈今存，今人非昔豫。芳遊難可歸，官方各隨務。單己動禪悅，初心愜遲暮。畫閣諸天杪，白路恒沙數。背崖捫削成，蹠虛倚懸拄。剡剡人上慄，莫莫神傾護。深心蕩霞日，遠氣冥煙霧。鳴榔厲似織，擾翰歸如呼。燃燈下山闕，談經開釋部。好相坐生老，勝韻游新故。凡夫偶問疾，智者寧深怙。林吹稍流楚，白月延心素。中時飯色遠，永夜香心炷。如經四遊嘆，初深一宿悟。卧聽風潮翻，起看蒼莽互。日出陰光隱，花開世界露。昨遊既陳迹，今居豈常住。心清即事遠，善勝由人助。寄語賞音流，回還續芳緒。

【箋】

〔燕子磯别洞〕燕子磯在南京外郭觀音門外。磯西有巖山十二洞，以頭臺、二臺、三臺諸洞較勝。

〔臺城〕在鷄鳴寺後。

〔明湖〕指玄武湖。出臺城，沿玄武湖，往北可至燕子磯。

〔瞰空引一竇，盤渦有三處〕此處寫三臺洞景物。

【校】

〔清齋饒稚卿〕稚卿，萬曆本作「奉常」。

〔出壑懷謝傳〕懷，萬曆本作「如」。

〔莽蒼誠自喜〕萬曆本作「朱絃徒自徽」。

〔且復晞流露〕流，萬曆本作「浮」。

〔白月延心素〕心，萬曆本作「新」。

【評】沈際飛評「峽寫有根雲」二句云：「實景布得奇。」評「深心蕩霞日」句云：「深心蕩三字在霞日上，有情。」又云：「結欠淵永。」

京鷄

闊哉天地籠，壯矣京城鷄。擇肉人手中，飜騰掣光耀。積貫始成常，兒童好驚叫。風穴鳥王深，安知夜吟嘯。

部中鶴

曲臺雙白鶴，日賦十餐錢。良爲升合資，留滯江海年。傳呼卿出入，引吭飛舞前。軒墀看鶴人，時與小翩翾。鳳凰猶可飼，安得羽中儇！

【評】沈際飛評「良爲」句云：「微寓。」

錦衣鳥

太常東署門，連垣接親衛。中有怪大鳥，好作犬號吠。悲嘯無時徙，吉凶須意對。非有伯勞沉，豈無子規廢。開天殺人處，陰風覺沉昧。

【箋】〔親衛〕錦衣衛，明代特務機關。

南都懷舊寄高太僕

清氣日流滅，微生多激昂。鼎鼎持一身，落落行四方。處世乏明膽，懷賢無肺腸。吾鄉高少卿，前時帥清郎。十年禮傾握，一字情飛翔。高卿名理近，帥生風性長。欣吾疊斯美，薄遊歸不忘。雖非天老鄰，都殊年少場。亦復興瀾漫，何止行馨香。深言未河漢，古色猶清揚。我行夕火中，誰知今雨霜！感此星歲移，念子雙荷裳。

【箋】

〔高太僕〕名應芳，字惟實。撫州金谿人。嘉靖三十二年（一五五三）進士。官至太僕寺少卿。著有羊洞遺稿、谷南集。曾爲湯顯祖校紅泉逸草。

〔帥清郎〕名機，字惟審。臨川人。曾任南京禮部精膳司郎中。時任思南知府。

【校】

〔鼎鼎持一身〕持、身，萬曆本分别作「惟」、「心」。

〔懷賢無肺腸〕肺腸，萬曆本作「飾裝」。

〔十年禮傾握〕禮，萬曆本作「在」。

〔一字情飛翔〕萬曆本作「一意宜消詳」。

〔薄遊歸不忘〕薄遊，萬曆本作「款冬」。

〔雖非天老鄰〕末三字，萬曆本作「采真遊」。

〔我行夕火中〕夕火，萬曆本作「天根」。

雨花臺所見

冉冉春雲陰，郁郁晴光瑩。取次踏青行，發越懷春興。拚知天女後，如逢雨花剩。宜笑入香臺，含嚬出幽徑。徙倚極煙霄，徘徊整花勝。態隨驚蝶起，思逐流鶯凝。美目乍延盼，弱腰安可憑。朝日望猶鮮，春風語難定。拾翠豈無期，芳華殊有贈。持向慧香前，爲許心期證。如何違玉纓，沈情擊金磬？

【箋】

〔雨花臺〕在南京城南聚寶門外。

【校】

〔發越懷春興〕發越，萬曆本作「感動」。

〔含嚬出幽徑〕含嚬，各本都誤作「舍頻」。

〔徙倚極煙霄〕萬曆本作「倏爍斗裙裾」。
〔態隨驚蝶起，思逐流鶯凝〕萬曆本作「愁隨花蝶飄，愛逐流鶯聽」。
〔美目乍延盼〕延，萬曆本作「宜」。
〔朝日望猶鮮〕猶鮮，萬曆本作「何明」。
〔春風語難定〕語，萬曆本作「立」。
〔拾翠豈無期〕豈，萬曆本作「杳」。
〔持向慧香前〕持、慧，萬曆本分别作「同」、「佛」。
〔爲許心期證〕萬曆本作「乍此佳期證」。

【評】

沈際飛評「朝日」二句云：「畫出一個美人。」

黄岡西望寄王子聲

白露滴江城，江聲遶秋至。心賞不在兹，幽芳渺難寄。木葉號蟬悲，水荇潛鱗戲。日氣淡芙蓉，雲陰生薜荔。棲棲王子情，默默楚人思。未及湘纍醒，且共蓬池醉。遥松起暝色，虚竹警寒吹。物往年序遷，情存風景異。樵歌歸影遲，新月忽在地。

【箋】

或作於南京任官時。王子聲名一鳴。黄岡人。萬曆十四年（一五八六）進士。列朝詩集小傳丁集有傳。詩似作於子聲出仕前。

【校】

〔題〕萬曆本作「黄橋西望」。

〔江聲遶秋至〕萬曆本作「涼風送秋至」。

〔幽芳渺難寄〕渺難寄，萬曆本作「結荷芰」。

〔木葉號蟬悲〕號，萬曆本作「寒」。

〔水荇潛鱗戲〕潛，萬曆本作「遊」。

〔棲棲王子情〕王，萬曆本作「遊」。

〔未及湘纍醒〕萬曆本作「未同浮丘隱」。

〔遥松起暝色〕暝，萬曆本作「清」。

〔物往年序遷〕物往，萬曆本作「峥嶸」。

〔情存風景異〕情存，萬曆本作「徘徊」。

【評】

沈際飛評「棲棲」句云：「似希夷筆。」又評末句云：「趣。」

留别江院林公

憶昔豫章門，嗚絃布春徽。秋河不及擥，南斗有餘輝。霞埃結奔想，長嘆阻修纖。欻來舊都遊，皇居接雲巍。龍川密攏帶，鯨海静雰飛。借問使者誰？冰玉繡爲衣。飛書留近關，弭蓋下遥薇。高門無醜顔，令德孰不睎。向夕動深款，持用慰朝饑。還如銅墨時，清言振霏霏。溥露適所願，徂暑眷將歸。和光既云苦，勝戰詎能肥！貞松與蘿薜，兹理庶無違。

【校】

〔題〕江院，萬曆本作「侍御」。

〔秋河不及擊〕秋河，萬曆本作「瓊枝」。

〔南斗有餘輝〕南斗，萬曆本作「璿潤」。

〔長嘆阻修畿〕長嘆，萬曆本作「人譽」。

〔飛書留近關〕萬曆本作「簪筆奮閩海」。

〔弭蓋下遥薇〕萬曆本作「執法侍遥薇」。

〔向夕動深款〕萬曆本作「寧言奉清款」。

〔持用慰朝饑〕持，萬曆本作「聊」。

〔溥露適所願〕萬曆本作「溥零稱邂逅」。

〔徂暑眷將歸〕眷，萬曆本作「詠」。

〔和光既云苦〕和光，萬曆本作「離析」。

〔貞松與蘿薜〕與，萬曆本作「并」。

送方侍御視學西川

新安江水清，南國美侍御。寶瑟汎春祠，朝慶入清曙。偶爾鏘佩同，未有風期素。徒持清白心，點君簪筆署。悠悠思莫往，踟躇眷將去。柏棘南臺門，桃李西川路。禮殿今如何，文學漢宣布。倘逢金碧影，爲報祠官賦。

嘲真州友人李季宣

我友江南人，雄捷冠知識。能笑復能言，能飲亦能食。衣帢好輕嬌，浮光滿容色。忽直庶人風，眉脣改初則。對鏡苦不怡，逢人恒欲匿。憎醜乃重傷，矜好已前惑。及此器未虧，當知重爲德。

【箋】參看卷三真州與李季宣箋。

送趙中舍量移東歸並寄大勞僧

舍人鳳閣何爲者，經年逐賊黄山下。青幘繡甲雙矛英，百金轡絡千金馬。愛收圖史開心胸，雅能吴語對懽儂。可憐人馬一時瘦，還憶曲臺初過從。年少年來新曉事，又向大梁稱小吏。舟楫心摇白下亭，衣冠眼熟長干寺。不能兄弟去觀濤，且臨風物共登高。歸看蓬萊幾清淺，爲問神僧東海勞。

【箋】

〔大勞僧〕指名僧憨山，曾卓錫山東勞山。

遥和諸郎夜過桃葉渡

諸公紛紛去何所？隔岸熒熒高燭舉。若非去挾秦家妹，定是將偷邛市女。一從西蜀老王孫，千騎東方總不論。也乏使君呼共載，也無遊女解宵奔。無緣此屬翩連去，飄飄瞱瞱知何處。翠納香奩夜著人，絳蠟清笙幾回曙。當時我亦俊人羣，情如秋水氣如雲。有酒誰家惜酣暢，饒花是處怯離分。如今兩鬢籠紗帽，輕煙澹粉何曾到。眼看諸公淹夜遊，心知此事從誰道。衙齋獨宿清漢斜，燈影籠窗半落花。拚不風流長睡去，卻持殘夢到他家。

【校】

〔飄飄瞱瞱知何處〕瞱瞱，天啓本、原本誤作「瞱瞱」。據萬曆本改。

〔翠納香奩夜著人〕翠納，萬曆本作「茴庢」。

【評】

沈際飛評「定是」句云：「醜。」評「心知」句云：「寫出幽意。」又評結句云：「雋逸。」

送前宜春理徐茂吳

西湖徐君美如此，眇眇東來渡江水。微飈木葉江波生，皓露芙蓉秋色死。秋色連山客早悲，倍憶離鴻江月時。舊郡鈐陽醉煙柳，動道宜春春不宜。豫章城西江水滿，片雨疎花石蘭館。獻賦誰知錦組文，題書直道珠盈椀。一别蒼洲間白雲，金臺暑路忽逢君。祇合飛寃填北海，那堪解愠出南薫。芳臯羃䍥辭青瑣，及子風流度江左。孤亭水樹别留人，别道煙霞須着我。我邊知我若逢君，卿處相卿自有人。無事南湖催送槳，扁舟小婦好隨身。莫嫌小婦恒隨從，茗碗香罏朝夕供。風雨離騷秋暮行，荃蘭墨妙連舟重。去去西湖簫鼓陳，香絲豔粉逐年新。不惜風流頻取醉，君來看見六朝人。

【箋】

徐茂吳，名桂，吳人，徙家杭州。萬曆五年（一五七七）進士，除袁州（宜春）府推官。恃才自放，被免官。列朝詩集丁集下有小傳。「舊郡鈐陽」，袁州也。

【校】

〔眇眇東來渡江水〕眇眇，萬曆本作「落魄」。

〔微颸木葉江波生〕微颸，萬曆本作「今朝」。

〔皓露芙蓉秋色死〕皓露，萬曆本作「昨夜」。

〔倍憶離鴻江月時〕憶、離、江，萬曆本分別作「是」、「飛」、「十」。

〔舊郡鈐陽醉煙柳〕郡、鈐、陽，萬曆本分別作「日」、「銀」、「屏」。

〔動道宜春春不宜〕動，萬曆本誤作「二」。

〔荃蘭墨妙連舟重〕墨妙，萬曆本作「杜若」。

【評】

沈際飛評第三句云：「秀。」又評末二句云：「風骨遒上。」

送内方山人還天台

滄海冥冥吹遠松，青霞片片生殘峯。括山一萬六千丈，山人一室蔥翠濃。南連委羽紛靈聖，金芝翠篇玲瓏暎。四明雲日自開窗，五縣山川若摇鏡。山人原合住山間，每怪山人不住山。我夢天台無羽翼，空歌積雪送君還。

送胡山人歸楚依朱子得

山人何處姑蘇客，蚤歲避兵居楚澤。年來卻號太形人，主人覃懷二千石。有書數寄覃懷君，山陽報書差一聞。桂林蘭署吐金約，何得冷卻鑪峯雲。爲問山人老何預，冰霜遠寄無人處。伏枕寧知春蚤來，歸裝數被歡持去。花下乘舟興欲殘，春陰江上緑微寒。但可解貂分客醉，何當推劍與君彈。昨夜西窗起離色，滅燭猶談張相國。數尺枌梧已作薪，一門桃李俄成棘。春宫歲塢事悠悠，眼底山人有一丘。爲過滄浪垂釣處，煙波能得幾人遊。

【箋】

〔朱子得〕名期至。湖廣蘄水人。曾爲懷慶知府。與蘇州山人胡之驥善。卒後，之驥爲詮次其文稿。見蘄水縣志卷九。

【校】

〔歸裝數被歡持去〕萬曆本「歸裝」作「酤尊」，「歡」作「僧」。
〔花下乘舟興欲殘〕花下，萬曆本作「浪士」。

【評】

沈際飛評首句云：「孟浪。」又評結尾云：「愾嘆得體。」

觀趙郭里小圖爲汾源郎中作

太原渡江入西越，盡寫家山向雲闕。去年卧閣披此圖，展轉繽繙意難歇。心知不是桃源路，直是玲瓏杏花發。野客留連芳樹陰，閨人候望新橋月。河橋月出樹陰開，楊柳灣西映淺苔。漁歌瞑泛横潭竹，牧笛春殘半樹梅。梅花隱隱雪霏霏，西翠樓邊啓竹扉。蚤覺煙綃動玄勝，況乃卜築臨清暉。清暉古寺寒鍾影，經臺半出西南嶺。粗知到溉近禪林，卻笑潘安長騎省。君家上世每逢仙，賣藥藏書此洞天。蚤晚過游葦市里，春秋得上斜林阡。君不見語兒溪邊女兒語，越國夫人越溪女。又不見石門帳殿起烽煙，中洲一地小如錢。何似洛川諸父老，長年如畫太平年。

【校】

〔楊柳灣西映淺苔〕淺，萬曆本作「殘」。

〔長年如畫太平年〕萬曆本作「相將棲息太平年」。

【評】

沈際飛評「野客」句云：「丹青在眼。」又評「君不見」以下數句云：「一氣噴出。」

渤海臺歌

東海張公比舍郎，高柳垂池拂我墻。念此清人亦古色，自言濱州有草堂。鹿苑香臺復何有，留與遊人着盃酒。此中宜杏復宜桃，能添醉色春雲高。翠柏參天槐影地，歷落提壺春酒至。時有藤花落酒盃，蒼雲晻靄幔亭開。拋英弄酒客隨意，隔葉時聞歌笑來。睥睨壓雲寒大澤，蝴蜓往見蛟龍跡。月出臨窺下深黑，隱映樓臺樹光夕。別有幽人行嘆息，問君解蘭歸不得。君今過家當入朝，我家飛館蔭河橋。江南橘香送君有，剪致猶餘青葉條。鄉心滿眼寒溝潮，太平郎吏宜逍遥，君不見魏之干木秦茅焦。

【校】

〔問君解蘭歸不得〕蘭，胡本、沈際飛本作「纜」，是。

〔江南橘香送君有〕江南，萬曆本作「銅陵」。

【評】

沈際飛評第三句云：「清古二字分合得妙。」又評「月出」二句云：「似有靈爽，恍恍紙上。」又評末句云：「掉尾有力。」

送胡孟弢應制兼懷趙夢白劉玄子

蓮花峯頭君不住，桃葉渡前君復度。張燈作酒臨朱絃，美人一曲傷遲暮。鄉心寧道隔山川，客鬢懸愁浥風露。揮鞭極目長安雲，畫屏回首江南路。君今與我非少年，君容故好能談天。傾坐惟須緑玉管，結交底用黄金錢。誰言耳目都非是，始悟肝膽長不然。數年喜讀絶交論，昔歲貪看游俠篇。酌酒對君心不展，北斗臨城路東轉。非關遊子易披離，自是世途難偃蹇。多摚獻歲入西秦，即漸殘年泊東兗。江外含梅冰雪深，河陽着柳春風淺。春風魯酒送行軒，青莎雜樹難攀援。舍人就詩柏梁殿，方朔上書金馬門。風塵陌上新知樂，煙雨江南舊客憐。不見恒山趙夢白，爲問汝南劉子玄。

【箋】

〔胡孟弢〕名汝焕。南昌人。南昌縣志有傳。

〔劉玄子〕名黄裳。光州人。萬曆十四年（一五八六）進士。授刑部主事，改兵部員外郎。曾從征朝鮮，遷郎中。兵罷，請告歸里而卒。著有藏徵館集。見列朝詩集丁集下。末句爲協韻作劉子玄。

【校】

〔非關遊子易披離〕披，萬曆本作「分」。

〔春風魯酒送行軒〕送，萬曆本作「道」。

【評】

沈際飛評末二句云：「只四字盡兼懷意。」

送劉玄子使歸

幾歲芳衿散城闕，草緑煙波漬雲月。河梁斗酒會須傾，雲閣寸心終未絶。劉生風義汝南人，何年青鬢帝城春。上憐徐樂獻書晚，人識相如乘傳新。星軒曄曄金陵道，清署開尊愜倫好。那堪晏歲雪紛紛，直是行人心草草。見説淮南津吏迎，還將歌吹度蕪城。足歷五都有留贈，才傾一座争知名。歸去梁園動春色，一種風心吹臺側。情知愛少亦爲郎，爲許含香能見憶。萎蕤意氣復何云，徑須垂晚立功勳。不似世儒重文法，衹堪簪筆事明君。

【評】

沈際飛評三、四二句云：「二句該得全首。」

寄賀知忍清齋

葱陵杳靄江煙深，懷人不見愁光陰。已覺清和臨夏首，可憐駘蕩接春心。與君芳意何冥冪，相憶西齋坐玄寂。鮮風乍獵芙蓉開，調露似聞珠樹滴。少年能事即清真，何須不玩帝城春。仙官自有華陽逸，友道還期伊洛人。

【校】

〔題〕忍，萬曆本作「任」。

〔鮮風乍獵芙蓉開〕鮮、開，萬曆本分別作「鶩」、「精」。

送王伯禎同顧吏部兄弟登三山

今年南中冰雪多，凍飲青琴無豔歌。小歲忽覺一年盡，春風邇來十日過。客中且對宜春婦，堂上須開正旦酒。何須楚澤動鄉心，且作吴歈度京口。青衫試拂柳溪橋，美人江上問迴潮。玉京諸峯若浮霧，廣陵城郭似青霄。京口美酒今如何？憶我當時遊曲阿。意氣未如荀郎將，生年欲過王清河。

【箋】

〔玉京〕在江西星子縣西七里。

〔曲阿〕即丹陽。

送于公彝歸金壇

年少金多亦不惡，能碁入品懽能作。莫因長者避風流，自是名人好音樂。秣陵可遊風景多，衣簪首夏猶清和。與君芳意何曾盡，别岸芙蓉生渌波。

【評】

沈際飛評第二句云：「牽强。」

送周宗太遊泰山

吾郡東鄉人，自號劍石子。

吴門佳山亦無幾，飛風積雪淹遊子。咫尺佳遊難定期，何況懸情説千里。陶陶孟夏清淮深，君從泰山遊孔林。侵星發棹浦江曉，追風息策琅邪陰。淮南泗上寧疇昔，魯酒曹衣嘆行役。漁歌向月杏壇人，鷄鳴看日蓮峯客。登高望海幾時還，應聞鴻雁入江關。莫信人言天下小，孔遊殊未出鄉山。

【校】

〔侵星發棹浦江曉〕棹，各本俱誤作「掉」。今改正。

鳳臺同人望句曲

金壇陵西六十里，岫穴層連曳句已。青芝碧檢摇春林，夕露朝霏罩靈蕊。秣陵煙雨青冥開，江岸迴帆飄落梅。世路悠悠忽不愜，爲惜風花長命杯。樓臺罷望青歌歇，珠窗晻映仙桃發。方看石道起雲霞，試與松門弄煙月。君不見秦皇嘆息東遊來，伐鼓鳴鐘山谷哀。美玉未斷真人氣，幾度春心臨鳳臺。

【校】

〔江岸迴帆飄落梅〕飄，萬曆本誤作「颮」。

〔珠窗晻映仙桃發〕晻，萬曆本誤作「晻」。

江東歌

三山江上翠崔嵬，草緑風煙春氣和。天宫繚繞金陵麓，人家映帶秦淮河。迴廊屈曲通晴雨，馳道流離瑩月波。南中富樂風塵少，天下娱遊子弟多。悠悠滿目經時歲，忽忽盈懷阻嘯歌。意氣周郎三國盡，文情庾信六朝過。江南丈夫會早夭，春心不飲蕩如何。

【校】

〔迴廊屈曲通晴雨〕晴，萬曆本誤作「情」。

三日二碧王孫山亭飲

金陵岪鬱難攀援，孤根碧海齊王孫。王孫富麗豈無有，雜沓風塵誰具論。熒熒二碧始清絶，衣簪約綽相寒温。小碧家臨漢西路，次碧宅近清涼門。清涼迴高見蒼莽，籬門正接王孫園。不嫌唐突輿俱往，且爲略約開殘尊。初經窈窕上林閣，便覺氣勢如山村。斜臨江臯隔睥睨，前瞻天闕正軒輊。但坐自令佳意出，遲遊尚及春光存。翠薄荆榛徒極想，花蹊桃李知無言。忽看城闕歸雲度，起視簷廊宿鳥飜。向夕餘妍定三五，何妨滅燭臨高軒。前遊但記風色亂，未覺今朝月氣昏。無事王孫惜芳草，自然幽客眷蘭蓀。

【箋】

〔二碧王孫〕齊王之後，其先世已廢爲庶人，住南京。據明史諸王世表之二。

【校】

〔向夕餘妍定三五〕妍，萬曆本誤作「言」。

【評】

沈際飛評「但坐」句云：「非深歷山林人不知。」

金陵西園作

西園興不極，北嶺望如何。天影隨長塹，山光繞曲阿。杏花春作淺，芳草暮情多。嘆息荆扉掩，餘霞江上波。

【校】

〔嘆息荆扉掩〕荆，萬曆本誤作「并」。

【評】

沈際飛評云：「穩協。」

靈谷寺寶志塔上禮望孝陵遇雨

香塔幾由旬，登臨物外身。霧迷藏豹谷，雲起躍龍津。定水流功德，橋山合鬼神。冥冥松柏雨，曾灑屬車塵。

【箋】

〔靈谷寺寶志塔〕在今南京中山陵東三里。

靈谷寺浮屠憶謝友可少小鍾山之約

晝塔連風雨，芙蓉入杳冥。藤垂翻雀影，松偃掛龍形。法湧無量殿，聲飄不住鈴。懸愁聚沙處，并作草堂銘。

【箋】

〔無量殿〕在靈谷寺内，一名無樑殿。

與郭祠部公廨避暑

鶉節非闌暑，龍光接盛筵。北風疑是畫，南署蔭非煙。凍飲何妨裸，彈碁自可傳。豫愁長醉後，渾欲水中眠。

【箋】友人帥機陽秋館集卷一二有詩伏日郭祠部邀義人公廨避暑作。義人，義仍也。

送王比部供奉採藥扶侍太夫人歸粵，比部故侍御殿中

白雲司發桂花叢，綵袖承親碧海東。潘岳宴林逢令節，沈郎行藥正秋風。先抽美草占年樂，盛取菖蒲益帝聰。并道春祠惟坐嘯，也能符遣及花驄。

【箋】〔王比部〕名學曾，南海人。詳見本卷送王比部北上光禄。

【評】沈際飛評「先抽」句云：「見大。」

懷帥惟審

帥行山陰，有萬壑千山賦。

萬壑千山興有餘，仙人署裏賦樓居。只教卧病常中酒，莫道窮愁欲著書。煙月西湖人唱晚，山川南國雨晴初。相思兩地無相識，待向濠梁一問魚。

【評】沈際飛評云：「熟甚。」

池陽佘聿雲小時是尊吏部君請爲之字，以詩問予復有漢祠官風味否，答之

山公臺榭即逢君，愛汝能飛字聿雲。秋浦蒹葭人自遠，春江桃李思難分。芳尊幾借清韶色，妙墨傳看錦繡文。爲道碧鷄光影在，漢宫誰許洞簫聞。

【箋】

〔佘聿雲〕名翹，號燕南。銅陵（今屬安徽）人。幼時即爲顯祖所賞識。著有量江記傳奇等。父名敬中，曾任吏部文選郎中。銅陵縣志各有傳。

【校】

〔題〕佘聿雲，各本都誤作「余立雲」。據萬曆本改。正文同。

北安門曉望

萬里神皋接帝丘，祠郎齋祓奉春秋。太壇帷幄天臨幸，高廟衣冠月出遊。雲氣早飛仙蹕路，星河還向御溝流。皆知北極朝宗美，猶望南巡燕鎬留。

龍雲卿花燭詩

江海晴雲接帝鄉，曲臺今夕倍年光。恰逢鳴雁朝陽滿，并對熏爐夕豔長。婦出繡衣門下史，子當青鬢侍中郎。不知池上鴛鴦影，肯向仙臺學鳳凰？

【箋】

〔龍雲卿〕或是同年進士盧龍雲。廣東南海人。

【校】

〔題〕萬曆本作「龍雲卿花燭後來署中過年」。

〔江海晴雲接帝鄉〕晴，萬曆本作「寒」。

〔并對熏爐夕豔長〕萬曆本作「并道乘龍歲月長」。

送杜給事入都歸覲

載筆何年侍省闈，殿庭今日奏戎機。簪裾曉送風雲積，旌旆晴開雨雪稀。洞浦花明人映發，曲梁春滿鴈歸飛。祠郎薦玉君須入，會見乘輿載赤旂。

【箋】

〔杜給事〕見卷九送杜給事出憲延安，并問高君桂吴君正志二郎吏。

夏至齋居理樂感鶴奉教有述

清卿院宇竹梧寒，金奏泠泠聽未闌。每嘆獨留玄鶴影，何來雙飲玉池瀾。非關聽樂臨涓水，爲許齋心拂漢壇。況復自公多氣色，羽儀今作衮衣看。

【校】

〔每嘆獨留玄鶴影〕獨，原本誤作「偶」。據萬曆本改。

送饒太醫歸東邑

涉江初唱越人舟，別騎三山接勝遊。梅雨潤移江闕曉，麥雲新拂漢祠秋。衣冠署牒逃名得，洞壑迴春採藥留。見説家園能樹果，年年仙杏許人求。

【箋】

〔東邑〕當指江西東鄉。

【評】

沈際飛評結句云：「妥。」

元夕送吴參軍上九年計

已逢人日勝於人，倍賞花燈有百輪。祇道笑歌饒伴侣，可堪尊酒寄情親。垂來定不參卿老，再入纔知久宦貧。獨恨金臺醉公子，留君真欲度餘春。

送史德安

同年年少即推君，才地爲郎出守鄖。列郡鎮珠連大澤，高齋倚蓋動浮雲。江邊歲月虚流賞，漢上風光好寄聞。獨有玄湖秋色苦，擘蓮時候與君分。

【箋】

〔史德安〕德安知府史記勳，浙江餘姚人。萬曆十一年（一五八三）進士。見湖北通志卷一一三。

送吴竟父西歸過運司伯子

蒼兼白露滿秦河，年少芳樽玉樹歌。別館春情隨夜盡，曲江秋色聽潮過。吴儂未斷迷香徑，海賦能添出素波。爲到故園梅色蚤，可堪青鬢客愁多。

【評】沈際飛評「海賦」句云：「牽率。」又評結二句云：「時調。」

萬壽節送顧郎中北上，暫歸省長洲

愛子淩波已十年，爲郎白首向江天。家風自種仙臺藥，鄉俗能歌相府蓮。乍可迎涼歸茂苑，徑須度暑入甘泉。臨岐況屬天長節，覂好朝晨玉珮連。

送劉祠部視學南中

漢渚孱陵路不迷，平夷秋色倍萋萋。須過列郡開神馬，未許祠官問碧鷄。文物自連交海北，鄉音半逐楚雲西。諸生盛有談經興，無事相如到若溪。

【評】沈際飛評云：「應副詩。」

戲李季宣

生憎一宿畫蘭橈，官裏除身出董嬌。着綻新衣寧惹妬，教成舊曲整看調。菱花似月嫌雙笑，柳葉無風愛獨摇。見説傾城難再得，須拚弱草併纖腰。

【箋】〔李季宣〕見卷三真州與李季宣箋。

【評】沈際飛評云：「新綻。」

送楊武選入都

定擬蘭尊逗夕曛，那堪離思即氤氲。鄉心半入湖陽鴈，春氣初深河嶽雲。自有恩華臨上苑，幾番精色動南軍。請看扶道青楊柳，賓從紛紜一送君。

臘憶王道服南海

露冕曾當日觀峯，繡衣風色起吴松。江邊折柳春難寄，隴上題梅使不逢。正朔臨臺青鬢遠，長年泛海道心濃。祠官大有清齋日，爲報鍾陵紫氣重。

【箋】

〔王道服〕名民順。金谿人。曾官南韶參議分守雷廉，擢廣東按察使。見撫州府志卷五一。

送長沙易掌故

秣陵煙雨片帆收，燕子江邊一醉遊。白石滄浪隨意晚，青莎雜樹幾人留。星光夜發長沙渚，雲氣春銷古玉州。舊愛楚騷應暫掩，由來此地易悲秋。

【評】

沈際飛云：「寫景如畫。」

送沅州衛參軍懷計辰州帥思南

參軍萬里赴沅辰，玉井丹砂與護身。人吏到州看漢節，鬼方爲市有鄉親。黔陽太守徵書晚，徼外書生碧草春。卧向武溪殘笛裏，始知爲掾更宜人。

送朱應春平湖

御溝垂柳餞金羈，年少爲郎事事宜。醉倚蜀絃歸去晚，閒歌越棹放行時。春開雨氣隨龍母，秋盡煙光識島夷。取次花邊一留賞，君看墨綬已如絲。

送盧少從馬平歸東粤

難將試劇比投荒，二廣風煙似一鄉。雪署送歸歌宿莽，風津奏發傍垂楊。沾衣海色昭潭盡，遶騎春光鬱嶺長。會見府朝收迹遠，握中懸璧自生光。

【箋】

〔盧少從〕或名龍雲。廣東南海人。萬曆十一年（一五八三）進士。任廣西馬平知縣。

送林志和巴陵

棲鳳城南散紫氛，雲陽宫北蚤離羣。晴拈碧草占春色，醉濕青裘動海雲。梅嶺雜花催漢吏，紫壇芳月映湘君。清清最愛滄浪水，風定漁歌入夜聞。

【評】

沈際飛評末句云：「輕綃。」

送陳仲道餉延綏歸嘉定州

司馬西游賦筆閒，相將蜀道出秦關。鄉心歷落焦原上，河色蒼茫斷磧間。騎影甘泉魚乍躍，塞雲高館雁初還。海棠香盡歸休晚，解道峨嵋似遠山。

【箋】

〔陳仲道〕名汝學。四川嘉定州人。湯氏同年進士。

【評】

沈際飛評結句云：「恰好。」

送陸震卿大行祭韓藩歸吴

碧海初消玉樹煙，陸雲風色最泠然。王人素帢東堂會，帝子珠衣北地傳。隊露盤中開日影，款冬花裏送春年。星軒到處堪留賞，莫負周旋路八千。

【箋】

〔陸震卿〕名起龍。太倉人。顯祖同年進士。授行人，出爲黄州通判。見太倉州志卷一九。

送李獻可賫馬價薊門，便攜家歸華山

李君同是沈几軒先生門人也。

休文池館映青衿，每話三秦動我心。騎省晝移宫樹緑，客窗秋夢嶽蓮深。佳人並操歸鴻曲，國士先馳買駿金。爲過薊門東掖望，馬蹄冰雪正難禁。

【箋】〔李獻可〕明史卷二三三有傳。沈几軒名自邠，萬曆十一年（一五八三）湯顯祖舉進士時考官。與明史云獻可舉進士之年同。當係一人。但明史云同安人，同安在福建，與詩題不合。存疑。

【評】沈際飛評末二句云：「亦遠。」

送李明瑞歸華州，因餉兵寧夏

來去家門路六千，朔方還寄華西偏。春風旅鬢臨邊草，夜雨歸心染嶽蓮。宅近關門宜謝客，國留郎署足棲賢。還朝若問鳴沙戍，自有秦陂漢渚泉。

送楊太素中書出祭趙府

春官玉節付羣才，獨遣楊修鄴下來。襆被自留琴客語，離筵偏爲酒人開。梅風曉角催寒送，花月春帆截浪迴。見説趙王能好易，相過應不話叢臺。

和答南城梅公

紅泉碧硐舊仙壇，曾盡梅真幾日懽。城闕署歸春醉晚，石門人去鳳飛殘。山中月氣清蘭佩，河上風流映竹冠。獨道丹霄能長價，十年初入漢祠官。

【箋】

〔碧硐〕與紅泉俱在江西南城。

〔石門〕在江西金谿。

奉懷羅先生從姑

杖底山河數點煙，真人氣候鬱羅天。蓬壺别貯生春酒，京洛傳看小字箋。鶴唳月明珠樹裏，漁歌風色杏壇前。也知姑射能冰雪，誰道汾陽一窈然。

【箋】

〔羅先生從姑〕羅汝芳講學於南城之從姑山，湯顯祖曾從之受學。卒於萬曆十六年（一五八八〕九月。

【校】

〔鶴唳月明珠樹裏〕唳，天啓本、原本作「淚」。從萬曆本、沈際飛本改。

【評】

沈際飛評「鶴唳」句云：「莊雅。」

送伍給事謫萬載丞

年來清奏出陪京，每向秋江送客行。給事舊從關令尹，爲丞新失漢公卿。星通百粵蠻差少，地接長沙濕較輕。自是世情能物色，不妨黄綬去逢迎。

聞姜别駕守沖遷守，不知是滇是貴，問之。姜君前户部郎，以忤江陵相謫

潮落錢塘秋鴈飛，荆南遊子露沾衣。爲郎白首遊湘岸，别駕經年在海沂。似向

點蒼分雨色，可當金筑散晴暉。知君不似南中估，要使人知漢吏威。

【箋】

〔姜别駕守沖〕名奇方。湖廣監利人。曾任宣城令、杭州通判。據實録，萬曆十八年（一五九〇）二月姜奇方以都匀知府陞長蘆運使。詩當作於此前。

送黄觀察雲南

觀察鄉親，多南中賈。

北門都水歲清寒，萬里南雲映法冠。乍許鄉閭來問俗，獨憐妻子不之官。秋山月落雲旗出，絶徼花當露冕看。見説南中稀酒米，數杯行色爲君寛。

【評】

沈際飛評「獨憐」句云：「動人鄉思。」

送連孟準餉薊暫歸禹州

中嵩片璧自連城，得侍同門望不輕。鶖集共憐芳月飲，鴈來翻作苦寒行。崆峒絳節朝雲拂，渤海朱旗夜火迎。並道巍峩簪筆裏，長河襟帶潁流清。

【箋】

〔連孟準〕名標。河南禹州人。萬曆十一年（一五八三）進士。以上據題名碑録。

【校】

〔題〕暫歸禹州，萬曆本作「兼歸潁」。

〔中嵩片璧自連城〕嵩，天啓本、原本誤作「高」。據萬曆本改。

〔得侍同門望不輕〕萬曆本作「種玉田邊餉七兵」。

〔鶖集共憐芳月飲〕萬曆本作「鶖集久拚燕市醉」。

〔鴈來翻作苦寒行〕來、苦、寒，萬曆本分別作「行」、「薊」、「門」。

〔並道巍峩簪筆裏，長河襟帶潁流清〕萬曆本作「到得一軺回漢吏，吹臺秋盡草煙乎」。

卧邸寄帥思南

卧病高齋倚葛巾，陌頭何地着清真？晝長門簿添過客，夜短窗紗減侍人。西郡酒泉那可乞，南城冰井復無因。惟堪夢裏期心賞，竹箭花溪過酉辰。

送劉襄陽

百花高宴兩留連，五馬行春二月天。耆舊到時分笑語，遊人偏處是山川。南行趙國邊陰盡，西望巴關楚澤連。莫學君家前郡牧，禰衡相見不相憐。

【校】

〔百花高宴兩留連〕兩，萬曆本作「雨」。

【評】

沈際飛評「遊人」句云：「脱。」

送戴萬縣

桂苑香銷碧樹秋，彈碁尊酒興難酬。那愁萬縣之官遠，自愛三巴景物幽。雪色鴻冥開臘騎，江心魚復浪春舟。安鄉最近神靈雨，并作隨車苗麥秋。

【校】

〔題〕萬曆本作「送戴孝升之萬縣」。

〔安鄉最近神靈雨，并作隨車苗麥秋〕萬曆本作「芳皋到日逢新雨，無事西華送督郵」。

送吴太原

才名真作漢田郎，十載懷君江水長。自擬斟蘭陪漢署，誰令剖竹動河梁。恒山郡勢連襄國，孟渚鄉心隔太行。今日延陵真適晉，聽歌蟋蟀思難忘。

范敬之醉後有深語醳之

江上殘潮氣不平，過逢郎吏得藏名。沾花夜雨留懽醉，摇蕙春風起怨情。過恨杳隨彈劍盡，投心差覺報珠明。蕭疎半榻天河語，長見棲鴉接鳳城。

【箋】

〔范敬之〕名世美。江西高安人。萬曆二年（一五七四）進士。詩當作於十六年陞鎮江知府前，十二年湯氏官南都後。

【校】

〔過逢郎吏得藏名〕得，萬曆本作「醉」。
〔沾花夜雨留懽醉〕醉，萬曆本作「曲」。
〔過恨杳隨彈劍盡〕恨、彈、劍、盡，萬曆本分別作「夢」、「雙」、「闕」、「迴」。
〔投心差覺報珠明〕報，萬曆本作「寸」。
〔蕭疎半榻天河語〕天河語，萬曆本作「容高隱」。
〔長見棲鴉接鳳城〕長見，萬曆本作「慙愧」。

送何仲雅入對

置酒臨皋拂纜斜，參差鳴鴈起晴沙。休教興淺青門柳，即漸春深紫禁花。三殿雲霞邀麗藻，六朝人物映輕華。郎潛未説江南好，遲汝乘軒一過家。

【箋】

〔何仲雅〕據千頃堂書目，仲雅名淳之。無錫人。顯祖同年進士。時爲浙江道御史。詩當作於南都時。

【校】

〔題〕，萬曆本作「送何郎入對」。

〔置酒臨皋拂纜斜〕拂纜，萬曆本作「日影」。

送梁興古暫歸東莞，并寄袁萃霞貴竹

每聞深論欲過從，恨别靈山幾萬重。瘴嶺人才多伏驥，清時選法似圖龍。鄉心自試檳榔驛，客路還過紫橘峯。更説白人能賣劍，不妨樽俎勸春農。

送汪雲陽計部賑秦

中原岐路出三鴉，獨夜星軺望五車。歲氣未占河上草，春情難繫洛陽花。西都陸海從誰問，南部風煙亦自嗟。爲報連城諸從事，好將金粟到人家。

【箋】〔汪雲陽〕名言臣。四川巴縣人。萬曆五年進士。見巴縣志卷一〇中。

【校】〔好將金粟到人家〕好，萬曆本作「肯」。

送路鞏昌

名都太守出三齊，人地風華映執珪。曾過汶園春靄靄，幾年吴署草凄凄。干旌半拂花池柳，佩印全封紫水泥。賓舊宴餘留綵筆，相思無那隴禽啼。

【箋】〔路鞏昌〕即路梗，汶上人，曾任鞏昌知府。參上卷懷路鞏昌汶上。

送徐司廳歸越

畫舸悠悠簫鼓聲，石蒲尊酒映人清。坐隨明月江中賞，歸向山陰道上行。暑路獨宜驅傳早，涼園初稱舞衣輕。祠郎亦有鄉關思，爲報還曹及早鶯。

【校】

〔畫舸悠悠簫鼓聲〕簫，萬曆本誤作「蕭」。

【評】

沈際飛評「暑路」句云：「意勝於詞。」

送蔡體言儀部入都

佳辰上巳與清明，花氣雲陰滿客程。纔向舊都深禮樂，每當高宴出才情。爲郎未覺遷鶯早，奉母將邀刻雉榮。極望芳皋倍惆悵，送君行似送春行。

【箋】

〔蔡體言〕名守愚。福建同安人。萬曆十四年（一五八六）進士，除禮部祠祭司主事，改北工部屯田司。見福建通志總卷一四。

【校】

〔題〕萬曆本作「送蔡小儀入都」。

七夕送張計部西歸

久從京兆出江鄉，秋興能過漢署郎。高韻隔籬纔佇賞，疎花別墅稍聞香。衣冠勝氣留南國，砧杵鄉心入太行。無事佳期逢七夕，偏歌遊子上河梁。

漢西門樓春望

江闕風煙積望遥，縈迴花鳥屬春嬌。誰令澹蕩芳心起，共惜氤氲淑氣飄。巧笑步歸沾暝色，遠帆飛落映晴潮。青軒露靄暄桃李，琴曲金尊付此宵。

【箋】

〔漢西門〕在南京西面第二門。

【校】

〔縈迴花鳥屬春嬌〕屬，萬曆本作「續」。

〔共惜氤氳淑氣飄〕共，萬曆本作「豈」。

送錢用父常州歸覲

玄湖儷署發雲霞，旌旆翩翩出二沙。浪説故鄉同宦侶，那堪尊酒送年華。鶯春笑拂河陽柳，入洛回看江上花。他日高齋能憶汝，蘭泉新試罨溪茶。

【箋】

〔錢用父〕名汝梁。浙江烏程人。萬曆十一（一五八三）至十四年任常州府江陰知縣。見江陰縣志。

【校】

〔題〕萬曆本詩題無「用父」二字。

送徐士彰諫議辭越憲歸宜興

君歸不作老明經，似有封章在漢庭。忽報天台行部遠，卻憐陽羨故山青。香添晝閣傳經罷，雨洗春泉宿酒醒。莫厭此身如病鶴，年年清迥憶江汀。

【箋】

〔徐士彰〕疑當作俞士章，湯氏同年進士。見宜興縣志卷七。

【校】

〔年年清迥憶江汀〕萬曆本作「年年還得戲沙汀」。

送趙國子倅湖

天水名家鄉里賢，西山秀色滿雲煙。並遊南國歌風地，爲想春江泛月年。芳樹送歸臨極浦，梅花須折向長筵。不知松雪齋中帖，還似餘波照霅川。

【校】

〔還似餘波照霅川〕萬曆本作「能似蘭亭照霅川」。

送宋崇陽暫歸廣漢

可中風物半臨湘，冉冉飛梟別鴈行。雪色西峯含照久，歲華南浦逗歌長。新將家口過明月，且醉離情傍夕陽。摇落未須憐宋玉，蜀絃初拂楚明光。

【校】

〔題〕廣漢，萬曆本作「蜀都」。

〔可中風物半臨湘〕可中，萬曆本作「楚天」。

〔新將家口過明月〕新，萬曆本作「欲」。

〔且醉離情傍夕陽〕醉、傍，萬曆本分别作「緩」、「餞」。

〔摇落未須憐宋玉〕摇落未須，萬曆本作「暫與登高」。

〔蜀絃初拂楚明光〕萬曆本作「年來江漢滿秋光」。

送姜耀先寄懷周臨海

偶爾封書去海涯，煙霜長是惜容華。即知張緒當年柳，正作河陽一縣花。堂上琴聲淒綠水，樓前巾幘起朝霞。思君欲似西園語，相送河橋日未斜。

【箋】

〔姜耀先〕名鴻緒。臨川人。與帥機、湯顯祖結社里中，質修身爲本之學於羅汝芳。著有大學古義、中庸抉微、莫釣蘭言、頳霞館、石樓洞諸稿。學者稱爲鯤溟先生。見撫州府志卷五九。

〔周臨海〕名孔教。臨川人。萬曆十二年（一五八四）任臨海知縣。見臨海縣志。

〔巾幘〕指近郊巾子山。

【校】

〔題〕萬曆本無「寄懷周臨海」五字。

〔樓前巾幘起朝霞〕巾幘，萬曆本作「鍾梵」。

〔思君欲似西園語〕君，萬曆本作「歸」。

【評】

沈際飛云：「無棘口處。」

送王道父歸侍稷山

王郎白鬢已暉暉，并向恩光入禮闈。鳴驥晚辭中坂起，慈烏春繞夕陽歸。平林月出姜嫄巷，嬀水雲生舜女扉。花下獨陪王母宴，恰分宫錦製萊衣。

【校】

〔平林月出姜嫄巷〕嫄，各本都作「源」。今改正。

戲贈涿鹿劉孺新襄垣

千里虖河苦霧澄，摻袪一别會難憑。賓階醉月存歌笑，仙院朝天識拜興。臘盡扶桑歸涿野，春生片石度韓陵。玄明不問山陰訣，若大腰圍飯一升。

【箋】〔劉孺新〕名斯濯。涿鹿人。湯氏同年進士，出爲襄垣知縣。

送陳悦道使餉白登歸楚

長共梅生泣敝裘，秣陵高興此時收。春官別署移星鳥，秋氣連河辨斗牛。晝錦待留三户語，水衡將餉五原遊。應經畫女神靈地，一笑君家户牖侯。

哭陳寶鷄貞父

鳳去陳倉見玉京，楚歌燕筑最含情。春漿袖枕青童送，夜雪幨籠白馬迎。嘆世動如臨廣武，爲官應與築懷清。身後故人誰作誄，元方兄妹已先成。

【箋】詩作於任官南京時。萬曆十七年（一五八九）作詩寄李岸嵜内鄉追憶陳寶鷄，時寶鷄知縣陳貞父已物故。

送陳瑞實海康

漳山名第得如君，漳浦能開錦繡文。陌上横鞭初接語，花邊解佩若爲分。關山馬首河流見，海國鷄鳴夜定聞。暫向九龍催傳發，雷陽春色待行雲。

【箋】〔陳瑞實〕名錦，福建漳浦人。萬曆十一年（一五八三）進士。時任海康知縣。見海康縣志卷三。

送費閩簿

風物如人獨儼然，公孫家世似秦川。曾遊太學稱高弟，爲厭鴻臚乞外遷。去國夢隨燕月盡，過家春發島雲連。俱夸十里芙蓉色，不負鵝湖十萬箋。

【箋】〔費閩簿〕名長年。江西鉛山人。萬曆時任閩縣主簿。見鉛山縣志卷一三。承芝加哥大學中文圖書館馬泰來館長來信匡謬，謹謝。

西川學使郭參知棐調西粤

自起移官向越賓，一時清論滿朝紳。新參古色歸懸鏡，舊士高談憶角巾。蒼野獨行雲氣曉，桂林閒望洛容春。鬱金美酒須饒作，何但風煙老卻人。

【校】

〔自起移官向越賓〕自，各本都誤作「目」。今改正。

戲贈盧國徵使催藥材松江

托道盧郎是國工，春年調御使車同。方夸遠志來江左，便學懷香去海東。玉兔待懸霜杵下，金人遲和露盤中。白頭羽翰尋常事，折莫偷窺尚藥籠。

朝天宫真人夜語

氣成龍虎萬靈朝，太乙高煙午夜燒。蘸罷星河迴劍履，夢殘松桂發笙簫。琴心且試齋中訣，寶旄還馳世上妖。不爲盡詢瀛海事，止將靈氣屬燕昭。

【箋】

〔朝天宫〕在南京，太常寺轄。

過宛平縣治，憶庚辰春雪，寶鷄令陳貞父同訪李岸嶜，時雙鶴飛舞，今岸嶜已去郎位，而貞父物故，鶴猶迎舞，泫焉悲之

居然赤縣在神州，不是龍門共大丘。白鶴懊來迎舊舞，玉鷄飛去夢前遊。傷心有客山陽笛，滿目無人雪夜舟。好語世人珍重别，交情生死即難求。

【箋】

〔庚辰〕萬曆八年（一五八〇）湯顯祖北京春試不第，南歸過宛平。

〔李岸嶜〕名蔭，字子美，一字襲美。内鄉人。時爲宛平知縣。

【校】
〔不是龍門共大丘〕大，天啓本作「太」，是。

送任文庸理犖昌

蘭署君初出隴西，暮雲春酒惜分攜。曾無候吏來朱鬮，即有家書護紫泥。滿目鴛鸞迎岫舞，出身鸚鵡背林啼。門庭舊事清如水，法宿高居太白齊。

【箋】
〔任文庸〕名應徵。四川閬中人。萬曆十一年（一五八三）進士。任犖昌推官。見犖昌府志卷一三。

張司法入關有懷李漸老中丞

百泉泉上拂車塵，京洛辭秋遠入秦。關傍芙蓉雲氣紫，鴈迴高掌月華新。金科暗用儒家筆，水鏡光鄰上國珍。爲報卿才除陸老，可將深坐向誰人。陸公五臺與李公有道濟之望，及之。

【箋】〔李漸老中丞〕名世達。陝西涇陽人。先後任山東浙江巡撫。時或移疾在籍。明史卷二二〇傳云：任官吏部時，「與陸光祖并爲尚書所倚」。五臺，光祖號。

劉諫議出鎮金州暫歸長白

妙迹西遊諫草閒，憂時長似映心顏。太常陵事清齋入，長樂鍾聲遠夢還。副嶽迴旗開白雨，靈河邀佩出藍關。由來隴塞功名地，不説吴都侍從班。

送姜司農入秦

茂宰曾標濯錦才，同官幾歲鳳凰臺。書通蒟醬時抽簡，酒到郫筒一命盃。遂赴秋期秦隴上，即看春色漢江迴。涼州舊宅渾無恙，長似西平駐節來。

【箋】〔姜司農〕名士昌。丹陽人。參看卷一四聞仲文參江藩驚喜漫成二首箋。

【評】沈際飛評三、四句云：「典嚴。」

送張客曹備兵安緜過家青府

曲臺風物正吾流，竹塢花溪幾獻酬。遷客舊題華省恨，爲郎新作錦官遊。家山海日過殘暑，閣道秦雲屬蚤秋。萬里雪山當露冕，知君挾纊古綿州。

至日恭聞皇長子有慶，兼以雲氣占年喜而敬作

神皋千里鬱葱青，鸞鶴三山繞御屏。齋宿但陪雍畤禮，端居惟覺奉常醒。得逢長日皆天日，幸好前星接帝星。滿目黄雲新歲美，應書寶鼎在明庭。

神樂院夜醉羽客

有客那教不醉回，惜無多酒注深盃。鄒生正解談天去，蕭遠何曾辨命來。帝樂西樓遲夢曉，空青南圃逐花開。煙光海色尋常度，未道年年鬢髮催。

【箋】

〔神樂院〕在南京，太常寺轄。

【評】

沈際飛評「鄒生」句云：「喜無香火氣。」

陵下寄新野申齋宗正

大府周南接華嵩，親賢文物映江東。書抽翠碧流温水，詔領鴛雛出閬風。宗室舊推劉子駿，王孫今作魯申公。千秋一倍章陵色，自是鍾陵氣鬱葱。

【箋】

〔申齋〕當是唐定王五世孫鎮國中尉碩爋或其子器封，萬曆中被推爲宗正候選人。

送臨海王福州暫歸覲司空作

爲郎飛割有才名，漢守威儀重列卿。暫與初禪遊戲出，寧妨終宴踏歌行。東甌地脈高連海，南部星分赤繞城。并向中丞饒問業，青箱還與記昇平。

【箋】司空指前南京工部侍郎王宗沐，士琦爲其次子，湯氏同年進士，萬曆十八年任福州知府。以上見臨海縣志卷七。

送敖學正同知大理

家世初當紫淦城，楚黔流寓借才名。心知故國琴尊淺，愛聽諸生絃誦清。萬里靈關新佐守，五雲春色倍逢迎。一官何日麾能得，洱海蒼山不厭行。

爲濟南周太常堂翁從金陵寄壽楊太宰太夫人作

碧霞春重海門煙，大老承家最得全。總是東人官讌喜，遥從南斗拜真仙。桃花峪暖三千歲，青鳥函開尺五天。朝會自公初進酒，年年聖澤下中涓。

【箋】

〔周太常堂翁〕名繼，號志齋，山東歷城人。約萬曆十四年（一五八六）前後在南京太常寺少卿任，後任應天巡撫。

〔楊太宰〕萬曆十一年（一五八三）至十八年，楊巍在吏部尚書（太宰）任。

寄李銅陵有懷佘參知先輩

神泉候館得神君，彭澤鄉音接署聞。興發天船雲際落，朝迴仙履漢庭分。梅根歲月逢南驛，鵲渚風煙望北軍。獨是參知舊來往，爲予長拂五松雲。

【箋】

〔佘參知〕佘，原誤作「余」。佘敬中，銅陵人。嘉靖三十八年（一五五九）進士。曾任廣西參政。見安徽通志卷一九一。

真妃院送井九一歸池陽

諸生好事與談文，井幹淩雲動不羣。賓從春曹南典客，主家仙館上元君。林花岸拂舟前雨，隴麥江摇衣上雲。别後心期在秋浦，十年秋色幾平分。

送陳比部憲蜀暫歸福清

西郎南署未浮沉，執法新看横帶金。福海旃檀逢世早，玄湖煙月映人深。孤雲一握旌麾色，長路三秋井絡心。便似嘉江向離席，竹枝千里暮猿吟。

送丁生濟南訪舊

緑雲晴色映江干，罷酒乘舟送所歡。一飯共憐滄水使，十年初謁漢祠官。新知結綬人情易，末路分金古道難。莫爲秋風苦留滯，鵲山明月夜飛寒。

【校】

〔送所歡〕原作「一送歡」。據胡本改。

【評】

沈際飛評「末路」句云：「歷世語。」

送汪青城

嵩室榮光冪大河，梁園歸去莫蹉跎。冰澌洛浦黄塵少，春傍雲亭碧草多。見説閒情高飲興，能憐孤憤一經過。由來漢署憐終賈，半壁青城奈汝何。

答張兆文

衣冠馳道出香街，書到纔開百日齋。已報珠輪隨月長，誰教寶劍逐年埋。千秋氣色空流覽，十載風煙有素懷。爲道四愁能見擬，陸機家宅近秦淮。

奉答王弘陽大理思歸有作

廷尉題門客暫過，幾年簪紱寄煙蘿。直憐祠署齋心好，無奈清朝病骨何。玄武湖晴春泛少，緑雲亭暮興歸多。重來得盡新知樂，驂騎鱗鱗望九河。

【箋】

〔王弘陽〕名汝訓，山東聊城人。時任南京大理卿。明史卷二三五有傳。

爲劉兑陽太史尊公壽

象緯峩峩高士名，西州紫誥自南榮。春風酒對蟠桃熟，夏雨香生竹簟清。几水定中高隱几，瀛山佳處下蓬瀛。今朝筇杖將扶老，長看青藜護漢京。

【箋】

〔劉兑陽太史〕名應秋。江西吉水人。顯祖同年進士。萬曆十一年（一五八三）三月授翰林院編修。十七年陞南京國子監司業。參看玉茗堂文之十四明故朝列大夫國子監祭酒劉公墓表。

【校】

〔瀛山佳處下蓬瀛〕二「瀛」字，天啓本誤作「瀛」。

與釣竿和尚宿牛首山杏樹下作

曾記漁翁到杏壇，花巖月色映空寒。六時湧地千花塔，雙闕淩風秋露盤。夜盡忽聞船子唱，月明還似夾山看。折蘆渡口西風急，不爲無魚下釣竿。

送詹東圖，詹工書畫，署中有醉茶軒作

新安江水峻淪漪，白嶽如君亦自奇。河朔風塵爲客蚤，江東雲物向人遲。淋漓墨妙啣盃日，盤薄春光啜茗時。千卷貯書那不畏，深心只遺鬢毛知。

【箋】

〔詹東圖〕名景鳳，號白嶽山人。休寧人。隆慶時舉人，曾官吏部司務。有畫苑、東圖玄覽等。

祠署送朱禮垣奏計過家淮上

簪裾拂檻柳條舒，南省翩翩向直廬。江草醉吟新月夜，淮揚歸興五湖餘。春官得侍開元禮，天子寧忘諫獵書。望幸幾年如召對，漢家朝講未應虛。

送王比部北上光禄 比部以諫取麒麟謫起

地迴羅浮色，天高越秀春。湖南推妙宰，江表寄時巡。氣候風雲合，心期歲月申。謫官棲下雉，托諷在麒麟。山木歌王子，湘蘭見楚臣。稍遷司理俊，再入典刑

新。郎署攀留久，卿才借問頻。種蘭初命子，行藥遠寧親。倏報遷鶯喜，言調光禄珍。玄湖清帳飲，陽月煖車茵。法酒箴何得，和羹理必均。時從大官局，斟酌嘆勞薪。

【箋】

〔王比部〕名學曾。南海人。萬曆五年（一五七七）進士，授醴陵知縣，調崇陽，擢南京湖廣道御史。萬曆十三年十月以諫取麒麟降興國判官。累遷南京刑部主事，召爲光禄丞。萬曆二十一年以争三王並封忤旨削籍。見明史卷二三三傳、明實録及明史紀事本末卷六七。

壽南祭酒祥符張公太夫人劉十五韻

首夏清和迴，遲春麗景紓。何來仙姥宅，移自承明廬。劉媪開祥遠，張翁發慶餘。遊梁歸令室，鄰孟得高居。每贊還金數，長資佩玉虚。明章將太史，陰德特充閭。時雨生申嶽，垂雲出孟諸。王風資密勿，卿月照扶疎。勝業三槐後，高標片玉如。南陔詩潔白，東序禮勤渠。慈竹長隨鳳，清江即饌魚。泮宫追魯燕，國學近潘輿。旦欲中靈婺，輝將滿望舒。棘心吹正煖，萱草緑方初。戴勝高堂上，笙鏞奏樂胥。

【箋】張一桂，開封祥符人。隆慶二年（一五六八）進士。時任南京國子監祭酒。上據開封府志。詩當作於任官南京時。

聞聖躬調御有感

帝母親調藥，千官想御門。鍾陵無限色，今日聖皇孫。

送汪主客

酒寒須别君，燈火欲紛紜。今夜籬門月，殘年江上雲。

上巳日遊牛首登寶塔

天闕雲霞起，吴都煙海迴。淩風飄緑袖，招得幾人來。

【箋】〔牛首〕山名，一名天闕山。在南京城南三十里許。

又登文殊閣

花巖藏地古，珠塔湧樓平。何似登龍首，居然俯漢京。

【箋】〔文殊閣〕在南京牛首山。
〔花巖〕即獻花巖，在牛首山南。
〔龍首〕在今西安。見張衡西京賦。詩以漢之西京（長安）比喻明之舊都（南京）。

上巳後二日遊幽棲寺

百日齋初過，三春緑已齊。披雲眠佛窟，殘屐到幽棲。

【箋】

〔幽棲寺〕在南京城南三十里之祖堂山南。

遊獻花巖芙蓉閣

木末芙蓉出，花巖草樹齊。陵高諸象北，江白數峯西。

【評】

沈際飛云：「閒遠。」

住鷲峯寺曉起同夏正之

拂衣蒼翠堂，雲光滿虚闉。後臺臨雨花，前亭生木末。

【箋】

〔鷲峯寺〕在南京城南。

卞公冢

寒食秣陵下，偶然持一尊。同來看花草，何意傍籬門。

【箋】〔卞公冢〕晉尚書令卞壼墓，在今南京水西門内莫愁路附近。

醫俗亭同王弘陽大理詠

舊日王孫路，半曲梁園竹。時有會心人，勿剪湘波緑。

【箋】〔王弘陽〕名汝訓，時任南京大理卿。明史卷二三五有傳。

莫愁湖

石城湖上美人居，花月笙歌春恨餘。獨自樓臺對公子，晚風秋水落芙蕖。

邸報御門有喜

萬年仙曆正朝元，至日書雲望至尊。見説天人調御蚤，齊趨閶闔待春温。

詠楊太宰桃花園圖卷寄右武爾瞻

吏部桃花千樹穠，春風春日好顔容。亦知鄒子閒吹律，略放丁生一夢松。

【箋】

〔楊太宰〕名巍，萬曆十一年（一五八三）至十八年任吏部尚書（太宰）。

〔右武〕丁此吕字。明史卷二二九有傳。

〔爾瞻〕鄒元標字。明史卷二四三有傳。

高座寺爲方侍講築塋臺四絶 有引

方家女種落教坊，年年踏青雨花臺上，望而悲之，曰：「我祖翰林君也。雙梅樹爲記，因地入梅都尉家而酹絶。」予爲植其墓，有田，春秋祠之。教坊人先已爲李道父郎中放其籍，嫁商人矣。

碧血誰裁雙樹栽，爲塋相近雨花臺。心知不是琵琶女，寒食年年挂紙來。

宿草悲歌日欲斜，清明不哭怕梅家。不知都尉當年死，也似梅花近雨花。都尉亦死靖難。

一種寒梅似白楊，墓門不閉返魂香。雨花臺上春愁客，只似遊湖看岳王。

定有舍利世不傳，寶瞿偷得葬江邊。從今更與生公説，好雨香花向墓田。

【箋】

〔高座寺〕在南京雨花臺。

〔方侍講〕名孝孺，事明惠帝，官至侍講學士。死於靖難之役。明史卷一四一有傳。

〔李道父〕名三才，任南京禮部郎中。見玉茗堂文之四讀漕撫小草序箋。

【評】

沈際飛評第一首末句云：「意痛。」評第二首第二句云：「趁筆。」又評第三首云：「比擬傷絶。」

聽乳林唄贊

絳桃春盡攝山幽，地湧千峯月氣浮。忽散梵聲驚睡起，繞天風雨塔西頭。

【箋】

〔攝山〕一名棲霞山，在南京東北約四十里。

寫道書作

廚開柏爈吹芸葉，袖拂鸞綃吐墨花。奉常禮署清微甚，也有蓬山北道家。

南署分冰

銀床曉汲向紗窗，小飯過時熱未降。自笑剪冰無尺様，縱抛朱李石蘭缸。

【校】

〔題〕沈際飛本作「分冰」，下注「南署」。

姑蘇端太學望虹席中有贈

離離江月照高臺，憶别朝陽鄣袂回。如夢更逢江上飲，不教頻唱恨無媒。

天界寺塔下印經

中官摸發歲紛紜，更費金錢與潤文。未恨故宫當火宅，赤烏猶似氣侵雲。

【箋】

〔天界寺〕在南京城南。

朝天宫

教門公事亦無多，首座都監奈汝何。除卻醮壇星月曉，紫雲殘夢玉簫和。

【評】

沈際飛評結句云：「賴此句襯雅。」

奉常進鰣鮮作二首

夏首晴江出網絲，春陵嘗麥進鮮時。吴都不用瓶魚鱠，千里冰盤夾秀脂。

薦麥春殘過望魚，越江休數鱠吴餘。芹芽芍醬天廚裏，何似鮮芳玉筯初。

秣陵寄徐天池渭

百漁詠罷首重回，小景西征次第開。更乞天池半坳水，將公無死或能來？

【箋】

〔徐天池渭〕字文長。山陰人。善書、畫、詩、文、雜劇。曾爲湯顯祖評問棘郵草。百漁，指漁樂圖詩。見徐文長集卷五。中有句云：「誰能寫此百漁船。」原注：「都不記創於誰。近見湯君顯祖慕而學之。」

【校】

〔將公無死或能來〕沈際飛云：或，一作「復」，是。

看金人楊奐趙太常試賦

夢華無計得追攀，大定明昌一解顏。何幸紫衣來問賦，異香初出殿欞間。

送謝耳伯歸閩三首

秣陵葉下正清秋，祖道寒花十月留。向後相思如夢海，月明長在九仙樓。

斗漢西斜秋復闌，微波真作泛舟難。祇應清遠堂中客，留得延津一劍彈。

深尊明燭意何窮，漸喜南行背朔風。吴粤去來將萬里，人情多在絶交中。

【箋】

〔謝耳伯〕名兆申，字伯元。萬曆中貢生。福建邵武人。著有謝耳伯詩集八卷、文集十六卷。所著麻姑游草，見千頃堂書目。湯顯祖曾爲之作序。參看福建通志卷六二。

聞蕭生成芝入都欲得光禄署，寄作

櫻筍冰鮮南奉常，君行先入大官嘗。三公欲問調和意，夜夜持書向側光。

讀夢得金陵懷古作

賓客探驪獨唱時，何妨鱗爪更披離。無端白舍拋除去，不得金陵四首詩。

湯顯祖集全編詩文卷一一　玉茗堂詩之六

詩一百五十一首　一五九一—一五九二，四十二、四十三歲。貶官徐聞作。

謫尉過錢塘，得姜守冲宴方太守詩，悽然成韻

旅客如吴會，同人在水陽。笑迴花壓帽，泣别酒沾裳。獻賦登枚子，修文下沈郎。暮雲春穀冷，秋草敬亭荒。獨嘆題輿此，曾邀數騎將。風期行荏苒，月旦坐游揚。戲出馨兒語，鮮傳荔子嘗。雨齋深蟋蟀，晴檻淺鴛鴦。共夢常千里，相思偶一方。尚持心膽素，稀覺鬢顔蒼。道舊才難盡，看新意易傷。禮卑存授簡，興劇儼垂堂。擲地詩摇卷，兼春墨吐香。煙霞移几閣，山水過舟航。南屏鐘初斷，西泠漏不妨。語經吴署俊，色帶海雲長。市筑留還俠，輿歌接似狂。魂來多白嶽，人去獨滄

浪。別駕誠高韻，同官雅和章。朗音雙叩鍛，陳事一悽鏘。自愧紛吾久，還疑向若茫。文章傾禦魅，意氣盡投湘。罷讀塵經笥，慵書冷筆牀。今朝擘瑶草，還自惜餘芳。

【箋】

萬曆十九年（一五九一）辛卯夏，貶官徐聞，自南京江行過皖南作。四十二歲。據劉應秋劉大司成集卷一四與湯若士，湯顯祖於五月間離南京，溯江西上，經皖南返江西。劉氏先後獲湯氏自采石、蕪湖、南陵、青陽發數信。湯氏此時不可能有杭州之行。詩題當作謫尉過□□，得姜守沖錢塘宴方太守詩悽然成韻。□□，皖南地名也。據太函集卷三四方思善傳，方揚年四十四卒。

〔姜守沖〕名奇方，萬曆十年（一五八二）任杭州通判（別駕）。時歙縣人方揚任知府。見杭州府志卷一〇〇。

〔同人在水陽〕水陽在宣城。以下回憶萬曆四年（一五七六）遊宣城，與知縣姜奇方、當地沈懋學、梅鼎祚之聚會。下文枚（梅）子，指梅鼎祚；沈郎句，時懋學已死。

【校】

〔題〕宴，萬曆本作「和」。

〔獻賦登枚子〕枚，萬曆本作「梅」。

〔獨嘆題輿此〕後三字，萬曆本作「關門尹」。

〔曾邀數騎將〕萬曆本作「重瞻許子將」。

〔風期行荏苒〕行，萬曆本作「何」。

〔月旦坐游揚〕坐，萬曆本作「正」。

〔戲出馨兒語〕萬曆本作「暗蹀歌兒語」。

〔雨齋深蟋蟀〕雨齋深，萬曆本作「歲除知」。

〔晴檻淺鴛鴦〕晴檻淺，萬曆本作「情換數」。

〔共夢常千里〕共，萬曆本作「欲」。

〔尚持心膽素〕尚，萬曆本作「共」。

〔禮卑存授簡〕存，萬曆本作「行」。

〔興劇儼垂堂〕儼，萬曆本作「屢」。

〔擲地詩搖卷〕搖，萬曆本作「盈」。

〔南屏鐘初斷，西泠漏不妨〕萬曆本無此二句。

〔語經吳署俊〕署，萬曆本作「越」。

〔市筑留還俠〕還，萬曆本作「燕」。

〔輿歌接似狂〕似，萬曆本作「楚」。
〔魂來多白嶽〕魂來多，萬曆本作「自多懷」。
〔人去獨滄浪〕人去獨，萬曆本作「兼以寄」。
〔陳事一悽鏘〕陳事，萬曆本作「微韻」。
〔自愧紛吾久〕紛吾，萬曆本作「雕蟲」。
〔還自惜餘芳〕惜，萬曆本作「借」。

【評】

沈際飛評「雨齋深蟋蟀」二句云：「下深淺二字，通句便妙。」

辛卯夏謫尉雷陽，歸自南都，痁瘧甚。夢如破屋中月光細碎黯淡，覺自身長僅尺，摸索門户，急不可得。忽家尊一喚，霍然汗醒二首

病枕魂銷月影微，拋殘家舍欲何之？恰逢慈父呼亡子，得見三三二二時。

夢中沉似月黄昏，破屋踉蹌苦索門。幸好家公與留住，不須炎海更招魂。

【箋】

作於萬曆十九年（一五九一）辛卯夏，貶官徐聞，過家小住。四十二歲。

尉徐聞抵家，直丁侍御莊浪備兵遷越歸覲，遠遺西物，卻寄三十韻 嘉靖間，寧夏將王翊議決水退虜。

地脈陽關遠，天心雪嶺高。何年金狄巧，入夜羽書勞。張翊愁臨水，王瓊戲築壕。傳聞逼通渭，不擬過臨洮。詔蜀丁都護，巡秦漢節旄。繡衣分儼雅，團扇失腥臊。古浪烏稍迥，長城豹嶺牢。善騎宛白馬，能送海青絛。芳樹凝笳入，真珠卷帳逃。雄文三楚客，醉色五陵豪。凍拭青砥硯，春抛碧玉搔。燕支歌冷淡，胡旋舞周遭。獨將危班遠，誰憐放竇滔。年華依贈紵，心事與同袍。似語長沙鵩，初漂漲海鰲。三秋餘病枕，萬里脱詞曹。赤水蚊龍影，炎州翡翠毛。月低枝鵲繞，風細嶺猿號。故國羅浮夢，新州古佛毫。尉留雷部隱，兵過海門操。月嶼珠爲燭，星巖燕拍篙。蒼梧韶奏謁，白雪郢沉騷。嶺樹天猶漏，皋蘭漢欲鏖。白河迴鳥陣，青海送龍弢。舞换征衣綵，歸將王母桃。熒熒分枸杞，瑣瑣寄葡萄。遠致緘重復，幽遷慰鬱陶。尊慈乘健飯，越騎仰投醪。春汛新移牒，霄光宿佩刀。浙江秋色好，兄弟欲觀濤。

【箋】作於萬曆十九年（一五九一）辛卯秋，貶官徐聞，暫住臨川。四十二歲。前御史丁此吕是年由陝西副使莊浪兵備陞浙江海道副使。

【校】〔春汛新移牒〕牒，原本作「煠」。據沈際飛本改。

【評】沈際飛評「月低枝鵲繞」二句云：「唐調。」又評「皋蘭漢欲鏖」句云：「趁韻。」

伯父秋園晚宴有述四十韻

伯也垂雙鬢，公然一老儒。釣竿嚴子瀨，碁局帝王都。龍虎燒丹有，瀟湘鼓瑟無。武夷春歲月，廬嶽暮江湖。汗漫期常共，清真德未孤。卧遊仙裊裊，行樂醉烏烏。舊試朋簪合，新瞻佛座敷。時時開畫軸，日日隱香爐。年少誰留夢，情多數被呼。月高輕點拍，春睡美投壺。長袖光陰遠，深衣禮數殊。步趨真長者，詩賦可賢乎。每嘆青雲器，長誇千里駒。山隨叢桂小，座許竹林隅。雨暈浮蒸菌，沙根颯石蒲。棘枝青裊架，荷葉翠欹扶。竹暗泠蒼玉，榴明迥絳珠。長樓陰樹偃，殘砌晚花紆。稍稍風吹鴈，涓涓水没凫。少花秋莫冷，多酒日堪晡。滌口蘭英過，調腸芍醬須。雪絲抽碧藕，波色薦青菰。屬厭全知嘆，憂生忽謾吁。謫遷方渺渺，抗疏失區區。大火奔長路，中寒卧薄軀。病呼天比語，滯泣海南圖。數過憐猶子，深慈爲友于。良醫痁略起，君子瘧何俱。擬作三生度，驚看萬死蘇。低垂争末路，潦倒送窮途。我覺才情盡，尊悲力命徂。心摧虞弔客，魂付楚招巫。瘴入何多幸？春歸即少娱。駐顔宜大藥，辟魅且靈符。骨肉欣何得？江山意不渝。定應添腦髓，何得有肌膚。少事堪長日，多財祇累愚。興來過咫尺，老至莫錙銖。薄命隨文酒，清懷在竹梧。有人林下酌，何物府中趨？

【箋】

作於萬曆十九年（一五九一）辛卯秋，貶官徐聞，暫住臨川。四十二歲。

〔伯父〕名尚質，字毓賢。

【校】

〔行樂醉烏烏〕樂，萬曆本作「藥」。

〔君子瘧何俱〕俱，疑當作「懼」。懼，亦作平聲韻。

〔尊悲力命徂〕力，萬曆本誤作「方」。

【評】

沈際飛評首二句云：「厭。」評「詩賦可賢乎」句云：「何必爾。」評「少花秋莫冷」二句云：「別致。」又評「何得有肌膚」句云：「劣。」

將之廣留別姜丈

世事亦不淺，幽期常自深。風霞餘物色，山水澹人心。一尉雲連海，孤生月在林。悠悠歲將晚，隨意惜光陰。

【箋】

作於萬曆十九年（一五九一）辛卯九月，貶官徐聞，啓行前在臨川作。四十二歲。

〔姜丈〕當即鴻緒。見卷一〇送姜耀先寄懷周臨海箋。

【校】

〔幽期常自深〕自，萬曆本誤作「目」。

【評】

沈際飛評第四句云：「古人用澹字輒妙，此亦妙。」

秋夜入廣別帥郎

江潭殊自嘆，摇落未經知。昨夜秋聲起，相逢憔悴時。園林阻芳色，河漢渺佳期。起視浮雲氣，蒼梧不可思。

【箋】作於萬曆十九年（一五九一）辛卯九月，貶官徐聞，啓行前在臨川作。四十二歲。帥郎，即帥機。

【校】〔相逢憔悴時〕憔悴，萬曆本誤作「悴憔」。〔園林阻芳色〕阻，萬曆本誤作「咀」。

【評】沈際飛評第四句云：「情中景。」

初發瑤湖次宿广溪　別吴十一舅、隆八弟。

病瘦那臨鏡，清虚欲衣綿。春糧三月外，伏枕一秋偏。吉日將行色，殊方或勝緣。暑過新雨薄，氣逐晚雲鮮。堂上行猶怯，低窗寢似便。命飄危葉起，相濕死灰然。君子能無瘧，良醫幸有全。月窗催藥杵，雲户隱書箋。氣弱難扶餞，裝輕得漾船。斑斕垂地泣，葱鬱舊塋憐。故故隨摇曳，悠悠獨遡沿。金隄斜照落，瑶水暮風旋。客夢初移枕，勞歌始扣舷。外家依广下，中國向窮邊。盱贛江連峽，雷瓊海隔天。滄浪誰莞爾，歧路欲潸然。星謫郎官遠，心知宅相賢。賦詩耆舊引，尊酒樂人傳。鳩祝人難老，鵬扶尉欲仙。山川彌望積，丘壑幾時專。

【箋】

作於萬曆十九年（一五九一）辛卯九月初，自臨川首途往徐聞貶所。四十二歲。

〔瑶湖〕在臨川城南。

〔广溪〕在臨川東南二十餘里，湯顯祖外祖家在焉。

【校】

〔題〕萬曆本詩題下無小注。

〔春糧三月外〕春，原本誤作「舂」。據萬曆本改。

入粤過别從姑諸友

祠郎盃酒憶京華，夜半鈎簾看雪花。世上浮沉何足問，座中生死一長嗟。山川好滯周南客，蘭菊偏傷楚客家。欲過麻源問清淺，還從勾漏訪丹砂。

【箋】

作於萬曆十九年（一五九一）辛卯九月，貶官徐聞典史道上。四十二歲。從姑山在臨川東南之南城。羅汝芳在此建有書院，湯顯祖少時曾來此就學。此次過從姑，時羅汝芳卒已三年。玉茗堂賦之五哀偉朋賦云：「九日登予于盱姥。」

侍宸殿贈益藩老內史

玉皇分與舊貂璫，白髮宮牌翠佩長。掃地焚香春殿裏，總延詞客奉君王。

曾叩仙都宿侍宸，君王臺殿百花新。傷心不向梁園老，白首湘江漢逐臣。時謫雷陽。

鳳嶺參差作侍臣，天潢南畔見河津。得知飛蓋西園夜，誰是抽毫賦月人？

占仙亭接大羅天，鳳舞鸞歌得幾年。並道淮王好賓客，麻姑真作酒如泉。

明德師坐化時，潢南道人遺受語。師筆云：「不隔一線。」

【箋】

或萬曆十九年(一五九一)辛卯九月,貶官徐聞過別從姑經建昌府作。四十二歲。

〔益藩〕憲宗庶六子後,封於建昌府。

〔明德師〕羅汝芳,卒於萬曆十六年(一五八八)九月。據羅汝芳先生全集附楊起元撰墓志銘。

【校】

〔白髮宫牌翠佩長〕牌,疑當作「婢」。

鬱孤臺留別黄郡公鍾梅,時李本寧參知引病並懷

達曙臨高臺,清風朝日舒。江光麗城闕,婉孌西南隅。崆峒當我前,仙駕無由紆。水東映龍影,逶迤青若趨。原泉迴豫章,雲氣連蒼梧。嶺海軒櫺間,遠勢若可呼。集合五方人,割立四州樞。鼓角中天鳴,公府鎮文儒。龍門不可見,雲杜將何如?蒼茫洞穴中,砉然成古初。黄公所行縣,冠帶十數區。于今四三年,煙火稱名都。廨宇何鱗次,人語雜川途。方州仰流粟,物土騖華腴。信美不可留,飄颻安所須?皂蓋吹雲清,翠玉含煙蕪。炎州方橘柚,高宴深茱萸。似昔黄次公,高齋遊鳳

雛。初矜逐臣遠，猶憐仙尉殊。佳期晨夕淹，懷人煙月俱。摇心躡光景，長嘯淩虚無。何得此高臺，千秋名鬱孤。

【箋】

作於萬曆十九年（一五九一）辛卯九月，貶官徐聞途中。四十二歲。

〔鬱孤臺〕在贛州西南。

〔黄郡公鍾梅〕。名克纘。福建晉江人。萬曆八年進士。萬曆十七年至二十一年任贛州知府。見贛州府志。

〔李本寧参知〕名維楨。湖北京山人。據實録，八月李以河南左参政補江西右参政。

〔崆峒〕山名。在今贛縣南。

〔龍門不可見，雲杜將何如〕龍門，指明初散文作家宋濂，深爲湯顯祖所推重。曾隱居龍門山。雲杜，今湖北沔陽西北，此指京山，代指李維楨。

虔南津口得黄郡公扇頭明月篇卻謝

風物想南都，波濤向東粤。晨登鬱孤臺，蒼茫度城闕。搴帷自遵渚，幽芳坐林樾。忽枉人吏來，新篇贈明月。徘徊青桂枝，宛孌流蟾窟。淩寒秋色晚，入夜河影没。東井流清光，南溟照窮髪。佳氣有迴合，輕霄時彷彿。感君卿月姿，悠悠眷清質。紈扇豈終掩？嬋娟恒自出。還以海中珠，來投漢川橘。

【箋】

作於萬曆十九年（一五九一）辛卯九月，在貶官徐聞道中。四十二歲。

〔虔南津口〕在今贛縣南。非今之贛南虔南縣。

梅花嶺立僧

馬鳴牛呵三車地，水擊雲摇萬里天。解向江南傳信息，梅花嶺上一枯禪。

【箋】

或作於萬曆十九年（一五九一）辛卯九月，貶官徐聞道中。四十二歲。

秋發庾嶺

楓葉沾秋影，涼蟬隱夕暉。梧雲初晻靄，花露欲霏微。嶺色隨行棹，江光滿客衣。徘徊今夜月，孤鵲正南飛。

【箋】作於萬曆十九年（一五九一）辛卯九月，往徐聞道上作。四十二歲。

【評】沈際飛評云：「描發字透徹。」

杪秋度嶺，郤寄御史大夫朱公王弘陽大理董巢雄光禄劉兑陽司業鄒南皋比部五君子金陵

素秩守山陵，積歲在星祠。如何別君子，垂雲簸天池。清齋出涼門，尊酒各前辭。婉彼蒼梧奏，澹然瀟湘姿。迴風吹木蘭，寒生青桂枝。冥冥水波遠，日暮心欲

悲。宮闕有明雲，嵯峨氣依微。

嵫。五嶺望超忽，叢山阻遊夷。蟲豸夾我吟，翡翠拂蘭

漪。所思一箇臣，嘆息綿蠻詩。何當叫我友，淩風以高馳。問路逢流星，寄言河漢私。閔嘿路方始，嬋娟知爲誰？千秋有佳期，百年安所希。玉津以止渴，芝華持咡饑。

【箋】

作於萬曆十九年（一五九一）辛卯九月，貶官往嶺南徐聞途中。四十二歲。

〔御史大夫朱公〕指南京御史大夫。

〔王弘陽大理〕據劉大司成集卷一四與湯若士書，弘陽當爲王汝訓别號。明史卷二三五有傳，但未提及任大理卿事。

〔董巢雄光禄〕名裕。時已調任北京光禄寺少卿。撫州樂安人，湯顯祖之同鄉。

〔劉兑陽司業〕名應秋，時任南京國子監司業。江西吉水人。湯顯祖與之同籍，又同年舉進士。明史卷二一六有傳。

〔鄒南皋比部〕名元標。時任南京刑部廣東司署員外郎主事添注。江西吉水人。明史卷二四五有傳。

【校】

〔婉彼蒼梧奏〕梧，各本作「蹊」。據萬曆本改。

〔澹然瀟湘姿〕然，萬曆本作「此」。

〔百年安所希〕安，原本作「女」。據萬曆、天啓、沈際飛本改。

【評】

沈際飛云：「蒼遠。」

治指腕寒痛度嶺所得

破蓬風起到擎雷，指腕侵尋末病催。縱有針神卧谿谷，可能真氣一時回？

【箋】

或作於萬曆十九年（一五九一）辛卯秋，南貶過梅嶺。四十二歲。

〔擎雷〕山名。在廣東海康縣，離徐聞不遠。

保昌下水

亂石水濺濺，綾江下瀨船。撐腰過黎壁，纔得小翩旋。

【箋】作於萬曆十九年（一五九一）辛卯九、十月間，南貶徐聞，陸行過大庾，至此下水順北江南下。保昌，今廣東南雄。以下諸詩以旅途經行先後爲序。

始興舟中

石墨畫眉春色開，有人江上寄愁迴。轉風灣底曾迴燭，新婦灘前一詠梅。

【箋】參看前詩。

夜泊金匙

涼日蕭蕭懶步灘，扁舟黄葉映秋殘。叢祠海客鐃歌舞，銀筯金匙醉不難。

【箋】參看前詩。

打頓

昨夕波羅峽，今宵打頓灘。獨眠秋色裏，殘月下風湍。

【箋】參看前詩。

九里

九里十三坡，沉沉煙翠多。釣臺何用築，吾自泛清波。

【箋】參看前詩。

韶石

舜帝南巡日，傳聞此地迴。秋風響靈峽，還似鳳飛來。
謁帝蒼梧道，行歌赤水濱。樂昌好鳴磬，能待有心人。
五月奏南薰，千秋仰白雲。可憐簫管韻，不得到徐聞。
大聖虛忘味，何曾到海涯。今朝撫韶石，直似見重華。

【箋】

參看前詩。

〔韶石〕在曲江城東北六十里。相傳舜帝南巡，於此奏韶樂。

【評】

沈際飛評云：「亦不惡。」

曲江

古驛芙蓉外，煙林晴欲開。曲江秋色晚，木末幾徘徊。

【箋】

參看前詩。

韶陽夜泊

秋光遠送芙蓉驛，亂石還過打頓灘。獨棹青燈紅樹裏，露華高枕曲江寒。

【箋】

參看前詩。

【評】

沈際飛云：「穩叶。」

曹溪

熱海行難到，黄梅渴未沾。無因四千里，分取一盃甜。

【箋】作於萬曆十九年（一五九一）辛卯九至十月間，貶官徐聞道中。四十二歲。

〔曹溪〕在曲江東南五十里。

乳源道中

洞壑闌干滴乳源，湘州一逕古梅村。九仙西北何靈氣？嫋嫋風雲長出門。

【箋】參看前詩。

子篙灘

落日從中掛，煙霏生暮寒。山含濛瀼驛，波瀉月華灘。

【箋】

參看前詩。

【評】

沈際飛云：「清佳。」

憑頭灘

南飛此孤影，箐峭行人稀。烏口灘邊立，前頭彈子磯。

【箋】

參看前詩。

〔彈子磯〕一名輪石山，在英德縣北一百十里。

【評】

沈際飛云：「可畏。」

瀉瀧灘

瀉瀧英州路，中藏彈子村。澄潭叠屏嶂，巉絶兩天門。

【箋】

參看前詩。

觀世洞 在韶河。

山似普陀小，人依大士清。洞中金碧響，門外摘篙聲。

【箋】

〔觀世洞〕在英德縣東三十五里。

參看前詩。

【校】

〔題〕萬曆本無小注「在韶河」三字。

翻風燕灘

掠水春自驚，繞塘秋不見。漠漠浪花飄，一似翻風燕。

【箋】

參看前詩。

【評】

沈際飛評前半云：「虛籠二句好。」

浪石灘

雨濕湞陽暮，風鳴浪石寒。鷫鷞飛不起，橫過釣絲灘。

【箋】參看前詩。

【評】沈際飛云：「數詩多嶺南作，故多目寓。」

湞陽峽

窈窕香爐峽，玲瓏皋石山。翠禽迴浪急，玄狖接峯間。

【箋】參看前詩。

〔湞陽峽〕一名皋石山，在英德縣南十五里。

大廟峽

縹緲香爐峽，雲祠山翠中。蠻歌聽不見，叢竹暮江風。

【箋】

參看前詩。

〔香爐峽〕在英德縣西南四十里。

峽山上七里白泡潭，爲易名紺花

樹光吹峽雨，苔色動江霞。泡影非全白，沾衣作紺花。

【箋】

〔峽山〕在廣東清遠縣。

翁源靈池口號

出震甘泉湧，温香乳玉龍。如何兩仙老，不作兩仙童？

【箋】

參看前詩。

〔靈池〕在翁源東一百二十里。山有石人，酷肖老翁。頂有石池，中有泉八，曰湧、香、甘、温、震、龍、乳、玉，乃翁溪之源。

英德水

濛瀼炊煙濕，磯頭彈子圓。迴帆雙白鳥，欹枕一晴川。

【箋】

參看前詩。

【評】

沈際飛云：「字無虛設。」

過峽山微病示南華僧

叠岫澄潭開夕氛，登臨水木湛氤氲。林前曉拂諸天樂，池上晴飛初地雲。帝子神遊香殿出，道人心定玉泉分。曹溪一滴能消疾，何用丹砂就葛君？

【箋】作於萬曆十九年（一五九一）辛卯十月，貶官徐聞道上。四十二歲。參看前詩。

〔峽山〕在廣東清遠縣。

〔南華〕寺名，在曲江南六十里。

南華寺二首

和尚坐具幾許闊，生龍白象紛來趨。西天寶林只如此，上有菩提樹一株。

寂寂寶林雙樹寒，一花千葉向中安。新州百姓能如此，慚愧浮生是宰官。

【箋】作於萬曆十九年（一五九一）辛卯十月，貶官徐聞道上。四十二歲。

〔新州〕今廣東新興縣，非所經行之地。新興是否另有一寺名南華，不詳。

【評】沈際飛云：「禪偈。」

飛來寺泉

峽山雲氣深，松柟糝蒼徑。縹幡繞屏翠，闌干抵一憑。山僧日影過，禪房點清磬。窅爾寒泉下，泠然愜孤聽。近音風葉灑，遠韻蒼梧應。小品甘露華，長流水晶瑩。曹溪脈陰引，炎岡冰欲凝。稍動寒漿色，雅與齋廚稱。花木迩涓滴，竹杪通餘賸。經聲法流湧，猿吟峽僧定。瓶鉢住空影，尋常傾最勝。何意熱中人，灑落飛來興！

【箋】

作於萬曆十九年（一五九一）辛卯十月，貶官徐聞道上。四十二歲。〔飛來寺〕在今廣東清遠縣峽山至迴岐驛間。

【評】

沈際飛評「窅爾」二句云：「寫泉令人泠然。」又評結句云：「乏致。」

清遠送客過零陵

清遠江前唱竹枝，香爐峽口暮風吹。看君不盡愁雲色，直望蒼梧似九嶷。

【箋】

參看前詩。

【校】

〔題〕零陵，萬曆本作「永州」。

登飛來寺右絶嶺

極目縹旛外，飛峯並欲飜。日光榕樹嶺，青色大蓮村。

【箋】

參看前詩。

迴岐驛

寺繞飛來興，江流清遠思。五羊從此去，定是不迴岐。

【箋】

參看前詩。

〔迴岐驛〕在清遠縣西南八十里。

憶無懷伯宗

抗壯成三友，摧藏見一翁。呑聲九泉下，流淚寸心中。

【箋】

或作於萬曆十九年（一五九一）辛卯，時在南貶徐聞道中。四十二歲。

〔三友〕指周宗鎬無懷、饒崙伯宗及湯顯祖。饒崙卒於顯祖任官南京時，宗鎬今年卒。見玉茗堂賦之五哀偉朋賦。「摧藏見一翁」，謂己獨存也。

【評】沈際飛評云：「亦苦。」

嶺外送客平樂下第

南行三十六灘瀧，依舊龍門得化龍。別有清湘起愁色，踏歌人望九疑峯。

嶺南踏踏詞

女郎祠下踏歌時，女伴晨妝教莫遲。鵁子草粘爲面靨，石榴花揉作臙脂。

笑倩梳妝阿姊家，暮雲籠月海生霞。珠釵正押相思子，匣粉裁拈指甲花。

【箋】

同前詩。

【評】

沈際飛云：「俱是實録。」

潮音閣聞李本寧參知赴闕有懷

渺渺西江水，悠悠大隱林。折蘭清漢上，摇柑鳳城陰。荆吴連氣色，湘嶺寄飛沉。復此春潮望，淒其雲杜心。弄珠如可見，江月寄情深。

【箋】或作於萬曆十九年（一五九一）辛卯，貶官徐聞道上。四十二歲。〔潮音閣〕據詩首句，當在廣東三水至南海沿西江一帶。〔雲杜〕指本寧李維楨，其家鄉京山一名雲杜。

湛林

昨夜騎羊驛，今朝鹿步來。百年無湛子，閒殺釣魚臺。

【箋】參看前詩。

〔湛子〕此指明儒湛若水。明史卷二八三有傳。

五羊驛

五色紛何異，蒼茫白石間。不見騎羊子，手持香穗還。

【箋】

參看前詩。

〔五羊驛〕在番禺縣南三里官渡頭。

【評】

沈際飛云：「意外思之。」

廣城二首

臨江喧萬井，立地湧千艘。氣脈雄如此，由來是廣州。

書題小雪後，人在廣州迴。不道雷陽信，真成寄落梅。

【箋】參看前詩。

【評】沈際飛評第二首云：「小巧。」

小金山同陳潯州冷提運送軍府夜酌四首

偶爾出城郭，扁舟潮上時。浪花寒雨釣，林竹莫煙炊。過酒窗初濕，鳴舷坐欲欹。金山不應小，渾覺潤州移。

嶺外無搖落，江中有暮潮。市樓懸入艇，山閣倚縈橋。似小金山近，無多碧海遥。興來江楚客，長得夜聞簫。

赤海中流合，金山小景開。梧雲看暝接，桂瘴得寒迴。鶴迴吟隨去，鷗輕浣欲來。桄榔垂一醉，微月下池臺。

一官能自冷，十月曉衣輕。水市懸漁影，山廚伐竹聲。盃憐椰子細，酒得寄生清。細雨炎荒外，今朝學送迎。

【箋】作於萬曆十九年（一五九一）辛卯十月，在貶官徐聞道上。四十二歲。小金山在廣東南海縣西北六十五里。一名靈洲山。

【評】沈際飛評第三首「鷗輕」句云：「細。」又評末首結句云：「趣甚。」

小金山次蘇長公韻

夕陽煙雨片江開，灧灧寒潮自去來。我亦桄榔菴下客，明珠海上寄蓮臺。

【箋】同前詩。

戲別冷提運

宦迹他鄉薄，生香別署遥。翠欹椰子葉，紅動美人蕉。酒色寒猶興，春心老不銷。鹽花金盞裹，還赴粵西邀。

【箋】

作於萬曆十九年（一五九一）辛卯十月，貶官徐聞道上。四十二歲。

別魯司理

目送雷陽外，心銷赤海旁。壺觴薦潮汐，花木送炎涼。桂死何勞蠹，蘭生應自妨。少年能泣玉，鄉國似南漳。

【箋】

作於萬曆十九年（一五九一）辛卯十月，貶官徐聞道上。四十二歲。

〔魯司理〕名點，字子與。湖廣南漳人。萬曆十一年進士，時任廣州推官。參看本書卷六南漳魯子與出理廣州過別。

陳潯州

何自船同夕，偏過酒涉旬。明珠滄海客，春色武陵人。草樹他鄉別，風煙一處親。清潯好白石，吾欲向棲真。

【箋】作於萬曆十九年（一五九一）辛卯十月，貶官徐聞道上。四十二歲。參看小金山詩。

東莞江望白雲山

靃靡番禺路，青山間白雲。輕霄含縹緲，叢薈出氤氳。迴接蒼梧影，微銷碧海氛。安期留舄遠，僊館若爲分。

【箋】作於萬曆十九年（一五九一）辛卯十月，貶官徐聞道上。四十二歲。白雲山在廣州北十五里，世傳安期生沖舉於此。

夜坐柬倪司理，時恤刑在廣

丹筆夜良苦，寒蟲燈下鳴。爲官向南斗，只合注人生。

【箋】

或作於萬曆十九年（一五九一）辛卯十月，貶官徐聞道上過廣州。四十二歲。

波羅廟

不到東洲驛，來朝南海王。虎門熛赤氣，龍闕動朱光。銅鼓聲威漢，金碑字隱唐。炎池堪浴日，今夕看扶桑。

【箋】

作於萬曆十九年（一五九一）辛卯十月，貶官徐聞道上。四十二歲。南海王廟在廣州東南八十里扶胥鎮。唐天寶中，册尊爲廣利王，因其故廟易而新之。有韓愈南海神廟碑。廟有波羅樹最古，大可數十圍，俗名波羅廟。以上據嘉慶一統志。

【校】

〔題〕波，各本誤作「渡」。據萬曆本改。

達奚司空立南海王廟門外

司空暹羅人，面手黑如漆。華風一來覲，登觀稍遊逸。戲向扶胥口，樹兩波羅密。欲表身後奇，顧此得成實。樹畢顧歸舟，冥然忽相失。虎門亦不遠，決撇去何疾。身家隔胡漢，孤生長此畢。猶復盼舟影，左手翳西日。嗔胸帶中裂，嘲嚨氣噴溢。立死不肯僵，目如望家室。塑手一何似，光景時時出。墟人遞香火，陰風吹崪嵂。上有南海王，長此波臣秩。幽情自相附，遊魂知幾驛？至今波羅樹，依依兩蒙密。波聲林影外，簷廊暝蕭瑟。

【箋】

作於萬曆十九年（一五九一）辛卯十月，謫徐聞道上。四十二歲。南海王廟在廣州東南扶胥鎮。

【評】沈際飛評「樹兩」句云：「句直。」

宿浴日亭因出小浪望海

爲郎傍星紀，江湖常久居。倏忽過南海，扁舟挂扶胥。隱隱岸門青，杳杳天池虛。培塿澹淩歷，氣脈流紓徐。潮迴小洲渚，龍鱗勒溝渠。於中藏小舟，其外懸日車。雲影蒼梧來，咸池相捲舒。孟冬猶星河，淡月沾人裾。陰湯盪揮霍，精色隱踟躇。濯足章丘餘，沐髮扶桑初。濤輝臨洧盤，若木鮮芙蕖。西顧連崦嵫，東眺極扶餘。小浪亦莞爾，大波始愁予。嶼舶自吞吐，樓櫓成煙墟。飛金出熒火，明珠落鯨魚。吾生非賈胡，萬里握靈稰。晻靄羅浮外，傳聞仙所廬。玉樹如冬青，瑶芝若栟櫚。陽烏不日浴，晝夜更扶輿。丹穴亦不炎，好風常相嘘。白水月之津，一飲饑渴除。徐聞汝仙尉，去此將焉如？

【箋】作於萬曆十九年(一五九一)辛卯十月，謫徐聞道上。四十二歲。十月，據詩「孟冬猶星河」定。

〔浴日亭〕在廣州東南扶胥鎮南海王廟之右。

〔羅浮〕名山，在廣東博羅縣北。

〔徐聞汝仙尉〕湯顯祖因上疏抨擊政府，是年五月十六日降徐聞縣典史，添注。徐聞在廣東雷州半島南端。

【評】沈際飛云：「日車、咸池、扶桑、若木、扶餘、崦嵫，疊用厭目。」又云：「似昌黎，不免堆砌。」

惜東莞祁生

誰能意氣淺，偶爾煙花深。今日羅浮子，來傷江海心。

【箋】作於萬曆十九年(一五九一)辛卯十月，往徐聞途中迂道遊羅浮山前夕。

〔祁生〕名衍曾，字羨仲。東莞人。湯顯祖友人。見卷三紅泉卧病懷羅浮祁衍曾箋。

【評】

沈際飛云：「本色生情。」

望羅浮夜發

我以適窮髮，日氣動海水。浮羅落空影，結念自此始。山水何泠泠，斷道百餘里。煙墟有餘姿，層陰相倚徙。落日朱明館，林下宿盥洗。攢巒暗星闕，招摇側東指。中夜若有人，弄影風霞裹。首建芙蓉冠，清嘯激林靡。披衣天門外，幽篁聽山鬼。

【箋】

作於萬曆十九年（一五九一）辛卯十月晦，往徐聞途中迂道往遊羅浮山。四十二歲。參看後詩。

【校】

〔招揺側東指〕側，萬曆本作「似」。

〔弄影風霞裏〕萬曆本作「衣霑緑霞綺」。

【評】

沈際飛評結句云：「古崛。」

徜岡望羅浮夜至朱明觀

炎方已中冬，氛氳煦南晷。名山紛我思，隔絶遊未擬。江海亦何意，謫居欣在此。沿迴石灣岸，紆舟水南止。果得羅浮狀，坡陀藴靈詭。初行坦襟帶，平岡十餘里。稍入向疇隧，夜雨冷山水。木末已褰裳，草根半沮履。嶔嶇豈忘嘆，念此孤遊始。緜延遠煙外，片赤殘陽裏。不見飛雲末，但覺飛雲美。矯若龍影升，細若罏香起。朱明洞天口，木葉紛旖旎。路黑愁棲禽，號林隱蒼兕。襟袖石門間，餘霞青徙倚。

【箋】作於萬曆十九年（一五九一）辛卯十月晦，往徐聞途中迂道往遊羅浮山。四十二歲。遊羅浮山賦序云：「辛卯冬十月，始以出尉徐聞……宿朱明曜真之館，候晴霏焉。蓋晦夕也。」

〔衙岡〕在往羅浮山道上。

〔朱明觀〕在羅浮山朱明洞。

【校】

〔不覺飛雲末〕末，萬曆本作「未」。

出朱明觀

羅浮觀日罷，出谷晚蒼涼。壑去懸流寂，峯過倒影長。美雲隨望盡，仙草逐行香。消息梅花月，歸舟興不忘。

【箋】作於萬曆十九年（一五九一）辛卯十一月朔，貶官徐聞道上，迂道往遊羅浮。四十二歲。參看前詩。

答崔子玉明府朱明洞相遲不至二首

玉洞憑高枕，朱陵坐欲曛。羅浮窺日蚤，還待躡飛雲。

到門反景薄，極望青霞開。海上神仙令，能遊仙尉來。

【箋】

參看前詩。

至月朔羅浮沖虚觀夜坐

夜酒朱明館，參星倚户開。梅花須放蚤，欲夢美人來。

【箋】

參看前詩。

〔沖虚觀〕傳説是葛洪草菴舊址，在玉女峯下。

羅浮上簾泉避雨蝴蝶洞，遲南海崔子玉不至四首

朱陵雲欲冷，白石歲將淹。風雨看今夕，懸泉始上簾。
老人峯可接，洞裏吹雲葉。只是雨花飄，片片成蝴蝶。
洞中隱風雨，夢蝶愁飛舉。美人濕不來，暗與梅花語。
老人雲忽聲，森冥雨氣遠。風色上簾泉，留連下山晚。

【箋】

作於萬曆十九年（一五九一）辛卯十一月初二日，南貶道上迂道往遊羅浮。四十二歲。據遊羅浮山賦。

【評】

沈際飛評第三首後半云：「翻新。」

羅浮夜語憶明德師

夜樂風傳響，扶桑日倒流。無人憶清淺，夫子在南州。

【箋】

參看前詩。

【評】

沈際飛云：「丰骨自高。」

青霞洞懷湛公四首

下山興不淺，竟作青霞遊。一片東樓影，參星南户流。

海蛸窺石冷，山鬼被林幽。不爲青霞古，誰能深夜遊。

發興動心賞，懷賢如舊遊。海鷄催欲曉，漸媿昔人留。

洞壑隨龍氣，丹樓寄晚霞。千秋好流涕，湛子不爲家。

【箋】

參看前詩。遊羅浮山賦云：「弔湛公於黄龍講堂，道甚窄硌，夜火青霞洞，中有湛公樓七楹。」湛公，明理學家湛若水也。明史卷二八三有傳。

【校】

〔漸娩昔人留〕漸，或當作「慚」。

【評】

沈際飛評第二首云：「幽仄。」又評末首後半云：「似有惜意。」

羅浮飛雲嶺

勾漏杳無人，獨自神仙尉。海天今夜晴，龍門有雲氣。

【箋】作於萬曆十九年（一五九一）辛卯十一月初三日，貶官徐聞迂道往遊羅浮。四十二歲。據遊羅浮山賦。〔飛雲嶺〕其上即羅浮山之頂峯。

下飛雲嶺

絶嶺能清嘯，下山渾欲愁。千山一迴首，雲氣是羅浮。

【箋】參看前詩。

羅浮嘆別逃菴主人

甘泉公興儒破道而山毁，惜之。

名嶽丘墟惜湛君，儒流得似道流羣。天門夜息朱陵氣，洞館朝殘玉女雲。桂樹炎州當户見，蓮花漏水接窗聞。何時共躡金梁影，坐看扶桑到日曛。

【箋】

作於萬曆十九年（一五九一）辛卯十一月，貶官徐聞道中往遊羅浮。四十二歲。〔甘泉公〕明儒湛若水。廣東增城人。見明史卷二八三。

光孝寺

菩提豈無樹？天竺有靈僧。色與波羅翠，香隨薝蔔凝。根芽初佛滿，花葉幾人能。密意經三繞，無勞問葛藤。

【箋】

作於萬曆十九年（一五九一）辛卯十一月，貶官徐聞道上。四十二歲。光孝寺在廣東南海縣西北一里。〔菩提豈無樹，天竺有靈僧〕梁天監元年（五〇二），智藥三藏自西竺國持菩提一株，植於光孝寺戒壇前。見嘉慶一統志卷四四一。

南海江

病餘揚粵夜，伏檻繞雲煙。閣道晴穿屐，溪潮夜出船。時時番鬼笑，色色海人眠。船上兼靈藥，吾生倘自全。

【箋】

作於萬曆十九年（一五九一）辛卯十一月，貶官徐聞道上。四十二歲。

番禺江上七日長至二首

珠海半輪月，炎州玉管灰。江關問行旅，還被一陽催。

不能趨舞蹈，聊自展衣冠。日影隨南至，天心向北看。

【箋】

作於萬曆十九年（一五九一）辛卯十一月初七日，往徐聞道中在廣州作。

【校】

〔珠海半輪月〕輪，萬曆本誤作「輸」。

南海浴日亭拜長至二首

孤臣遥浴日，滄海亦書雲。願得扶桑影，年年奉聖君。

五拜晴雲北，連呼萬歲三。愛日逢南至，波臣亦至南。

【箋】

參看前詩。

〔浴日亭〕在廣州東南扶胥口。

至日懷劉兑陽太史

合樂清齋夜，春墀拜舞餘。蒼梧有雲氣，太史不曾書。

【箋】

參看前詩。

至日懷鄒爾瞻比部

君從寒谷起，我向日南來。不知仙瑣裏，還有自飛灰。

【箋】

參看前詩。

〔鄒爾瞻比部〕名元標。時任南京刑部廣東司署員外郎主事添注。首句指鄒元標自戍地召回。明史卷二四五有傳。

【校】

〔不知仙瑣裏〕瑣，萬曆本誤作「館」。

看番禺人入真臘

檳榔舶上問郎行，笑指貞蒲十日程。不用他鄉起離思，總無鶯燕杜鵑聲。

【箋】

參看前詩。

聽香山譯者

占城十日過交欄，十二帆飛看溜還。握粟定留三佛國，采香長傍九州山。

花面蠻姬十五强，薔薇露水拂朝妝。盡頭西海新生月，口出東林倒挂香。

【箋】

參看前詩。下首，同。

香山驗香所采香口號

不絶如絲戲海龍，大魚春漲吐芙蓉。千金一片渾閒事，願得爲雲護九重。

【箋】

〔芙蓉〕阿芙蓉，一名鵶片。

香嶴逢賈胡

不住田園不樹桑，珴珂衣錦下雲檣。明珠海上傳星氣，白玉河邊看月光。

【箋】

參看前詩。

〔香嶴〕即香山嶴，今澳門。澳門，舊稱壕境或馬祖閣。西名Macao即係後者之音譯。牡丹亭第二十一齣謁遇光光乍：「香山嶴裏巴」，指澳門三巴寺。三巴寺是西名聖保羅（Saint Paul）教堂的音譯。可見湯顯祖確曾繞道前去澳門。澳門在香山縣南一百二十里。明史卷三二五佛郎機云：「而其市香山澳壕境者，至築室連城，雄踞海畔若一國然。」據此，香山嶴又可泛指今澳門一帶。

度廣南峴江至長沙口號

樹慘江雲濕，煙昏海日斜。寄言賈太傅，今日是長沙。

【箋】作於萬曆十九年（一五九一）辛卯十一月，往徐聞道中。四十二歲。〔長沙〕長沙墟，在廣東開平縣南三十里，臨蜆江。

恩平中火

海氣層雲盡，山煙遠燒浮。孤臣隨蚤晚，一飯是恩州。

【箋】作於萬曆十九年（一五九一）辛卯冬，貶官徐聞道上過恩平。四十二歲。

蓮塘驛

陽春驛晚看蓮塘，白馬山來海皺長。不似江南青菡萏，止因炎熱當秋霜。

【箋】作於萬曆十九年（一五九一）辛卯冬，貶官徐聞道上。四十二歲。

〔蓮塘驛〕在廣東陽江縣東北。

陽江無底潭

毒潭煙霧恣沉冥，妖怪長如金鼓聲。何得羅琴隱君子，海風吹絶夜絃清。

【箋】

同前詩。

〔羅琴〕在陽江縣西五十里。相傳羅含攜琴遊此，故名。

陽江望夫石

峯眉如黛翠如鬟，破鏡迷離煙霧間。昨夜雙魚何處所？戙船多在海陵山。

【箋】

同前詩。

〔雙魚〕雙魚所，地名，在陽江海濱。

〔海陵山〕廣東陽江外海島名。上有戙船澳。

陽江避熱入海，至漚洲，夜看珠池作，寄郭廉州

春縣城猶熱，高州海似涼。地傾雷轉側，天入斗微茫。薄夢遊空影，浮生出太荒。烏艚藏黑鬼，竹節向龍王。日射漚洲郭，風斜別島洋。交池懸寶藏，長夜發珠光。閃閃星河白，盈盈煙霧黃。氣如虹玉迴，影似燭銀長。爲映吴梅福，迴看漢孟嘗。弄鮹殊有泣，盤露滴君裳。

【箋】

作於萬曆十九年（一五九一）辛卯冬，貶官徐聞道上。四十二歲。

〔漚洲〕海島名，在徐聞西北。顯祖此行自陽江入海，直抵漚洲，然後折返徐聞。

〔郭廉州〕廉州知府郭廷良，福建漳浦人。萬曆十一年進士。見廣東通志卷三八。

〔春縣〕即陽春，又名高涼。

【評】

沈際飛評「爲映吴梅福」二句云：「點鬼。」

海上雜詠二十首

小嚳青種子，割雀最知風。每歲初春夜，高飛鳴向東。

水飯田家女，春歌踏和聲。火鷄催欲蚤，莫聽紅頭鶯。

總不好紙筆，男兒生事窮。幾番春欲暮，慚愧白頭翁。

耳帶山鷄白，微低撫翼聲。客窗何處曉？海色最先鳴。

不似剪刀尾，全無白晝眉。愈高飛愈疾，愁絶叫天兒。

菁絶瓊西路，能言是了哥。不教呼萬歲，只爲隴禽多。

鳳凰五色小，高韻遠徐聞。正使蘇君在，誰爲黎子雲。

破敵鶺鴒淺，爲雄翰羽粗。一般藍翠好，長鬬白山呼。

北來多喜鵲，止是到徐聞。海南何得爾，能事李將軍。

粤地多瓊島，何年胡燕飛。南中少秋色，長似趁春歸。

月晦來書蟹，脂膏脱滿筐。紺花浮凝點，犀箸走流香。
見説臨川港，江珧海月佳。故鄉無此物，名縣古珠厓。
碧樹琅玕石，瓏瑽金玉聲。平生鐵如意，愁惜爲君輕。
盆石如花樹，巑岏似假山。海雲常此濕，莓雨未須班。
草中決明子，夜合葉朝開。泥泥春陰雨，牛羊蚤下來。
益智何須智，無知樂子枝。有花開下節，飽食記年時。
嶺俗檳榔重，盈門過禮時。銀刀飛寶匣，金蔕壓花枝。
不是無鷄翅，花梨似降真。微香深紫色，袖濕酒盃春。
秋色藤花晚，青香子欲圓。相思不相識，紅豆在君邊。
翡翠磯塘曉，苔亭草石幽。葛衣煙雨裏，十月始宜秋。

【箋】作於萬曆十九年（一五九一）辛卯冬，貶官徐聞道上。四十二歲。

【校】〔愈高飛愈疾〕飛，萬曆本誤作「非」。

【評】沈際飛評云：「可備風土志。」評第四首前半云：「肖。」評第十一首後半云：「令人口涎。」評第十七首後半云：「六朝。」又評第十九首云：「唐絶。」

廣南聞鴈

傳道衡陽有鴈迴，炎州片影更飛來。似憐遷客思歸苦，爲帶鄉心過嶺梅。

【箋】作於萬曆十九年（一五九一）辛卯嶺南之行。四十二歲。

【評】

沈際飛云：「中晚之調。」

徐聞泛海歸百尺樓示張明威

沓磊風煙臘月秋，參天五指見瓊州。旌旗直下波千頃，海氣能高百尺樓。

【箋】

作於萬曆十九年（一五九一）辛卯十二月，在徐聞典史任。四十二歲。

〔沓磊〕在徐聞東南。

瓊人説生黎中先時尚有李贊皇誥軸遺像在，歲一曝之

英風名閥冠朝參，麻誥丹青委瘴嵐。解得鬼門關外客，千秋還唱夢江南。

【箋】

同前詩。

白沙海口出沓磊

東望何須萬里沙，南溟初此泛靈槎。不堪衣帶飛寒色，蹴浪兼天吐石花。

【箋】

同前詩。

【校】

萬曆本詩題磊字下衍一落字。

【評】

沈際飛云：「較勝前首。」

石城弔鄒汝愚

花徭城郭異高涼，海氣昏朝陸禄黄。莫爲三巴愁客死，還須五日過雷陽。

【箋】

同前詩。

〔石城〕今廣東廉江。

〔鄒汝愚〕名智，四川合州人。成化二十三年進士，以言事下獄，謫石城吏目。死於謫所。年僅二十六。明史卷一七九有傳。承芝加哥大學中文圖書館館長馬泰來博士見示，謹謝。

〔高涼〕高州。

徐聞留別貴生書院

天地孰爲貴，乾坤只此生。海波終日鼓，誰悉貴生情。

【箋】

作於萬曆二十年（一五九二）壬辰春，在徐聞典史（添注）任。四十三歲。

〔貴生書院〕湯顯祖建，歸後又由當地政府擴建。參看玉茗堂文之十貴生書院説。

【評】

沈際飛云：「棒喝。」

送賣水絮人過萬州

江西水絮白輕微，殘臘天南正葛衣。見説先朝曾雨雪，檳榔寒落凍魚飛。

【箋】

同前詩。

〔萬州〕在海南島。

【評】

沈際飛云：「風土詩。」

萬州藤障子歌

劍門藤絲如髮細，織作争先出新意。十二雲屏海上來，平波瑩熨瀟湘字。纖纖閨指真絶奇，闐花側葉鳳交嬉。高吹海色障風日，遥憶煙蘿擺月時。

【箋】

同前詩。

〔萬州〕屬廣東崖州，今萬寧縣。

【校】

〔平波瑩熨瀟湘字〕熨，萬曆本誤作「慰」。

黎女歌

黎女豪家笄有歲，如期置酒屬親至。自持針筆向肌理，刺涅分明極微細。點側蟲蛾摺花卉，淡粟青紋繞餘地。便坐紡織黎錦單，拆雜吴人綵絲緻。珠崖嫁娶須八月，黎人春作踏歌戲。女兒競戴小花笠，簪兩銀篦加雉翠。半錦短衫花襈裙，白足女奴絳包髻。少年男子竹弓弦，花幔纏頭束腰際。藤帽斜珠雙耳環，纈錦垂裙赤文臂。文臂郎君繡面女，並上鞦韆兩摇曳。分頭攜手簇遨遊，殷山沓地蠻聲氣。歌中答意自心知，但許昏家箭爲誓。椎牛擊鼓會金釵，爲懽那復知年歲。

【箋】

同前詩。

【校】

〔纈錦垂裙赤文臂〕纈，萬曆本作「黎」。

〔分頭攜手簇遨遊〕遨，萬曆本作「來」。

〔歌中答意自心知〕自，萬曆本作「兩」。

〔爲懽那復知年歲〕知，萬曆本誤作「如」。

【評】

沈際飛評云：「風土志。」又評「歌中」句云：「差不俗。」

檳榔園

熒熒煙海深，日照無枝林。含胎細花出，繁霜清夏沉。千林蔭高暑，羽扇秋蕭森。上有垂房子，離離隱飛禽。露乳青圓滋，霜皛紅熟禁。墮地雨漿裂，登梯搖遠陰。落爪瑩膚理，着齒寒侵尋。風味自所了，微醺何不任。徘徊贈珍惜，消此瘴鄉心。

【箋】

同前詩。

【校】

〔落爪瑩膚理〕爪，胡本作「瓜」。

【評】

沈際飛云：「平實，是詠物詩。」

石城送蜀客梧州

春到回龍傍鬱林，亂藤煙月送猿吟。鵑聲莫更逢三月，銷盡同鄉九折心。

【箋】萬曆二十年（一五九二）壬辰春，在徐聞典史任。四十三歲。
〔石城〕今廣東廉江。

【評】沈際飛云：「婉至。」

爲徐聞鄧生懷其尊人靖州

春半黔中花木殷，日斜江上武陵蠻。披衣看取湘雲色，浪楫長歌山外山。

【箋】參看前詩。

徐聞送越客臨高，寄家雷水二絶

珠崖如困氣朝昏，沓磊歌殘一斷魂。但載緑珠吹笛去，買愁村是莫愁村。

一曲明珠老會稽，客行長憶夜烏啼。瓊潮不解人朝夕，半月東流半月西。

【箋】

參看前詩。

【評】

沈際飛評第二首云：「款近自然。」

徐聞熊明府以鷄舌贈別，期復爲郎也，卻贈

鸚螺盃尖易行酒，魚子箋灰難草麻。三省郎官事已往，與君吞卻沉香花。

【箋】

〔熊明府〕名敏。江西新昌人。時任徐聞知縣。見廣東通志職官表。

參看前詩。

【評】

沈際飛云：「其神傲遠。」

恩州午火

逐客恩州一飯沾，伏波盤筭見纖纖。炎風不遣春銷盡，二月桃花絳雪鹽。

【箋】

作於萬曆二十年（一五九二）壬辰春，徐聞北還在陽江（恩州）道中。四十三歲。

高要送魯司理

江楚西歸欲問天，瓊雷東斷瘴雲連。留題共醉星巖客，夢裏乘槎是此年。

【箋】

作於萬曆二十年（一五九二）壬辰春，徐聞北還過高要。四十三歲。魯點，湯氏同年進士。時任廣州推官。

端州逢西域兩生破佛立義，偶成二首

畫屏天主絳紗籠，碧眼愁胡譯字通。正似瑞龍看甲錯，香膏原在木心中。

二子西來迹已奇，黄金作使更何疑？自言天竺原無佛，説與蓮花教主知。

【箋】同前詩。西域兩生指意大利傳教士利瑪竇和特·彼得利斯神父。參看拙作湯顯祖和利瑪竇。

〔端州〕今廣東省肇慶市。

陽江道中

恩春少佳樹，向北梅花夕。入門問小吏，知是蓮塘驛。蓮葉落已久，林塘映非昔。參星到庭户，素月沾簷隙。促織猶在野，無衣念行役。炎州少冰雪，流光去無迹。惟餘千里心，閒房眷幽客。

【箋】

作於萬曆二十年(一五九二)壬辰春,自徐聞北還,在陽江道上。四十三歲。

〔陽江〕今廣東陽江縣。

〔恩春〕恩州,今廣東陽江;春州,今廣東陽春。兩地毗連。

〔蓮塘驛〕陽江東北有蓮塘堡,嘉靖時建。據明史地理志。

【評】

沈際飛評「入門」二句云:「旅況依依。」

過曲江

去鴈已開梅嶺雪,歸舟猶帶海人煙。青皐雨過如鋪粉,會是韶陽種乳田。

【箋】

作於萬曆二十年(一五九二)壬辰春,自徐聞北還過曲江。四十三歲。

湯顯祖集全編詩文卷一二　玉茗堂詩之七

詩一百七首

一五九二—一五九八，四十三歲—四十九歲。徐聞歸及任官遂昌知縣時作。

新歸

略約新梳洗，春衫小坐偏。畫眉長自好，今日鏡臺前。

【箋】

作於萬曆二十年（一五九二）壬辰春，時徐聞初歸，暫住臨川。四十三歲。

【評】沈際飛云：「娬媚。」

新歸偶興

越江初服映春絲，深院爐香隱几時。雨氣夜薰青菌出，煙波晴浣白鷗知。逍遥正自投窮髮，混沌何須與畫眉。最好東陂事田作，農歌幽谷遠相宜。

【箋】作於萬曆二十年（一五九二）壬辰春，時徐聞初歸，暫住臨川。四十三歲。

【評】沈際飛云：「不俗。」

答李郴州乞雨蘇仙有應，因憶與高太僕謝友可吴拾之夜遊，時謫徐聞，不得過郴爲恨耳

秋水洞庭波渺渺，春年林墅柳毵毵。謝生豈可今無一，與子爲歡月有三。怪裏新妝能達曙，興中餘酒必留酣。君憎太僕楸文局，我愛吴卿碧玉篸。幾度笑歌迴夜渚，何年別淚隱晴嵐。之官楚曲遥連桂，問俗衡州喜種藍。似有青牛隨李叟，久無白鶴到蘇耽。不知雲漢歌能苦，爲許山川雨作甘。罷舞香雲連下鶴，初飛靈雨應隨驂。歌風文學諸生滿，爲政神明自爾堪。歲在春曹誰不美？古稱仙尉我猶慙。今歸幾問湘源北，昔去初過瘴嶺南。桂水所思能晤語，韶陽歸興失窮探。三春倏別何情切，千里傳書得面談。更欲蒼梧一來往，不堪憔悴向江潭。

【箋】

作於萬曆二十年（一五九二）壬辰春，時嶺南初歸。四十三歲。據詩「今歸幾問湘源北，昔去初過瘴嶺南」定。高太僕名應芳，謝友可名廷諒，與吴拾之俱爲湯顯祖鄉人，後二人且參與紫簫記傳奇之創作。據郴州總志，李姓知州名伯廉，江南人，以舉人任。

【校】

〔歌風文學諸生滿〕滿，萬曆本作「有」。

寄候徐聞鄧母

真妃南斗向南圖，遊子登堂淚欲枯。海蚌一甌知味美，可憐無復報恩珠。

【箋】

當作於萬曆二十年（一五九二）壬辰徐聞歸後。姑繫於此。

寄懷徐聞陳公文彬舊遊

雷翥天飛海色青，一時風雨滯炎溟。石門望罷星河絶，猶記浮槎舊勒銘。

【箋】

同前詩。

嶺外初歸，讀王恒叔點蒼山寄示五嶽遊，欣然成韻

封章瑣闥移晨病，世事陪都接夜談。芳草遠山萋以碧，暮雲江水翠於藍。風光晻映難留卧，官興蕭疎許放參。燕趙金河餘氣色，瀟湘桂水出晴嵐。文殊月到仙臺午，珠樹花偷少室三。石鏡峨眉過蜀客，衡陽鴈影入蘇耽。青妃出日峯前笑，玉女明星掌上探。委羽鴈湫三竺下，點蒼雞足五雲南。雲霞踐陟君能勇，碑版窮搜子亦貪。自我園陵新酎飲，爲郎漢署宿香含。傷心有客梅難寄，生意何人樹不堪。瘴嶺夜珠迴合浦，臨川小築寄香楠。時時采藥仙華苑，稍稍拈花佛影龕。也學素封千樹橘，還留中婦一眠蠶。閒遊幾地思公子，婚娶何年到小男。舊有浮丘雲作蓋，能無子晉鶴爲驂。霞城欲賦誰懽賞，蕙帳重過省愧慚。蠻部碧雞光縹緲，昆池神馬暗趻踔。諸公且看青鏤筆，未老那抽綠玉簪。獨怪登高易憔悴，不應漁父莞湘潭。

【箋】

作於萬曆二十年（一五九二）壬辰，時嶺南初歸，家居臨川。四十三歲。

〔王恒叔〕王士性字恒叔。臨海人。萬曆十九年（一五九一）由粵藩轉滇臬副使。五嶽遊爲所

作遊記之一。以上見臨海縣志。

【校】

〔自我園陵新酎飲〕新，萬曆本作「沾」。

〔霞城欲賦誰懽賞〕誰，沈際飛本作「惟」。

〔諸公且看青鏤筆〕鏤，萬曆本作「樓」。

【評】

沈際飛評「暮雲江水翠於藍」句云：「自然。」評「碑版窮搜子亦貪」句云：「塞白。」評「也學素封千樹橘」等句云：「亦不尋常。」又評「婚娶何年到小男」句云：「俚。」

夏州亂

夏州判軍如五堡，迫挾藩王礫開府。賀蘭山前高射天，花馬池南暗穿虜。前年通渭血成壕，天上太白愁烽高。不信秦人阮翁仲，鑄金終得鎮臨洮。

【箋】

作於萬曆二十年（一五九二）壬辰春，時或已自徐聞返臨川。四十三歲。

據明史紀事本末卷六三，二月寧夏前副總兵哱拜亂。殺巡撫黨馨，挾慶王。十月平。

〔夏州〕今陝西横山縣西。此指寧夏衛。

〔五堡〕不詳。

〔賀蘭山〕在寧夏衛西。

〔花馬池南暗穿虜〕花馬池在今甘肅鹽池縣西。明史紀事本末卷六三云，哱拜子承恩「率兵渡河，欲取靈州。齎金帛誘套部著力兔等，許以花馬池一帶聽其駐牧，勢大猖獗」。

〔前年通渭血成壕〕前年秋，火落赤部自西寧衛、河州深入通渭一帶。通渭在今甘肅東南。湯顯祖有胡姬抄騎過通渭詩。

【評】

沈際飛云：「古穆。」

聞梅客生監軍二首

易與官除賊，難知虜合圍。自公持斧出，新築受降歸。按節氂毛落，分旗燕尾飛。賀蘭山外雪，初拂侍臣衣。叛壘新兒戲，降城舊走胡。材堪惟楚有，人已謂秦無。池上驄花馬，臺中朝夕烏。先朝曾用水，絶地見陰符。

【箋】作於萬曆二十年（一五九二）壬辰夏，自徐聞北還，暫歸臨川。四十三歲。據明史紀事本末卷六三，四月，命浙江道御史梅國楨監寧夏李如松軍。客生，名國楨，湯氏同年進士。參看前詩。

過曾贈公舊宅，時參知君如春在秦

天語春過紫鳳飛，廬江太守倍瞻依。因通筆墨稱才子，自展盃盤借落暉。獨拜那嫌交態淺？同遊初覺宦情稀。沾衣一夕高堂淚，公子秦川客未歸。

【箋】約作於萬曆二十年（一五九二）壬辰，四十三歲。時徐聞新歸，暫住臨川。四十三歲。〔曾贈公〕名仕，臨川人。以其子如春得封贈，據實録，萬曆十九年二月曾如春任陝西參政，是年九月陸按察使備兵鞏昌道。

【校】

〔題〕宅，萬曆本作「第」。又缺「如春」二字。

〔獨拜那嫌交態淺〕萬曆本作「抗壯那知交態淺」。

〔同遊初覺宦情稀〕同遊，萬曆本作「沉淪」。

〔沾衣一夕高堂淚〕衣一夕，萬曆本作「襟不盡」。

【評】

沈際飛評云：「情感依依。」

雷陽初歸，别樂少南文學。文學故從其大人之燕，歸青雲峯讀書，談予所居「北垣迴武曲，東井映文昌」爲勝，漫云

偶然橋外直星文，萬里春銷瘴海氛。有客聽歌來渌水，幾年相見在青雲。芙蓉小築秋將老，菊蕊孤尊瞑欲醺。卻笑黄金臺上客，汝家那得望諸君。

【箋】

作於萬曆二十年（一五九二）壬辰秋，時徐聞初歸，暫住臨川。四十三歲。

〔北垣迴武曲，東井映文昌〕此爲湯家門聯。武曲，關帝廟，在臨川城北；東井，在湯家附近。文昌，湯家在城東文昌橋東之文昌里。

〔青雲〕青雲峯，在臨川城南。

初至平昌與蘇生説耕讀事

杏花輕淺訟庭閒，零雨疎風一往還。新歲班春向誰手？許卿耕破瑞牛山。

青雲坊下老明經，河畔橋邊處士星。不爲峨眉風骨遠，書聲那得醉餘聽。

【箋】

作於萬曆二十一年（一五九三）癸巳，是年量移浙江遂昌知縣，三月十八日之任。四十四歲。

〔平昌〕即遂昌。

〔瑞牛山〕名瑞山，又名眠牛山。在遂昌附郭。
〔青雲坊〕在遂昌城内。

相圃新成十韻示諸生

禮樂在平昌，諸生立射堂。山形君子似，地脈聖人傍。四獸風雲合，三龜日月良。天門馳直道，星舍翼迴廊。半壁新泉煖，成帷舊木蒼。嘗聞殷曰序，如見孔之墻。遠意桑蓬色，清歌蘋藻香。修容隨抗耦，射策擬穿楊。有鵠求臣子，爲侯應帝王。同科非爾力，得雋乃吾祥。

【箋】作於萬曆二十一年(一五九三)癸巳秋，在遂昌知縣任。四十四歲。據玉茗堂文遂昌縣相圃射堂記，六月建射堂成。八月，學舍三十間完工。每間可容生徒二人寄宿。射堂與學舍合稱相圃書院，在遂昌瑞山之麓。

玉雲生過平昌，徐生畫扇爲別

君子山前營射堂，瓊林桂苑隨穿楊。碧玉溪橋嗽金石，絃歌市里合宫商。别有書聲隱巖壑，盡日停雲心未央。相逢露草誰知美，獨宿幽蘭殊自芳。何來作賦雲林客，爲看鳴琴星宿郎。一見徐生渺清色，便欲同車還故鄉。結交有神那得曉？邂逅無多難可忘。點綴柔紈送心素，按抑高歌迎艷陽。誓指青松白日短，别淚金燈寒夜長。滴酒相看少年事，可憐令尹鬢顔蒼。延陵紵縞終辭鄭，郭宗巾帢始遊梁。何得途逢即傾蓋，金尊坐掩悲含霜。自言少小爲公子，婉孌才情歌笑香。不悟歲華能蟋蟀，每言朋好似鴛鴦。悠悠世路交情見，忽忽書空良自傷。新知那覺異鄉縣，片語輕相遊俠場。令尹風期只如此，十年前事心悠揚。侵雲嶺高虎吟嘯，生波洞遠龍迴翔。手抉奇雲贈雙美，看汝雄雌誰激昂。

【箋】

約作於萬曆二十一年（一五九三）癸巳冬，在遂昌知縣任。四十四歲。時射堂新成。

〔玉雲生〕當即吴拾芝。尺牘有柬吴拾芝書，而詩云「延陵紵縞終辭鄭」，亦與姓合。拾芝臨川人，以諸生終。可謂紫簫記之協作者。見紫釵記題詞。

〔君子山前營射堂〕君子山在遂昌。射堂建於是年六月。

〔十年前事心悠揚〕指萬曆十年（一五八二）前後與謝九紫（廷諒）、吴拾芝（玉雲生）、曾粵祥

〔靈昌子〕諸君在臨川作紫簫記事。

〔侵雲〕嶺名，在遂昌縣北。

【校】

〔片語輕相遊俠場〕輕相，當作「相輕」。

迎春口占二首 甲午

並得花齊近午衙，花前含笑插烏紗。不妨春色遲遲好，等是春三二月花。

去歲春花插較遲，風煙晴雨半參差。年來乞與春晴好，得見河陽似舊時。

【箋】

作於萬曆二十二年（一五九四）甲午正月，在遂昌知縣任。四十五歲。

【校】

〔題〕萬曆本下缺小注「甲午」二字。

〔年來乞與春晴好〕晴，萬曆本作「花」。

平昌尊經閣成，率諸生恭讀御箴，下宴相圃，欣言十八韻

君子猶名地，周公即有源。平昌開舊館，前令作新門。朱雀何飛舞，靈蛇太伏蹲。或爲聞地理，爰築見天根。遂爾昇層棟，因兹賁複垣。山川夾户牖，日月倒懸軒。氣脈宜龍舉，階梯此駿奔。鍾球懸聖作，鼓篋付司存。似謁河宗帝，如招洛誦孫。横經將吏事，直道倚君恩。未覺絃歌冷，粗知色笑暄。自公垂勝賞，于役動高騫。掌故登堂禮，諸生避席言。弁星趨北斗，册玉候西崑。入國傳經語，觀風展德論。射堂樽俎合，文圃竹書翻。嶺借遊蘭馥，池紆采碧温。第令周士貴，始識漢儒尊。

【箋】

作於萬曆二十二年（一五九四）甲午正月，在遂昌知縣任。四十五歲。據遂昌縣志卷一項應祥尊經閣記。

〔君子〕山名，在遂昌城北。

〔周公即有源〕周公源，遂昌水名。

【校】

〔平昌尊經閣成〕經，各本誤作「羅」。據萬曆本改正。

〔周公即有源〕周，原本誤作「問」。據萬曆本改正。

〔遂爾昇層棟〕昇層，萬曆本作「生隆」。

〔因兹賁複垣〕垣，萬曆本誤作「恒」。

〔弁星趨北斗〕弁星，萬曆本作「連珠」。

〔入國傳經語〕語，萬曆本作「教」。

〔文圃竹書翻〕圃，萬曆本作「囿」。

〔嶺借遊蘭馥〕嶺借，萬曆本作「座繞」。

和文判郡用韻 有序

文高安，蜀江鄉人也。以翰林孔目出判廣州，予以南祠郎謫尉徐聞，忝爲賓主。兹復判括蒼郡事，而予量移平昌令，爲學宫築藏經閣射堂方新，屬文行縣，顧而詠之，爲和。

人自西京翰苑香，來㪺仙尉與仙郎。射堂走馬纔開帖，官舍聞鶯有報章。冠蓋風流晴色滿，山溪雲影緑陰長。鄉心錦水抛何得，正借文翁韻講堂。

【箋】

或作於萬曆二十二年（一五九四）甲午，在遂昌知縣任。四十五歲。射堂成於去年六月，藏經閣即尊經閣，成於今年一月。

〔文高安〕名似韓。高安人。時任處州通判。見處州府志。

平昌報願寺鍾樓新成十韻

舊有金輪地，樓傾怯曙鐘。自他施抖擻，於此寄舂容。以下雲平壑，爲高翠繞峯。聲聞懸十里，色界衹三重。霽晚千椎迥，霜霄九乳濃。空中靈響落，世上耳根逢。沸海翻晴鶴，霶雷隱夜龍。花臺遥箭刻，燈塔閃芙蓉。去逐香螺吼，來參法鼓鼕。無因報弘願，長睡一惺忪。

【箋】作於萬曆二十二年（一五九四）甲午，在遂昌知縣任。四十五歲。據遂昌縣志卷一，樓成於是年。報願寺在遂昌城内，樓名啓明。

【校】

〔沸海翻晴鶴〕沸，萬曆本作「似」。

〔霧雷隱夜龍〕霧，萬曆本作「如」。

平昌鍾樓晚眺

可憐城市欲紛紛，直上層樓熱入雲。獨樹老僧歸夕照，一山棲鳥報斜曛。初驚梵唱淩空静，還隱鐘聲入定聞。忽怪夜來星劫曉，諸天於此震魔軍。

【箋】作年無考，姑繫前詩之後。

【評】沈際飛云：「晚景宛如。」又評末二句云：「每用禪家粗話減價。」

平昌哭殤女詹秀七女二絶 有序

詹秀産于詹事府，能讀書。許字吉水劉祭酒應秋兒。痘殤前一日，着紅衣，正立，拜起別先祠。七女娠，夢雙星掠喙而流，産以七夕，半期而殤。

死到明姑也不辭，要留人世作相思。傷心七歲斑斕女，解着禮紅別祖祠。

古夢吞星即有靈，今當織女是何星。心知不合飛流去，淚灑蒼茫河漢青。

【箋】作於萬曆二十二年（一五九四）甲午，在遂昌知縣任。四十五歲。詹秀生於十六年，今年七歲。

【校】〔着紅衣〕着，原誤作「看」，今改正。

〔淚灑蒼茫河漢青〕灑，原誤作「酒」，今改正。

甲午秋在平昌夢遷石阡守，並爲兒蘧夢得玉牀，自占石不易阡，素牀豈秋兆，漫志之

石自成阡玉自牀，何來秋夢接雲涼。世間多少驚蝴蝶，長恨莊生説渺茫。

【箋】作於萬曆二十二年（一五九四）甲午秋，在遂昌知縣任。四十五歲。石阡府屬貴州。長子士蘧是年十七歲。

望鄉哭弟儒祖

腸斷雙親兩鬢花，春歸何忍帶烏紗。孤飛一歲喬林曉，提着嗁嘵怕近家。

【箋】作於萬曆二十二年（一五九四）甲午秋，在遂昌知縣任。四十五歲。據文昌湯氏宗譜，八月十

二日，同母弟儒祖卒。

湖州事起

大姓常須酒析酲，悾憁何意獨爲醒。都堂便是還鄉日，執法難爲貫索星。

【箋】作於萬曆二十二年（一五九四）甲午冬，在遂昌知縣任。四十五歲。湖州事指范應期畏罪自殺一案，參看後詩。

冬至王江涇舟中送彭直指赴逮

退鷁風初急，啼烏日正寒。今朝逢柱後，長是髮衝冠。似有都船獄，飛霜一詣臺。相逢長至日，難道不然灰。

【箋】作於萬曆二十二年（一五九四）甲午冬至，以遂昌知縣赴北京上計途中。四十五歲。王江涇在浙江嘉興縣北三十里。

王汝訓於萬曆二十二年進右副都御史巡撫浙江。時巡按御史爲南昌彭應參（即詩云彭直指），二君以强直名，力鋤豪右。烏程故尚書董份、祭酒范應期里居不法，侵佔民田。汝訓將繩之，適應參行部至。被害平民千餘人遮道陳牒，應參檄烏程知縣張應望按之。應期畏罪自殺。其妻吴氏赴京反訴，應參、應望被逮詔獄，汝訓革職，詰吏部、都察院任用非人。被累者甚衆。見明史卷二二三五王汝訓傳、野獲編卷一三董伯念條。

過候彭御史獄所，時尚書都堂郎吏次第在繫，傷之

未必關三木，曾無授一經。年來看貫索，多是貴人星。

【箋】

作於萬曆二十二年（一五九四）甲午冬，以遂昌知縣在北京上計。四十五歲。參看前詩。「尚書都堂郎吏」謂尚書、左右都御史之屬員也。

乙未平昌三拜朔矣，示館中遊好。平昌屬括蒼，常見呼老鵶鶬云

歲歲書雲色正黄，春山無恙對琴堂。飛鳧又作朝天去，太史應占老鵶鶬。

【箋】

作於萬曆二十三年（一五九五）乙未二月，以遂昌知縣在北京上計。四十六歲。

平昌入覲雙塔寺演儀

帝里春迴佛院香，傳來風鐸語琳瑯。無能一一循金索，孤負祠官舊太常。

【箋】

或作於萬曆二十三年（一五九五）乙未，以遂昌知縣在北京上計。四十六歲。

乙未計逡，二月六日同吴令袁中郎出關，懷王衷白石浦董思白

四愁無路向中郎，江楚秦吴在帝鄉。不信關南有千里，君看流涕若爲長。

【箋】

作於萬曆二十三年（一五九五）乙未二月，以遂昌知縣赴京上計歸。四十六歲。

〔袁中郎〕名宏道，公安派代表作家。時任吴縣知縣。

〔王衷白〕名圖。時任官翰林。見近人李棪東林黨籍考傳一九四。

〔石浦〕袁宗道，宏道之兄。時任官翰林。明史卷二八八有傳。

〔董思白〕名其昌。時任官翰林。明史卷二八八有傳。

覲回宿龍潭 乙未

是歲春連雪，煙花思不堪。雨中雙燕子，今夕是江南。

【箋】

作於萬曆二十三年（一五九五）乙未二月，自北京上計歸，過龍潭。四十六歲。

〔龍潭〕在南京東，鎮江西。

正覺寺逢竺僧，自云西來訪羅夫子不及

萬里伊州入漢關，羅公不見履空還。今宵下馬迎風塔，可似西南正覺山。

【箋】

作於萬曆二十三年（一五九五）乙未春，以遂昌知縣自北京上計歸，還鄉省親時。四十六歲。羅夫子指理學家羅汝芳，萬曆十六年卒。據L. C. Goodrich、房兆楹主編明代名人傳英文版第一一三九頁，利瑪竇今年自廣東越梅關，進入江西，以中文作交友論一卷，手稿贈建安王朱多㸅。其過撫州正覺寺晤若士必在今年。時若士以上計南歸返里，年月亦合。萬曆二十年兩人在端州（肇慶）相逢，若士於衆中見其傳道，兩不相識，故此詩仍似初見光景，前後俱以古印度與歐洲相混也。

敬和任太府處州奏最紀瑞作

昔賢最十郡，今秩表王河。陳蕃惟雅正，劉寵不煩苛。中和時講職，徭俗舊弢

戈。四年來不淺，方期留未多。惠心調物理，嘉氣接天和。鹿隨行部草，虎去度江波。尋常登秀麥，咫尺薦嘉禾。復契援神瑞，初驚謡頌訛。南明芝疊采，東序莕連柯。本之呈郡德，兼以發賢科。詎同日照葉，寧似夜舒荷？豫章宜表出，零陵獻欲過。欣吾逢盛美，虚薄寄塗歌。

【箋】

或作於萬曆二十三年（一五九五）乙未，在遂昌知縣任。是年上計。四十六歲。〔任太府〕處州知府任可容。據云有連理紫芝之瑞。見處州府志卷一三。

【評】

沈際飛評「惠心調物理」二句云：「作吏者知二句精理否？」

九日宴別奉贈任太府開憲潮陽

爲謁蒼梧影，曾飄赤海涯。風雲團巨蜃，氣脈隱長蛇。憲節平分履，軍麾夾建牙。騷除常不免，静理亦無譁。正爾君侯往，翻其士女遮。三年停括嶺，一郡繞蓮花。慢擊三千水，遲沾十萬家。臺車真黽勉，轅卧足咨嗟。秣馬留之子，沾衣向若耶。靈芝紓竦秀，連理鬱交加。自戲鸞刀小，能依豸繡華。佳期遥鴈月，鄉國近龍沙。刺史觴彭澤，桓公得孟嘉。皖知歸慮淺，潮候去程賒。信宿東人衮，侵星南斗槎。令條紛結雨，詩草映韜霞。向北瞻晨鳥，圖南念井蛙。會須捐墨綬，那更乞丹砂？獨有題梅路，相思寄折麻。

【箋】

或作於萬曆二十三年（一五九五）乙未九月，在遂昌知縣任。四十六歲。據處州府志卷一三，知府任可容擢廣東憲副，官銜與詩題所云同。

【校】

〔能依豸繡華〕豸，原本誤作「豸」。今改正。

松陽周明府乍聞平昌得緯真子，形神飛動，急書走迎之，喜作。明府最善琴理

空谷逢人亦快哉，平昌一榻自仙才。即看山色排雲起，似聽泉聲喜客來。折簡到時朝騎發，傾筐迎處夜筵開。長卿大有聞琴興，許傍琴堂更築臺。

【箋】

作於萬曆二十三年（一五九五）乙未，在遂昌知縣任。四十六歲。玉茗堂評董西廂湯顯祖叙云「適屠長卿訪余署中」，文末署乙未（二十三年）上巳，是三月前屠隆已有遂昌之遊；據本卷平昌得右武家絶決詞，是年秋屠隆在遂昌。董西廂湯序顯係僞托，不可信。本書編校者另有專文考辨。

〔緯真子〕屠隆號。明史卷二八八有傳。是年遊遂昌。

平昌得右武家絶決詞示長卿，各哽泣不能讀，起罷去，便寄張師相，感懷成韻

哀響秋江迴鴈聲，雨霜紅葉淚山城。年來漢網人難俠，老去商歌客易驚。貝錦動迎中使語，衣冠誰送御囚行。長平坂獄衝星起，可是張華氣不平。

【箋】

作於萬曆二十三年（一五九五）乙未秋，在遂昌知縣任。四十六歲。

據明史紀事本末卷六六，七月甲午逮故浙江海道副使丁此呂。按，據實録，浙江副使丁此呂已於二十一年九月陞湖廣右參政。此呂字右武。

〔長卿〕屠隆字。浙江鄞人。末五子之一。時有遂昌之遊。

〔張師相〕名位。江西新建人。丁此呂同里人。時爲禮部尚書兼文淵閣大學士。詩中張華指張位。

【校】

〔題〕起罷去，萬曆本作「竟罷去」。「便寄張師相感懷成韻」九字，萬曆本缺。

【評】沈際飛云:「字字悲暢。」

平昌聞右武被逮慘然作

獨有豐城劍,千秋氣不銷。長平一盃酒,還合祭皋陶。
舊日霜臺使,今當詔若盧。不得飛鳧去,相看啼夜烏。

【箋】作於萬曆二十三年(一五九五)乙未秋,在遂昌知縣任。四十六歲。見前詩。

【評】沈際飛云:「悲壯。」

留屠長卿不得

盃殘忽不歡,空堂燈影寒。十年一笑長安邸,嶔嶇歷落稱才子。非煙漢殿香銅盤，幽山桂枝愁蠹死。扁舟蹭蹬江湖輕，颯來婉孌蓮花城。直爲弦歌似青浦，那得琴人逗長卿？

【箋】

作於萬曆二十三年（一五九五）乙未秋，在遂昌知縣任。四十六歲。

湯顯祖另有平昌得右武家絶決詞示長卿，各哽咽不能讀，起罷去，便寄張師相，感懷成韻，詩作秋景。據明史紀事本末卷六六，丁此吕七月被逮，知屠隆遂昌之遊在今年。

〔十年一笑長安邸〕萬曆十二年（一五八四）湯顯祖爲北京禮部觀政進士，屠隆爲禮部主事。

〔青浦〕萬曆七年（一五七九），屠隆調任青浦知縣。

【校】

〔直爲弦歌似青浦〕青浦，各本俱作「清浦」，誤。

長卿初擬恣遊浙東勝處，忽念太夫人返棹，悵焉有作

神仙縣令如山鬼，白雲青蘿石泉沘。偶然堂上遊麋鹿，直向琴中殷山水。不知

誰子耳能清，但見似人心即已。長卿淩雲飄不飛，空谷跫然能至止。入門心知客不惡，滿堂目成予有美。莞爾弦歌遊縣庭，居然水竹如蕭寺。開燈彷彿眼中人，罷酒徘徊心上事。峥嶸晏歲君如何，幽桂叢山真碕礒。侵雲暝石啼玄豹，落日寒林隱青兕。能來去住看題筆，到處逢迎須倒屣。江花入夢有年餘，山木成歌非願始。天台莓梁亦咫尺，麗陽片葉蓮花裏。縉雲丹丘停鳳笙，青田白鶴銜花蕊。與君發興期淹留，盡與山經出靈詭。何得采芝未盈把，便向高堂成燕喜。沓嶂鳴笳響相答，赤亭風颸寒潮起。山陰道上少酬接，新婦巖前初倚徙。定道窮愁能著書，正恐春風動遊子。君去春來誰得知，脈脈芳蹊問桃李。

【箋】

參看前詩。

【評】

沈際飛評「侵雲」句云：「長吉。」

平昌送屠長卿歸省

神仙曾作縣，君子遂名堂。竹色朝行酒，鐘聲晚隱牀。西遊人未老，南至日初長。那用登芸閣，千秋辭賦香。

【箋】

作於萬曆二十三年（一五九五）乙未秋，在遂昌知縣任。四十六歲。參看前詩。

【評】

沈際飛評「鐘聲」句云：「自別。」又評「西遊」句云：「貼歸省。」

丙申平昌迎春，曉雲如金，有喜

仙縣春來士女前，插花堂上領春鞭。青郊一出同人笑，黄氣三書大有年。

【箋】作於萬曆二十四年(一五九六)丙申正月,在遂昌知縣任。四十七歲。

丙申平昌戲贈勾芒神

春到平昌立四年,勾芒迎在土牛前。也知欲去河陽宰,爲與催花蚤一鞭。

【箋】同前詩。

即事寄孫世行吕玉繩二首

平昌四見碧桐花,一睡三餐兩放衙。也有雲山開百里,都無城郭湊千家。長橋夜月歌攜酒,僻塢春風唱采茶。即事便成彭澤里,何須歸去説桑麻。

偶來東浙繫銅章,只似南都舊禮郎。花月總隨琴在席,草書都與印盛箱。村歌曉日茶初出,社鼓春風麥始嘗。大是山中好長日,蕭蕭衙院隱焚香。

【箋】
作於萬曆二十四年(一五九六)丙申春,在遂昌知縣任。四十七歲。
〔孫世行〕名如法,號俟居。餘姚人。萬曆十四年(一五八六)二月在刑部山西司主事任,以請定儲位謫潮陽典史。時已移疾歸。
〔吕玉繩〕名允昌。餘姚人。湯顯祖同年進士。

【校】
〔題〕萬曆本作「簡都下友人二首」。
〔蕭蕭衙院隱焚香〕隱,萬曆本作「鎮」。

秋雨九華館憶屠長卿,便入會城課滿

課奏常有期,牽絲即前路。出門侵雲嶺,嶺根罷還顧。争呼野渡急,印牀人吏護。簿尉前致辭,餞筵中馬步。落日九華館,前臨七津渡。堂北翠當牖,雲霏内源樹。四塞山浮近,一夜雨奔赴。接日何曾乾?噫風數如暮。枕衾移白晝,哀鼙繞牀注。前旌亦有去,煙炊隔隨住。居人疲應接,省事示長素。問俗苧收晚,未礙山田雨。生事隨水源，清時少門户。相對如標枝，暫此息文簿。得從東海生，歷落省遊趣。焚香煙雨外，側誦浄名句。且以永今夕，持燭及清曙。晦朔境未出，信宿覺有數。爲霖恐後時，會欲披雲霧。

【箋】

作於萬曆二十四年（一五九六）丙申秋，在遂昌知縣任。四十七歲。參看前詩。

〔侵雲嶺〕在遂昌城北。

〔九華館〕不詳。

〔七津渡〕當即赤津渡。在侵雲嶺北。

〔東海生〕指屠隆。隆，鄞人。

【校】

〔題〕憶，原本作「送」。據萬曆本改。

〔課奏常有期〕常，萬曆本作「亦」。

〔牽絲即前路〕即，萬曆本誤作「那」。

〔争呼野渡急〕呼，各本誤作「吐」。據萬曆本改。

【評】沈際飛評「四塞」句云：「浮字好。」

未抵嵊數里阻雨仙巖，詰朝留新昌作

江寒風雨飛，仙巖氣虚碧。崩雲沉户牖，衝飈蕩簷隙。孤亭下車馬，濕裝開委積。熅衣寧及晨，蓐食且兹夕。安知夜淋瀝，滅燭移枕席。恐爲奔湍阻，侵宵警前策。抵嵊日逾午，剡棹興非昔。黽勉向津衢，新昌暮留客。信宿何足難？去住亦取適。知是淮南豪，家世江右籍。維揚豫章門，水木如不隔。欣言領幽意，南巖候輝魄。極目莓梁滑，路迴桑洲驛。略約風雲掀，始覺霞標赤。軒署復閒敞，消散流寓迹。豈免廚傳費，用慰山水役。佳期良在兹，秋光灑蘿薜。

【箋】作於萬曆二十四年（一五九六）丙申八月，在遂昌知縣任。四十七歲。參看後詩。

（知是淮南豪，家世江右籍）參看後詩。

【評】

沈際飛評結句云：「佳句。」

新昌阻雨，夜宴朱明府署中，時度四十七

客行苦無悰，迴旋有淹疾。結課來越州，逢迎繡衣出。東關望嵊邑，驚風亂林術。擺掣江海雲，晝夜雨花溢。衣被徒束濕，冠帶已解漆。咫尺天台姿，津潢斷非一。月巖了在眼，正恐夜離畢。賴有佳主人，端居許容膝。芸香餘護衣，緑蕉軒散帙。流連秋水詠，黯淡愁霖筆。乍覺雲氣疎，旋聞雨聲密。淹歌永涼夜，慙逢賤生日。半百猶在兹，倦遊心所悉。鷄鳴動如晦，草根悽蟋蟀。暫得爽莓梁，去訪煙霞質。

【箋】

作於萬曆二十四年（一五九六）丙申八月十四日生辰，在遂昌知縣任。四十七歲。

〔朱明府〕名仁臣。江西進賢人。舉人。見新昌縣志。前詩云「知是淮南豪，家世江右籍」，朱仁臣或是原籍江西，後乃移居淮南。

【校】

〔乍覺雲氣疎〕乍，萬曆本作「未」。

光熙峯笑東來道者

紫竹林西小白華，海天瓔珞散紅霞。恒河欲問東來意，千步沙多萬里沙。

【箋】

以下五首詩當作於遂昌知縣任，出遊舟山普陀時。姑繫萬曆二十四年（一五九六）。古今圖書集成山川典一一七普陀山云：「光熙峯在白華頂之左，巍然若肩隨焉。一名石蓮華，又名石屋。望之峯石聳秀，林木森蔚。」以下潮音洞、盤陀石亦在普陀山。

潮音洞絶粒僧

中時旛影施檀開，獨上潮音冷笑回。饑飽嶺邊持一食，怕從羅刹口中來。

【箋】同前詩。

潮音

洞裏潮音一泡多，如雷如𧮫隱波羅。蓮花側覆尋常説，今日將身在普陀。

【箋】同前詩。

盤陀看日出

盤陀石上暗飛霜，吹入香爐作道場。破衲睡來天鏡曉，清輝五色在扶桑。

【箋】同前詩。

送朝海僧

盡洗凡心莫洗愚，海門東去探明珠。毒龍正在波清處，便好隨流過鉢盂。

【箋】同前詩。

戲答無懷周翁宗鎬十首

洞章三見粉黄朱，蕩瀹清微氣色殊。自此閒情都謝歇，仙歌一點重如珠。
金石心情好奈他，一春開得幾巡花？何消促膝分明語，總是奴家與婢家。
前君偷送寶鑪書，小婦窺窗總破除。武帝未能餐宛若，文君終是損相如。
平昌金礦浸河車，曾道飛燒入用佳。中使只今堆白雪，衰翁幾日試黄芽。
無病還應學病人，水窗山館四無鄰。胸中解貯神仙字，大要清齋卻五辛。

朝朝池上看魚兒，繞鬢風輕楊柳絲。二十年前曾一醉，御溝融雪下朝時。

古道周周亦念饑，不應金翠鎖重扉。門前剩有三江水，扯住監河莫放歸。翁云，餓三江口無施者。

君須大業老難尋，頭白熒熒視日陰。數卷黄庭抄字錯，可憐三食蠹魚心。

雲路煙波咫尺間，兩人憔悴舊江山。重來只話尋常事，落日壚頭酒未慳。

蚌老秋深欲吐珠，多男多事費躊躕。不須竇氏平攀桂，五柳分教守一株。時蘧、耆、遠、西，吕方在娠也。

【箋】作於萬曆二十四年（一五九六）丙申秋，在遂昌知縣任。四十七歲。詩第四首涉及礦税事。據明史神宗本紀，七月乙酉始遣中官開礦於畿内。未幾，河南、山東、山西、浙江、陝西悉令開採。

寄袁中郎

手版鞭笞即刻無，時從高卧客酣呼。皆知制作能兼錦，朝判長洲夜判吴。

【箋】作於萬曆二十四年（一五九六）丙申前後，在遂昌知縣任。四十七歲。袁宏道，公安人。去年任吴縣知縣，明年去官。據袁中郎集去吴七牘。

丁酉平昌迎春口占

琴歌積雪訟庭閒，五見春陽鳳曆班。歲入火鷄催種蚤，插花鞭起睡牛山。

【箋】作於萬曆二十五年（一五九七）丁酉春，在遂昌知縣任。四十八歲。〔睡牛山〕一名瑞山，在遂昌城東。

第五子生

誕月多春色，彌年得和音。功名吾不免，兒女婦能禁。繡葆花文重，銀錢福字深。從來湯餅宴，仙署幾迴臨。

【箋】作於萬曆二十五年(一五九七)丁酉春，在遂昌知縣任。四十八歲。

〔第五子〕名吕兒。湯顯祖詩戲答無懷周翁宗鎬云「蚌老秋深欲吐珠」，自注：「時蘧、耆、遠、西，吕方在娠也。」此詩二十四年作。

丁酉三月平昌率爾口號

花明長蕩女，盃開冷水春。一倍登臨處，青山如故人。

千山一酒樓，伐木下長流。一笑遊龍縣，爲龍向此遊。

【箋】作於萬曆二十五年(一五九七)丁酉三月，在遂昌知縣任。四十八歲。

〔一笑遊龍縣〕龍遊縣在遂昌北。

【評】沈際飛評第一首云：「巧。」評第二首云：「傷巧。」

寄樂石帆

鶯脰湖南煙雨慳，吴江夜語孤舟閒。山深薄酒易醒醉，天遠輕舠難往還。作縣真如懸度國，遷官欲似飛來山。子公帝城能憶否，下馬常眠雙樹灣。

【箋】

或作於萬曆二十五年（一五九七）丁酉，在遂昌知縣任。四十八歲。去年五月，工部都水司郎中樂元聲以上疏論朝鮮事革職爲民。元聲號石帆，浙江嘉興人。

【校】

〔題〕題下原本衍「儀曹」二字。石帆無此宦歷，據萬曆本删。

〔鶯脰湖南煙雨慳〕脰，各本都誤作「逗」。今改正。

〔子公帝城能憶否〕憶，萬曆本作「隱」。

漫書所聞答唐觀察四首

嶺外梅殘鬢欲星，孤琴摇拽越山青。只言姓字人間有，那得題名到御屏？

縣小河陽花遍開，金盤露冷醉人來。也知不厭山公啓，解事長虧女秀才。

蘭署江南花月新，封書纔上海生塵。心知故相嗔還得，直是當今丞相嗔。

一疏春浮瘴海涯，五年山縣寄蓮花。已拚姓字無人識，檢點封章得內家。

【箋】作於萬曆二十五年（一五九七）丁酉，在遂昌知縣任。四十八歲。據詩彭興祖遠過別去自注：「廣平守温郡時，聞予且以平昌令擢丞温，喜甚。」所聞或指遷調消息。〔唐觀察〕據實録，唐觀察當即浙江右參政唐守欽，六月兼僉事，調温、處兵巡道。

【評】沈際飛云：「所聞不知何指，但見意調澤融暢足，逼唐。」

石門泉 青田

春虛寒雨石門泉，遠似虹蜺近若煙。獨洗蒼苔注雲壑，懸飛白鶴繞青田。

【箋】或作於萬曆二十五年（一五九七）丁酉秋，在遂昌知縣任，時有温州之遊。四十八歲。

〔石門〕在青田縣，濱甌江南岸。以瀑布名。

永嘉送客遊金陵，便謁王恒叔參知濟南

江上移舟汝亦聞，能來幾日思離分。高歌欲下龍翔雪，遠勢如飛鴈蕩雲。繞夢落花消雨色，一尊芳草送晴曛。遊人自説江南好，直是東方有使君。

【箋】作於萬曆二十五年（一五九七）丁酉秋，在遂昌知縣任，時有温州之遊。四十八歲。

〔王恒叔〕名士性。臨海人。明年卒。時或任山東參知。見臨海縣志。

【校】〔遠勢如飛鴈蕩雲〕如，萬曆本作「能」。

【評】

沈際飛評「繞夢」句云：「出色。」

甌江别鄭生孔授、時生可諫、朱生九綸輩

少年何意得追隨？夢到琴堂亦自疑。江寺龍翔眠雨夜，天台鴈蕩聽泉時。留連世路青雲曉，揺漾春波白鳥知。他日柴桑歸醉後，筍輿相伴五男兒。

【箋】

作於萬曆二十五年（一五九七）丁酉秋，在遂昌知縣任。時有温州之遊。四十八歲。

〔鄭生孔授、時生可諫、朱生九綸〕遂昌士子。

〔筍輿相伴五男兒〕時蘧、耆、遠、西、吕五子。吕兒未殤。

【校】

〔題〕萬曆本作「送徐生歸平昌」。

鴈山種茶人多阮姓，偶書所見

一雨鴈山茶，天台舊阮家。暮雲遲客子，秋色見桃花。壁繡莓苔直，溪香草樹斜。鳳簫誰得見？空此駐雲霞。

【箋】作於萬曆二十五年（一五九七）丁酉秋，在遂昌知縣任，時有鴈蕩之遊。四十八歲。參看前詩。

【評】沈際飛評「暮雲」句云：「奇合。」

鴈山大龍湫

坐看青華水，長飛白玉煙。洞簫吹不去，風雨落晴天。

【箋】作於萬曆二十五年（一五九七）丁酉秋，在遂昌知縣任。四十八歲。

鴈山迷路

借問採茶女，煙霞路幾重。屏山遮不斷，前面剪刀峯。

【箋】見前詩。

【評】沈際飛云：「有天趣。」

鴈湫白雲菴

飄摇白石梯，試躡蒼龍背。風雨隱寒巖，孤清白雲内。

【箋】

見前詩。

喜劉温州奏最述懷

海闊江重潤，嵩高嶽有神。高陽才應世，大雅德宜人。賜履躔東越，分符下北辰。飲桑鷩變鳥，踐草覺逢麟。律轉暄寒遞，絃調緩急匀。人知君子恕，户嘆我侯仁。上計盈三稔，中書第一循。賜金龜紐印，露冕雀扶輪。地遠將還衮，天高且借恂。翔龍依宛轉，蒼鹿映嶙峋。況復孤危子，能攀易簡親。遠心多欲警，疎骨久如馴。湘水誰招屈，蘭陵令老荀。筆花春減舊，碁局世增新。下陳風雲絶，偏枯雨露鈞。能言悲夢鳥，或語應窮鱗。自竄從知苦，人趨得飲醇。通懷無棄物，薄照有存鄰。喜候鶯遷出，愁將蠖屈申。由來星宿宰，得近斗薇春。

【箋】

作於萬曆二十五年（一五九七）丁酉冬，次年春上計前，在遂昌知縣任。四十八歲。劉芳譽，陳留人。二十三年任温州知府。其下任二十六年視事。據温州府志卷一七。

【校】

〔露冕雀扶輪〕雀，萬曆本作「鹿」。

〔況復孤危子〕子，萬曆本誤作「于」。

〔遠心多欲警〕欲，萬曆本作「不」。

〔蘭陵令老苟〕令，萬曆本作「似」。

〔偏枯雨露鈞〕鈞，萬曆本作「均」。

〔薄照有存鄰〕照、鄰，萬曆本分別作「遇」、「身」。

【評】

沈際飛評「遠心多欲警」二句云：「體貼出來。」又評「筆花春減舊」句云：「眼前妙詞。」

感事

中涓鑿空山河盡，聖主求金日夜勞。賴是年來稀駿骨，黄金應與築臺高。

【箋】

或作於萬曆二十五年（一五九七）丁酉，在遂昌知縣任。四十八歲。

尺牘之二寄吴汝則郡丞云：「搜山使者如何？地無一以寧，將恐裂。」原注：「時有礦使至。」

據明史紀事本末卷六五，去年十二月遣太監曹金往兩浙開礦。

平昌送何東白歸江山 有序

何翁曉，江山人。壯拳勇任俠，常手殺劫賊數人。以他故爲縣官所侮，憤恨去。道遇奇客，口授禁方。曉不甚識字，重聽，而視脈傅藥輒效。乃更爲縣上客，褒衣危冠，侍藥平昌。與予朝夕者五年。成美規闕，都無一語及私。敦然長者也。予聽獄或笞囚過當，輒意授曉視之。無恙而後即安。民或鬭毆相殺傷赴庭下，輒先付曉謹護之，而徐聽其訟。亭中有繫人，常與錢曉貸其藥。以故五年中，縣無鬭傷笞繫而死者。縣中人莫知也。縣無城，嘗夜半虎傷童子，急呼予。予起燎逐虎。召曉，取巨勝膏漬墻茨中蠕蟲雜藥灌童子愈。時有十全之名。予問之。曰：「曉何能盡，然不全者不治耳。」數語予：「公廉而倨，寬而疎，某富人某勢人當爲亂。」已而果然。曉常用爲介介。嘆曰：「縣人何薄福相耶？」曉初無子，故不治生產，歲焚藥券者過半。晚生子數歲，思歸江山，而予亦且上戌戌計去，不能留也。一縣中聞曉去，無不遮泣，願少留者。至吏卒囚伍，咸爲愴然。予悲而餞以詩。曉後一過予家，老矣，猶從使琉球，治其王子婦女，應手效，國人神之。得其海藥以歸。市之吴，吴中士大夫多授其方焉。

市隱今無人，江山有東白。少壯類豪漫，老大務敦懌。偶回救世心，一試懸壺迹。雖少隔垣耳，能知數歲脈。賣藥常以施，問病每如嘖。有奇復深穩，無厭普調適。膝腿謝車馬，婆娑赴朝夕。典衣時爲人，解紛翻借客。出入在府寺，談笑賤金璧。洞户無可猜，通都相莫逆。口語無人損，心事有天益。倉公乃生男，扁鵲不受刺。忽忽動歸思，移家舊泉石。嫗孺走遮挽，貧病轉愁劇。暫爲來去期，終以江山隔。五年予憩兹，朝集限于役。遠媿全活手，去爲人愛惜。羽翼何以報？肝膽在所積。昌溪眷餘想，遲汝一迴屐。重來不在兹，停雲望歸舄。

【箋】作於萬曆二十五年（一五九七）丁酉冬去北京上計前，時在遂昌知縣任。四十八歲。序「曉後一過予家」云云當是以後增入。

【評】沈際飛云：「何翁佛手，若士婆心，數行見之。詩固不佳，叙不可以（不）傳。」

計偕濟上逢秀水陳公九德

半酤清酒濁河頭，滿目風塵吹未休。爲報齊人莫天口，荀卿五十正來遊。

【箋】作於萬曆二十五年(一五九七)丁酉十二月,以遂昌知縣赴北京上計途中。四十八歲。陳九德字懋夫,漳浦人。顯祖同年進士。據秀水縣志。

高唐同計偕嘉興陳公九德午火,偶一走馬,仗人來侑飯。陳故盛德士,時有故人守高唐不受謁,爲題壁惱之四首

孝廉方勃窣,俗吏敢揶揄。即知無盼子,賴是有綿駒。
穆耳自流悦,傷神常獨悽。定知綿駒唱,未及杞良妻。
盼子在高唐,英風此北方。無人照千里,慚媿夜珠光。
越唱長安道,齊趨東郭門。不知簪珥夕,何處可留髡?

【箋】參看前詩。

【評】沈際飛評末首結句云：「趣。」

過河間題壁留示趙仲一

九河已成陸，卑栖猶問津。道心能似此，滄海亦生塵。

【箋】作於萬曆二十五年（一五九七）丁酉冬，時以遂昌令往北京上計。四十八歲。

〔趙仲一〕名邦清。時爲滕縣令。參看玉茗堂文之一壽趙仲一母太夫人八十二歲序箋。

見交州款儀中代身金人一具，面縛鐫名，感詠

唐亡鄯部真無策，漢棄珠崖亦委心。不得鎮南關外地，伏波空進代降金。

【箋】作於萬曆二十五年（一五九七）丁酉冬，在遂昌知縣任，時以上計晉京。四十八歲。

按此詩本事見周亮工因樹屋書影卷五，作萬曆二十二年；又見明史卷三二一，作萬曆二十五年事，當從。

都下柬同年三君二首 有引

同年南君、魯君、劉君，偕予試政禮闈，十五年所矣。俱以縣令來朝，困頓流移，可笑可歎。立春歲除，眷焉成詠。

曲江花老曲臺前，試政傳看美少年。流涕復來歌笑地，白頭相喚起朝天。

御河冰雪已溶溶，爲愛長安日近冬。今夜歲除春立蚤，衣冠還似聽朝鐘。

【箋】

作於萬曆二十五年（一五九七）丁酉除夕，以遂昌令在北京上計。四十八歲。

【校】

〔曲江花老曲臺前〕老，萬曆本作「裹」。

〔試政傳看美少年〕看，萬曆本作「宣」。

〔流涕復來歌笑地〕流涕復來，萬曆本作「碁酒動隨」。
〔白頭相喚起朝天〕白頭，萬曆本作「珮環」。
〔御河冰雪已溶溶〕已，萬曆本作「冷」。

戊戌上計不見王子聲，憶乙未春事

承明再入滿愁生，聽履都無王子聲。不爲玉棺貪葬玉，也應仙舄傍人行。
獨上燕臺草樹齊，風光遥斷楚雲西。誰憐稚子新銘闕，不得先靈御吏題。

【箋】

作於萬曆二十六年（一五九八）戊戌春，時以遂昌知縣在北京上計。四十九歲。
〔王子聲〕名一鳴，黄岡人。萬曆二十四年卒於臨漳令任。二十三年乙未曾與湯顯祖同往北京上計。

【校】

〔不得先靈御吏題〕吏，天啓本作「史」。

答范南宮同曹尊生

南宮幾歲得爲郎，曾伴飛鳧入帝鄉。薄莫縱歌燕市酒，青春如坐少年場。萊蕪作令堪誰語，子建爲文亦自傷。況是折腰過半百，鄉心早已到柴桑。

【箋】

或作於萬曆二十六年（一五九八）戊戌春，棄官前不久。四十九歲。

【校】

〔題〕萬曆本作「答范南宮兼懷曹尊生」。

戊戌覲還過陽穀店，覽丁亥秋壁間舊題，惘然成韻，示趙滕侯

伉伉南奉常，報秩此停馭。一言怒公府，萬里辭春署。海嶠仙尉姿，縣媿神君譽。所幸無愁嘆，琴歌足容與。來朝正月朔，得奉春王御。偶隨還縣牒，復繞清吟

處。開燈墻面塵，岸枕窗楣曙。身名良以悠，歲月何其遽！俯迹自沾衣，驅車從此去。勉矣後來人，當知心所語。

【箋】

作於萬曆二十六年（一五九八）戊戌春，以遂昌知縣往北京上計歸途作。四十九歲。

〔陽穀店〕今山東陽穀。

〔趙滕侯〕滕縣知縣趙邦清。

〔伉伉南奉常二句〕萬曆十五年丁亥秋，湯顯祖以南京太常博士北行京察。

〔一言怒公府，萬里辭春署〕萬曆十九年，湯顯祖上疏抨擊朝政，由南京禮部祠祭司主事降職徐聞典史。

〔海嶠仙尉姿〕指徐聞典史事。

〔縣媿神君譽〕指遂昌知縣任。

〔來朝正月朔，得奉春王御〕湯顯祖以遂昌知縣來京上計。

〔勉矣後來人，當知心所語〕鄒迪光作湯顯祖傳云：「計偕之日，便向吏部堂告歸。雖主爵留之，典選留之，御史大夫留之，而公浩然長往，神武之冠竟不可挽矣。」此時棄官之意已決。

戊戌上巳揚州鈔關别平昌吏民

富貴年華逝不還，吏民何用泣江關？清朝拂綬看行李，稚子牽舟雲水間。

【箋】

作於萬曆二十六年（一五九八）戊戌三月，以遂昌知縣往北京上計歸途作。四十九歲。

瓊花觀二十韻

千歲瓊花花樹奇，瓊窗月影香風吹。廣陵恨結煙霞種，后土情生冰雪蕤。淡縞妝成不死樹，光珠凝在獨搖枝。清疎欲下桐花鳳，宛轉那棲柳葉雎。遂有飛瓊來戲集，猶遲弄玉與追隨。蓬萊望後今何夕？玉李餐來得幾時。乍似靈儔喧洛浦，還如寶婺出天池。俱燒鵲尾青沉發，並曳龍綃紫帔垂。天上祇聞香素遠，人間空記露華滋。颷纓遶處初傳曲，雪袖攀來欲寄誰？不夜清都兩淩滴，長明輝影一參差。真妃愛逐琳霄賞，道士疑從碧海窺。拜乞會應憐玉斧，攀依少得駐瑶輜。似聞人氣翻鸞舉，偏度春陰許鶴知。别袂曉催留翠灔，洞簫人語隔紅姿。驚看桂葉銀嬋落，笑問桃花金母期。但道蕪城爭艷逸，安知隋苑即披離。時移畫色零金粉，地老青苔没絳墀。生小好僊恒欲訪，風塵懷舊益相悲。樓臺尚覺江都好，絲管能禁海月遲。四海一株今玉茗，歸休長此憶瓊姬。

【箋】

作於萬曆二十六年（一五九八）戊戌春，北京上計南還過揚州作。四十九歲。據詩結尾定。

【校】

〔廣陵恨結煙霞種，后土情生冰雪蕤〕種，沈際飛本作「冷」。后，沈本誤作「石」。

【評】

沈際飛評「偏度春陰許鶴知」云：「靈句，惜上句不及。」

再覲回宿龍潭驛 戊戌

誰向歸舟唱一聲，玉蘭花盡牡丹榮。似憐遊子春三月，纔换江南第一程。

【箋】

作於萬曆二十六年（一五九八）戊戌三月，在遂昌知縣任，自北京上計歸。四十九歲。

〔龍潭〕在長江南岸，南京之東。

【校】

〔題〕萬曆本無「驛」字。

別石帆兄嘉水

楓落吴江一小航，繡衾無語夜登牀。如予欲作山中相，似爾能拚水部郎。去日漸多烏繞樹，舊遊誰在馬驚香。無緣更踏東華月，鶯脰湖西一斷腸。

【箋】

作於萬曆二十六年（一五九八）戊戌春，以遂昌知縣往北京上計歸，訪岳石帆於嘉興。石帆名元聲，萬曆二十四年三月以工部都水司郎中上疏參兵部尚書石星，謫爲民。見明史紀事本末卷六二。

奉寄李蒼門諫議並呈省院諸公二十韻

漢壁藍光遠，秦關紫氣深。寶蓮開華嶽，仙樹出咸林。夕拜連封事，辰遊費雅箴。國家方有道，天地得無心。震位遲佳氣，西師急好音。數災山少木，厥貢土惟金。漸覺風謡苦，長看日氣祲。繭絲抽欲老，仗馬噤難任。地大誰爲政，天高汝作霖。英奇才世出，虛薄病年侵。媿見同門友，愁聞倚柱吟。越中隨奏計，朝下愜攀尋。繡轡凌朝践，清尊薄夜斟。賞新喧散帙，懷舊嘿沾襟。自合王喬履，誰分子賤琴。羈孤魂莽蒼，朝集意蕭森。路盡求牽復，春多肯幸臨。子牟留魏闕，陶令去江潯。報玖將遺珮，彈冠擬合簪。桑榆如薄照，蘭菊待分陰。

【箋】　或作於萬曆二十六年（一五九八）戊戌春，棄遂昌知縣官歸臨川前。四十九歲。蒼門名應策。陝西蒲城人。湯氏同年進士。官户科都給事中。

【校】

〔數災山少木〕數災，萬曆本作「如炎」。
〔藹絲抽欲老〕老，萬曆本作「盡」。
〔愁聞倚杜吟〕倚杜，萬曆本作「澤畔」。
〔朝下愜攀尋〕愜，萬曆本作「偶」。
〔繡轡凌朝踐〕凌，萬曆本作「承」。
〔清尊薄夜斟〕薄，萬曆本作「許」。
〔賞新喧散帙〕喧散帙，萬曆本作「應倒屣」。
〔懷舊嘿沾襟〕嘿，萬曆本作「益」。
〔羈孤魂莽蒼〕魂莽蒼，萬曆本作「懷荏苒」。
〔朝集意蕭森〕意，萬曆本作「氣」。
〔路盡求牽復〕路盡求，萬曆本作「似我誰」。
〔春多肯幸臨〕春多，萬曆本作「如君」。
〔報玖將遺珮〕萬曆本作「與玦虛捐珮」。

題溪口店寄勞生希召龍遊二首

穀雨將春去，茶煙滿眼來。如花立溪口，半是採茶回。

忽忽登樓去，長安五度春。云何冷水店，尚有熱心人。

【箋】作於萬曆二十六年（一五九八）戊戌春，自北京上計歸，過龍遊往遂昌。四十九歲。〔溪口店〕鎮名，屬龍遊。

【評】沈際飛評第二首後半云：「弄巧涉俳。」

平昌哭兩歲兒呂二絶 有序

呂兒秀慧甚。痘殤前，呼爹與點茶，云已是客。亡去，母爲剪髮留記。久之，蘇，云：「阿姐，何得剪兒髮？」恚起仆席，云當去某所，爲子不佳。又云：「不舍阿爹處。」因起索抱，弄小香鼎而瞑。

殤兒慧絶轉爲人，去住無佳不奈塵。縷髮誤隨腸斷盡，得因金剪寄餘嗔。

呂兒能説去來因，茶點香沾小幻身。畢竟燈殘難斆久，風前迴照白頭親。

【箋】

作於萬曆二十六年（一五九八）戊戌春，在遂昌知縣任。四十九歲。呂兒生於去年春。

罷令歸過太末

清獻坊西一棹移，溪山樵語暮煙遲。始知白晝高眠客，不是青城散樂時。

【箋】

作於萬曆二十六年（一五九八）戊戌春，自遂昌知縣罷歸過龍遊（太末）作。四十九歲。

【評】

沈際飛云：「作官之苦可知。」

湯顯祖集全編詩文卷一三　玉茗堂詩之八

詩八十首　一五九三—一五九八，四十四歲—四十九歲。作於遂昌知縣任，年月不詳。

平昌懷余生棐中州並懷朱用晦　生，德甫公子也。

池上久蕭索，遲江通竹門。刺促浮名子，風塵誰見奔。恍兮中有精，妙者竟何論。環轍聖所失，端居凡所存。如竹隱深竹，静嘿無世喧。寒色亦已遠，雅意在丹元。斗西故王孫，逝者悲靈根。傳君適嵩嶽，留爲笙鶴言。

【箋】

〔余生棐〕據詩自注父名曰德，字德甫，南昌人，後五子之一。

〔朱用晦〕皇族。寧獻王之後，名多熡，續五子之一。
〔斗西〕朱用晦齋名。
〔傅君適嵩嶽〕指余棐。

【評】
沈際飛評「環轍」二句云：「静閲古今，能言其要。」

麗水風雨下船棘口有懷

石城雙水門，落日遠江介。春潮風雨飛，暮寒洲渚帶。流雲蒼翠裏，緒風簫鼓外。分披悟曾歷，合沓迷新届。宿霧緬餘丘，生洲隱遥派。地脈有虧成，物色故明昧。曲折神易傷，幽清境難會。江花芫流放，岸草悽行邁。不見林中人，自撫孤琴對。

【箋】
〔麗水〕屬浙江，舊處州府。
〔棘口〕不詳。當在麗水、松陽一帶。
〔雙水門〕麗水有大水門、小水門，船隻泊此碼頭上。

【校】

〔江花莞流放〕流放，萬曆本作「憔悴」。

【評】

沈際飛評末二句云：「入景入情。」

緑漪園聽簫有作同耀先

平昌此亭能種竹，但有此君人不俗。非貪翠氣影紅妝，會與簫聲摇緑玉。風漪緑玉暮雲寒，瀟湘水色清闌干。只道於中耀靈鼠，那知其上遊飛鸞。飛鸞窕窈籠煙雨，包山丈人此亭主。家似渭南稱素封，人如江上依慈姥。何來有客宜幽閒，綽約玲瓏君子山。不妨仙縣移琴曲，竹葉樽中時往還。

【箋】

〔緑漪園〕在遂昌兑谷包山下。原名緑漪，後因此詩改名緑玉。據遂昌縣志卷五。

〔耀先〕見卷一〇送姜耀先寄懷周臨海箋。

送謝君實理高州

〔君子山〕在遂昌。

幾年執法文登城，朱絲之直冰壺清。遊戲蓬萊幾清淺？坐看海市摇空明。望僊門前望僊子，世路煙波只如此。秦皇漢武不得意，人間那復炎州理。炎州高涼風色涼，緑榕滿堂荔枝漿。天池六月一棲息，珊瑚幾尺高摧藏。我昔雷陽向孤遠，獨樹無陰下長坂。夢隨梅嶺江南春，每憶石城夜中飯。秋風莎露排煙嵐，一官如寄誰可談。與君相似定相見，東海勞僧湘漢南。

【箋】詩云「我昔雷陽向孤遠」，憶昔嶺南之行；又云「一官如寄誰可談」，詩必作於遂昌知縣任。

【評】沈際飛評「珊瑚」句云：「昂藏自許。」又末句原注云：「僧號大勞」。

送何生海寧僧歸寄青陽諸弟子

懶向平昌一放衙，昏朝隱几是雲霞。何妨客醉僊人館，只似僧來施主家。獨夜月中思桂子，幾年江上數蓮花。春光入坐能多少，未必扶風冷絳紗。

送於掌故辛彭澤

香爐晴色映江關，鹿洞花深講席閒。望氣可能逢令尹，折腰須是向人間。經知彭澤天多水，坐厭平昌月滿山。向後登高一壺酒，不知叢菊幾回班。

【箋】

〔於掌故〕名可成，仁和人。遂昌教諭。見遂昌縣志卷六。

【校】

〔鹿洞花深講席閒〕閒，萬曆本誤作「間」。

【評】

沈際飛評「折腰」句云：「不與陶公争氣。」

送周掌故遷掌寧都教事歸于越，與彭澤於明府同西

平昌紫閣映青牛，石碓雲春夜幾秋。拜命喜同彭澤宰，之官能得故鄉遊。雙江鴈泊涼初起，七月驪歌火欲流。曾過寧都美風物，此中多桂近炎州。

【校】

〔題〕于，各本都誤作「千」。今改正。

〔石碓雲春夜幾秋〕春，天啓本、原本誤作「舂」。

麗陽十憶

翠潭

括蒼蒼色正江南，下有嬋娟百尺潭。似與空明沉翠碧，應開倒影映晴嵐。寒餘

洞壑生煙渺，雨過墟原暮色含。獨嘆侍臣青鬢晚，春衣點染思何堪？

青室

曾羨軒轅架玉臺，鬱葱佳氣與徘迴。簷楹舊向垂蘿密，户牖新從鑿翠開。便學東華流霧靄，何如少室倚莓苔？生香更借芝蘭色，天影空青許看來。

桃源

括蒼山裏一桃源，似楚桃源較不諠。春色也知浮澗曲，美人還似憶湘沅。不知晉世今何得，欲向天台未敢言。蕩漾東南好溪水，折腰終此寄田園。

竹嶼

也無孤嶼似江心，祇是崔巍寄碧潯。箭竹迴臨星瀨曉，括蒼分與麗城陰。春如鼓吹山明翠，秋似瀟湘水氣深。曾住縉雲古僊子，此中長嘯鳳凰音。

琴石

東溪一枕隱飛湍，青碧琴牀水面安。色映湘靈閒弄好，韻深方響欲浮難。波間激玉清誰訴？洞裏流泉冷自彈。日暮更爲金石奏，迴風吹作水仙寒。

釣磯

一片清寒大好溪，好溪真有釣魚磯。應須咫尺通嚴子，只似尋常在會稽。莎笠雨飄垂柳岸，釣絲春惹落花泥。無緣更直江潭客，白鷺時飛到竹西。

虛廊

小小逃虛向赤霞，連廊千步亦無涯。簷前細韻山寮竹，檻外長飄水碓花。四注空濛雲下宿，一方清冷月西斜。深歌響屐曾誰到？來去蕭蕭說暮鴉。

響瀨

溪惡何須到永嘉？高灘勢作鴈行斜。崖泉隱枕吹寒碧，山溜迴春吐紺花。避暑煙雲流漱玉，入秋風雨帶鳴沙。蕭疎静日松濤起，長似高齋聽煮茶。

峭壁

增城大壑幾曾逢，積翠摶空此路重。插地似應連海影，垂天真欲礙雲容。晴籠薜蕊朝煙澹，溜折苔斑晚氣濃。咫尺飛禽不來往，何人面壁正東峯。

崎巖

海上歸雲下石帆，嵌空留此夜明巖。幽生洞壑愁龍語，迴轉餘花覺鳥銜。倒影暫能熒翠碧，迴風長似入松杉。闌干溜迹封苔遍，道有天書在玉函。

【箋】

〔麗陽〕浙江麗水。十景當在麗水城郊。

【校】

〔題〕憶，萬曆本作「景」。

〔翠潭：雨過墟原暮色含〕墟、原、色，萬曆本分別作「瀟」、「湘」、「影」。含，萬曆本誤作「舍」。

〔青室：便學東華流霧靄〕流，萬曆本作「迴」。

〔青室：生香更借芝蘭色〕生香，萬曆本作「憑誰」。

〔青室：天影空青許看來〕天影空，萬曆本作「三徑青」。

〔釣磯：莎笠雨飄垂柳岸〕笠，各本都誤作「苙」。今改正。

〔虚廊：四注空濛雲下宿〕下，萬曆本誤作「山」。

〔虚廊：一方清泠月西斜〕泠，萬曆本作「冷」。

〔峭壁：晴籠薜蕊朝煙澹〕蕊，似當作「荔」。

〔峭壁：溜折苔斑晚氣濃〕折，萬曆本誤作「拆」。

〔崎巖：迴轉餘花覺鳥銜〕鳥，萬曆本誤作「烏」。

【評】

沈際飛評琴石云：「□靈語，集中不多得。」評釣磯「好溪」句云：「詩餘剩品。」「釣絲」句云：「詩餘。」評虚廊結句云：「虚極。」評響瀨云：「響字體貼。」「山溜」句云：「力摹。」又評崎巖「倒影」句云：「運得來。」

縉雲仙都朝陽洞

西望雲霞近括蒼，層巒洞壑起朝陽。天衣炫碧摇晴色，丹竈流珠飲日光。上界鷄鳴連赤海，中峯樹影帶扶桑。軒君正作遊華夢，起視咸池鬢未霜。

和劉季德平昌一蓋樓撫琴贈别

爲領佳山到卻回，石門南望即天台。鄉心度嶺梅難寄，秋意登樓鴈欲來。疎竹風泉長自遠，一燈花雨向誰開。祇應拂拭江湖外，浪柑琴歌酒數盃。

【校】

〔祇應拂拭江湖外〕前四字，萬曆本作「無因並汝」。

【評】

沈際飛評「一燈」句云：「生動。」

郝永嘉談處郡佳山水欣然

一郡高居接少微，郎官星裏送餘輝。江天直下雙門近，海寺東來萬法依。洞滿朝陽雲乍起，樹懸春雨鶴初飛。因君得附雙鳧影，未笑吾兼吏隱非。

【箋】

〔郝永嘉〕名敬，字仲輿。京山人。萬曆十九年（一五九一）至二十一年任永嘉知縣。

【校】

〔題〕郝永嘉，萬曆本作「吴敬父」。

〔一郡高居接少微〕一，萬曆本作「此」。

送陳公衡永嘉暫歸莆中過別

臨湖秋色秀莆田，選勝新除大玉天。鄉路馬歸殘燒盡，海門舟過夕陽懸。甌閩地氣連星斗，王謝風光隔歲年。並道公卿饒桂樹，君家能似太丘賢。

【箋】

〔陳公衡〕名其志，莆田人。任永嘉知縣。見温州府志卷一七。

【校】

〔題〕莆，原本誤作「蒲」。今改正。

悠然堂括蒼賓巖師隱處

洞壑辭春蚤閉關，偶然開户見南山。悠悠欲傍停雲去，忽忽那知採菊還。碧海心期扶杖裏，名山遊記卧樓間。朝霏暮沓成何意，傲吏懷人向此間。

【箋】

〔賓巖師〕何鏜，麗水人。字鳴儀，號賓巖。萬曆十三年（一五八五）卒。見董司寇文集卷七明故嘉議大夫賓巖何公暨宜人陳氏墓志銘。湯顯祖補縣諸生時，何鏜爲江西學政。見與麗陽何家昆仲詩。何氏有名山記十七卷。

【評】

沈際飛評末句云：「平淡。」

分水縣訪桃溪潘公仲春，出桐廬，秉燭遊仙洞，香襲人衣，十餘里不絶

分水懸帆就索居，霑巾信宿下桐廬。青山晚棹桃溪遠，紅樹秋燈草閣虚。偃洞半空行炬蠟，生香何處滿簪裾。開舟更下神靈雨，煙霧霏霏總襲予。

寄岳石帆

爾愛天書入御函，有人爲縣向松杉。吟餘徑竹山禽語，坐久庭花野鹿啣。解事小兒陳夜飲，閒情少婦襞春衫。年來更夢誰邊好，煙雨樓西看石帆。

【箋】

〔岳石帆〕名元聲，萬曆二十四年（一五九六）三月以論劾兵部尚書石星罷官歸嘉興。

【評】沈際飛評「吟餘」四句云：「玉茗佳事佳境。」又評結句云：「寄。」

歸雲亭懷何賓巖先師麗水

候僊亭子張遺文，洞倚梅花到夕曛。積砌幾年留晻曖，連廊千載宿氤氳。非關出岫心難隱，長是成龍氣不分。況復佳人懷日暮，山川長見鼎湖雲。

【箋】參看本卷悠然堂括蒼賓巖師隱處箋。

【評】沈際飛評結句云：「粘襯合。」

向麗水君求悟空寺田牒有寄

玉鏡溪邊燕堠通，麗陽孤客雨晴中。千山月出堪隨影，滿寺泉聲足悟空。莫榻夜眠高燭盡，版房春醉乳香融。艱難縣牒留僧米，取施遊人飯色同。

與麗陽何家昆仲。吾師何公起家進賢令，視江右學，予年十四補縣諸生。令平昌，懷舊作此

歸雲亭望思悠然，一徑梅花小洞天。但值何郎隨意飲，每逢陶令折腰憐。星當處士蓮花郡，歲在成童弟子員。並道西江舊桃李，投瓊空有淚如泉。

【箋】〔何公〕參看本卷悠然堂括蒼賓巖師隱處。

問訊劉傒如司理金華

建武衣冠有世家，劉郎高第得金華。兼秋法令寒噓日，映世文章海曙霞。問俗定知松變石，登高留醉菊餘花。不嫌陶令腰頻折，會向平昌訪白沙。

【箋】〔劉傒如〕名文卿。江西廣昌人。萬曆十七年（一五八九）進士，十九年任金華推官。見金華府志卷一一。

黄生去平昌遊廬霍

送汝侵雲嶺，孤雲難往還。芙蓉河上去，四十七盤山。

【箋】〔侵雲嶺〕在遂昌城北。

麗水堰㘯同吕紹櫝王良聘。吕故畫史吕紀後，乃云與時貴銀臺使通籍，王先人某進士死于孝，及之

堰㘯響崖谷，懸流松栝清。千秋想盤礴，何知世上名。

王生氣沉俠，世外誰知己。風雨不出山，吞聲堰㘯水。

【評】

沈際飛評第一首云：「獎許特甚。」又評第二首云：「古絶。」

和宋周太常平昌草堂四詠

鷺洲釣月

暝踏孤舟一釣魚，半鈎新玉掛蟾蜍。猶憐白鷺蕭蕭影，秋老寒塘獨照渠。

白馬樵雲

白馬鞍中畫出雲，誰家伐木帶晴曛？不應長是丁丁響，時有遷鶯斷續聞。

吴皋春作

喚起青牛更莫眠，吴皋春雨杏花天。他山種樹能多少，留作陶家酒米田。

月岳夜讀

君子山房月倍清，娟娟憐與讀書明。如今更有閒官燭，只聽吾伊三兩聲。

【校】

〔鷺洲釣月〕：半鈎新玉掛蟾蜍〕掛，萬曆本誤作「桂」。

和葉可權草堂四詠 平昌

松屋卧雲

樓轉松風韻紫虚，眠雲夜冷晝芙蕖。山中所有應如此，直是江南陶隱居。

竹窗延月

風露娟娟浣竹林，月窗秋影夜來深。不知叢桂山中客，長聽瀟湘雲水音。

荷亭酌酒

酒是金荷露滴成，花如素女步輕盈。西風暮雨何辭醉，便向池亭卧亦清。

竹嶼烹茶

君子山前放午衙，濕煙青竹弄雲霞。燒將玉井峯前水，來試桃溪雨後茶。

【校】

〔荷亭酌酒：酒是金荷露滴成〕荷，萬曆本作「盤」。

〔竹嶼烹茶：燒將玉井峯前水〕燒，各本誤作「澆」。

平昌青城山

萬仞飛泉掛石龍，青城如霧洗芙蓉。自非僊令鳴琴出，誰闞秋窗玉女峯。

【箋】〔青城山〕在遂昌城西八十里。上有玉女峯。

【評】沈際飛云：「自負耳。」

赤壁望浦城 平昌

棲靈巖下碧泉分，石户天窗時出雲。夜踏僊梯滿霞氣，海光初映武夷君。

東梅嶺 平昌

唐山三十六縈迴，繞徑如絲雲霧開。獨坐野棠春寂寂，幽香寒雨正東梅。

【箋】〔東梅嶺〕在遂昌城北二十里。
〔唐山〕在城北十五里。

洞峯 平昌

西行百里洞孤峯，上有龍門常出龍。不知龍出能多少，只看龍湫雲氣重。

【箋】

〔洞峯〕嶺名，在遂昌城西一百里。

班春二首

今日班春也不遲，瑞牛山色雨晴時。迎門競帶春鞭去，更與春花插兩枝。

家家官裏給春鞭，要爾鞭牛學種田。盛與花枝各留賞，迎頭喜勝在新年。

【箋】

〔瑞牛山〕一名瑞山，又名眠牛山。在遂昌城東，隔溪即是。

黄塘廟

山空流火亂螢飄，池上風清酒氣消。四顧沉林雨初歇，平昌令尹聽吹簫。

【箋】

〔黄塘廟〕在遂昌。

【評】

沈際飛評末句云：「自負。」

午日處州禁競渡

獨寫菖蒲竹葉盃，蓮城芳草踏初回。情知不向甌江死，舟楫何勞弔屈來。

【箋】

〔蓮城〕麗水。

九日登處州萬象山，時繡衣按郡

風定烏紗且莫飄，蓮城秋色半寒潮。黄花向客如相笑，今日陶潛在折腰。

【箋】

〔萬象山〕在麗水。

送徐吉父長安上書

笑別平昌酒一盃，燕昭雲氣築金臺。馬頭若見西山雪，莫作山陰半夜回。

松遂界石鏡

玉輪江上美人情，黄鶴樓西石照明。何似松陰側圓鏡，一溪苔蘚暮灘聲。

【箋】

〔石鏡〕在遂昌城東二十里。

【校】

〔玉輪江上美人情〕情，各本誤作「精」。據遂昌縣志改。

【評】

沈際飛評末句云：「畫。」

遂昌松陽界萬歲山口號。山舊名晚翠，趙康王避金騎所棲

來去山前朝暮霞，金光片片石蓮花。如今萬歲山朝北，不似南巡望翠華。

唐山寺 有序

唐季禪月大師貫休居平昌唐山十四年，夢異人授以寫梵相十八尊者像。一像未就，異人教以臨水爲之，意師乃此像後身也。後大師去蜀，蜀孟氏二女尼，欲遊天台。師教之唐山見尊者，至則尊者皆現身云。

東梅嶺路踐龍蛇，似阻天台石磴霞。忽忽雲堂見尊者，紅魚波影白蓮花。

【箋】

〔唐山〕在遂昌城北十五里。

廣仁院 有序

平昌廣仁院佛殿壁，有邑人毛會潛畫一婦乳兒。夜有兒啼聲，衆怪之。一日僧語會，笑曰：「易耳。」以筆添乳入口，遂絶。

曾爲蛾眉斬畫師，千秋能此畫孩兒。自慚繞佛無飛乳，滿縣兒啼似不知。

【箋】

〔廣仁院〕在遂昌城西曾山下。

【校】

〔曾爲蛾眉斬畫師〕蛾，各本誤作「娥」。今改正。

平昌河橋縱囚觀燈

繞縣笙歌一省囹，寂無燈火照圜扃。中宵撤斷星橋鎖，貫索從教漏幾星。

平昌君子堂

君子堂前煙樹齊，山炊水碓盡橋西。庭中有訟多蕉鹿，市上無諠少鬪鷄。

【評】

沈際飛云：「循良在眼。」又云：「臨川公作吏乃爾，不媿萬家燈火。詩亦非浪傳者矣。」

除夕遣囚 平昌

除夜星灰氣燭天，酴酥銷恨獄神前。須歸拜朔遲三日，溘見陽春又一年。

石牛渡菴

枕帶河橋傍夕曛，石牛風起過殘雲。不知簷外千竿雨，和夢蕭蕭得此君。

平昌射堂戲作

此地懸知獵鳳麟，我來初作射堂新。諸生異日逢夫子，還是彎弓與扣輪。
谷轉溪回地脈雄，諸生高宴射堂中。尋常好插東南箭，誰傍秋霄一掛弓？

先秋榜一日泊富陽懷吴伯霖

捲帆秋色富春西，雲氣飛來草樹齊。月路曉風飄桂子，吴山先聽海潮鷄。

夜聽松陽周明府鳴琴四曲

瀟湘雲水

月白霜寒夜欲沉，美人高燭映琴心。不知堂上松風起，半是瀟湘雲水音。

天風環珮

翠殘香鼎燭凝紅，起視閒庭霜月空。未合清音轉嘹唳，玉人環珮正秋風。

漢宮秋

千門河漢夜雲收，風起高堂燭豔流。直是井梧心不死，聲聲還泣漢宮秋。

梅花弄

嚴城霜漏隱疎笳，堂上尊殘片月斜。爲聽主人寒絶處，一溪煙水半梅花。

【箋】

〔周明府〕名宗郊，武進人。著有南華集、古薜蘿軒詩集。見處州府志。

【校】

〔梅花弄：嚴城霜漏隱疎笳〕霜漏隱，萬曆本作「畫角映」。

出松門回憶琴堂，更成四絶

依依約約夜絃分，彈到瀟湘水接雲。怪得暮寒修竹裏，楚山容易泣湘君。
竹梧秋露冷泠泠，環珮天風欲杳冥。彈到夜鴻飛不起，卻教中散帶愁聽。
玉堂無樹不驚風，偏有秋風入漢宫。滅燭露寒清漏曉，聲聲流絶夜絃中。
夜水寒雲半欲參，聲聲離鴈起江南。誰憐獨照高堂影，三弄梅花也不堪。

【箋】

參看前詩。

【校】

〔滅燭露寒清漏曉〕滅燭，萬曆本作「無奈」。
〔誰憐獨照高堂影〕誰憐獨照，萬曆本作「自憐映燭」。

周長松琴堂曉發

松陰雪月向來清，堂上横琴迸一聲。待徹梅花天欲曉，卻教孤角放人行。

【箋】

〔周長松〕當是松陽知縣，名宗郊。

净菴僧歸青陽，有懷江本文學

海寧僧到遂昌來，不見江家黑秀才。但是相逢送迎處，高情長似九華臺。

處州郡齋看誠意伯家帖

黔帖吾家自不全，當教北海誤欣然。仙都會是劉家本，指破烏金起墨煙。

【箋】

〔誠意伯〕劉基，明初功臣，處州青田人。

何東白太醫許開酒口號二首

滿樓風雨滯春衣，恰見騎牛賣藥歸。試着杏花原上望，酒壚人到藥爐稀。

偶然病肺怯春風，避酒嫌歌百興空。何意白頭心較小，不能膽大似郎中。

【箋】

〔何東白〕名曉，江山醫人。時寓遂昌。

天台縣書所見

池煖風絲着柳芽，懶妝宜面出山家。春光一夜無人見，十字街頭賣杏花。

龍泉葉生善吹簫，自言法師後

金紫飄飄接翰林，霓裳吹動廣寒心。洪都故郡龍飛日，曾記儒家有葉琛。

過縉雲

日上扶桑海氣收，僊人榜上記曾遊。祇愁怪石能生長，不遣陽冰一字留。

西興懷古

採菱歌罷送將歸，秋露初生白紵衣。倚棹斜陽江郭裏，烏鳶閒唼素蝦飛。

【評】沈際飛云：「一幅小景。」

過諸暨

苧蘿山下雨淋漓，解帶山橋過午炊。幾箸江蝦成獨笑，一文錢裏見西施。

寒食過薛

東來塵氣雨初分，店樹新煙河嶽雲。過盡三廚無一客，今朝寒食孟嘗君。

濟上看張平之畫

女墻如月畫屏開，長佩遷延望若來。祇爲敬君留一笑，齊王安得九成臺。

湯顯祖集全編詩文卷一四 玉茗堂詩之九

詩一百六十二首 一五九八—一六〇一，四十九歲—五十二歲。棄官家居。

初歸

彭澤孤舟一賦歸，高雲無盡恰低飛。燒丹縱辱金還是，抵鵲徒誇玉已非。便覺風塵隨老大，那堪煙景入清微？春深小院啼鶯午，殘夢香銷半掩扉。

【箋】 作於萬曆二十六年（一五九八）戊戌春，自遂昌知縣棄官歸。四十九歲。

【評】

沈際飛評末二句云：「宋人好詞，勿問氣格也。」

聞都城渴雨，時苦攤税

五風十雨亦爲褒，薄夜焚香霑御袍。當知雨亦愁抽税，笑語江南申漸高。

【箋】

作於萬曆二十六年（一五九八）戊戌夏，家居。四十九歲。實録云，四月，「上憂旱甚，每夜分宮中秉誠露禱」。

卻喜

卻喜家公似壯年，登山着屐快鳴鞭。遲回阿母加餐少，早作休官侍藥便。舞袖尚連金鵜補，歌笙時間白華篇。南遊北望成何事？且及春光報眼前。

【箋】或作於萬曆二十六年（一五九八）戊戌，家居。四十九歲。時湯父七十一歲，母六十九歲。

答周松陽

長松冉冉月紛紛，夜半留琴奏水雲。夢去河陽花似遠，興來彭澤柳初分。冠抛那用題神武，飯足誰教到廣文。最是折梅春棹裏，相思時許和歌聞。

【箋】作於萬曆二十六年（一五九八）戊戌，自遂昌知縣罷歸臨川不久。四十九歲。

〔周松陽〕松陽知縣，名宗邠，武進人。見處州府志。

【校】

〔夜半留琴奏水雲〕留琴奏，萬曆本作「瀟湘流」。

初歸柬高太僕應芳曾岳伯如春

幾年清夢有長安，不道臨川一釣竿。雲路試留僊令舄，泥丸初着遠遊冠。樽開竹葉風前笑，檻點花枝雨後看。直是故人拋未得，欲開三徑與盤桓。

【箋】

作於萬曆二十六年（一五九八）戊戌，自遂昌知縣罷歸臨川。四十九歲。

〔高太僕應芳〕湯顯祖之同鄉先輩，時致仕里居。見卷四高太僕每過輒值余登遊他所詩箋。

〔曾岳伯如春〕臨川人。據實録，二月，浙江左布政使曾如春陞右副都御史巡撫河南。

【校】

〔題〕萬曆本作「初歸」。

〔泥丸初着遠遊冠〕丸，萬曆本誤作「左」。

【評】

沈際飛云：「雋永。」

新買谷南高冏卿比舍，卿病廢卧久，追念昔時歌酒泫焉

沙井西頭少僕居，江梅趙禮昔賢餘。新知一病同歡少，廢里千金買宅虚。月下笑聲分的皪，風前棊興覺消疎。猶憐出餞鳴騶日，誰信接輿歸草廬。

【箋】

作於萬曆二十六年（一五九八）戊戌，家居。四十九歲。

〔谷南高冏卿〕高應芳，號谷南。見前詩箋。

〔沙井〕在臨川城内，去玉茗堂甚近。

移築沙井

亦自知津亦自迷，新歸門逕草凄凄。閒遊水曲風迴鬢，夢醒山空月在臍。家近金堤田負郭，巷連沙井汲成泥。幽遷不到嚶鳴得，大向春來百鳥啼。

【箋】作於萬曆二十六年(一五九八)戊戌,家居。四十九歲。

記與萬祠部語次戊戌春事 蚤知新建當危

頭年即是次年因,説與諸公不信人。未是沙堤行不穩,沙堤無樹可藏春。

【箋】作年不可考。姑繫於萬曆二十六年(一五九八)戊戌,家居。四十九歲。據明史宰輔年表,新建張位是年六月罷相閒住。旋以「憂危竑議」一案除名爲民,遇赦不宥。萬祠部,名建崑,時任禮部主事,同時被黜。參看明史二一九本傳。

遣夢

休官雲卧散僊如,花下笙殘過客餘。幽意偶隨春夢蝶,生涯真作武陵漁。來成擁髻荒煙合,去覺搴帷暮雨疎。風斷笑聲弦月上,空歌靈漢與踟躇。

【箋】

或作於萬曆二十六年（一五九八）戊戌，家居。四十九歲。

【評】

沈際飛評「來成」二句云：「來成去合，夢境分明。」

七月念日移宅沙井，八月十九日殤我西兒，慘然成韻

乍有楊雲宅，童烏得幾時。未知歌處所，先已哭於斯。蘭玉堦何異，熊羆夢亦疑。繞枝無淚盡，不見舊巢兒。

【箋】

作於萬曆二十六年（一五九八）戊戌七月，家居。四十九歲。

聞姜仲文參江藩，驚喜漫成二首

春遊無事得相催，漫踏沙城笑一回。揺漾十年江月老，丹陽郭裏和君來。

書題殘臘擬春遊，發興難隨風雨休。身是尚書舊官屬，今朝公子到南州。予故宗伯鳳阿公屬也。

【箋】作於萬曆二十六年（一五九八）戊戌，家居。四十九歲。據實録，六月起原任參政姜士昌爲江西參政。士昌字仲文。丹陽人。其父名寶，號鳳阿，曾任南京禮部尚書。

【校】〔題〕上海博物館藏詩稿手卷作「聞使君下江藩驚喜漫成」。

答姜仲文

白日不可常，孤雲亦何媚！萋芳淡遊子，流泊世所棄。事去息交久，書來喜君至。愛日生寒姿，停雲起高翅。經營二三月，颯還豈遑避。驚看就長揖，道故如失志。相聞善爲樂，相見乃憔悴。爲文寧自傷，情多或爲累。感君珍重意，承眶不能淚。在沼魚何樂，先秋葉難翠。長歌聊復聲，短袖時一戲。今日眼中人，何年心上事?

【箋】作於萬曆二十六年(一五九八)戊戌,家居。四十九歲。詩云「書來喜君至」,當仲文初蒞任時作。參看前詩。

【校】〔題〕上海博物館藏詩稿手卷,此詩與二十七年作再别仲文合題使君懷舊。末句「何年」作「彌年」。

【評】沈際飛評起句云:「突兀。」評「情多」句云:「有悟。」又評末句云:「醒語,痛語。」

用韻答姜仲文使君

紫氣憑陵東出關,十年清夢五雲間。美人自合來南浦,猿鶴何須怨北山。空江色借文尊浄，高閣晴開玉佩閒。共説磻溪最年少，丹青那惜鬢毛斑。

【箋】

或作於萬曆二十六年（一五九八）戊戌秋，時姜士昌初至江西參政任。四十九歲。參看前詩。

【校】

〔題〕上海博物館藏手卷作「用韻奉答」。

〔丹青那惜鬢毛斑〕鬢，手卷作「髮」。

約造謝家池不果，高卿便有和作，復次前韻

何曾一造謝家池，想象黄花發幾枝。漸老荷香須送酒，兼清竹所隱彈棊。落葉夜催蟲候蚤，遠天晴覺鴈來遲。登高發興尋常事，未必山川使我悲。

【箋】

作於萬曆二十六年（一五九八）戊戌秋，家居。四十九歲。

〔謝家池〕謝靈運墨池，在臨川。

〔高卿〕名應芳，見卷四高太僕每過輒值余登遊他所詩箋。

高太僕九月三日天水姬生第八子，戲贈

沙井熒熒映子星，時維九月自生明。春秋興欲來高子，遲慕心知有趙卿。秀發芙蓉人就館，清歌子夜月臨城。香盃正滿東籬菊，爲看成林桂樹清。

【箋】

作於萬曆二十六年（一五九八）戊戌秋，家居。四十九歲。

【校】

〔遲慕心知有趙卿〕慕，疑是「暮」之誤。

八日謝家池宴二首

已覺秋光滿户庭，芙蓉一朵正清泠。簾前夕照煙霞紫，座上林霏帳幙青。袖拂

暗香荷葉徑，盃摇明月水心亭。不辭爛醉黄花枕，明日登高也似醒。

莫悲桃李散春煙，且向西池學採蓮。客興浪隨碁局點，秋香那惜酒盃傳。花開木末紅宜笑，鳥下波光白可憐。是好登高趁明日，遠山洲渚正晴天。

【箋】

作於萬曆二十六年（一五九八）戊戌九月，家居。四十九歲。

【校】

〔題〕家，萬曆本作「公」。

【評】

沈際飛評「盃摇」句云：「對勝。」又評「鳥下」句「白可憐」云：「三字妙。」

九日城樓宴即事

菊花高節晚相邀，靈谷紅泉氣色遥。睥睨東樓連桂館，軒轅北斗正星橋。金燈映月寒猶薄，紗帽臨風興欲飄。歲晏崢嶸一盃酒，恰逢摇落聽吹簫。

【箋】

作於萬曆二十六年（一五九八）戊戌九月，家居。四十九歲。

〔靈谷紅泉〕紅泉在臨川城西三十里銅陵山上。靈谷峯在城東南四十里。

【校】

〔題〕城，萬曆本作「東」。

草堂

負郤臨江舊草堂，斷橋車馬向來忙。身將百里郎官隱，心爲西河愛子傷。酒後放歌難自短，花間笑語若爲長。高冠照水看何似，分付流光與鬢霜。

【箋】

作於萬曆二十六年（一五九八）戊戌秋，家居。四十九歲。

〔身將百里郎官隱〕湯顯祖自遂昌知縣棄官歸，萬曆二十九年大計始罷職閒住。

〔心爲西河愛子傷〕八月十九日西兒殤，八歲。

〔斷橋車馬向來忙〕文昌橋壞於廿二年，二十七年復成。見玉茗堂文之八臨川縣孫驛丞去思碑。

【校】

〔斷橋車馬向來忙〕向，原作「回」。據沈際飛本改。

【評】

沈際飛評結句云：「百年同感。」

達公忽至

偶然舟楫到漁灘，慚愧吾生涕淚瀾。世外欲無行地易，人間惟有遇天難。初知供葉隨心喜，得似拈花一笑看。珍重別情長憶否，隨時香飯勸加餐。

【箋】作於萬曆二十六年（一五九八）戊戌十二月，家居。四十九歲。紫柏老人集卷一四禮石門圓明禪師文云：「萬曆二十六年十二月十九日，予自廬山歸宗寺挈開先壽公與吳門朗驅烏來臨川。」真可和尚字達觀，號紫柏。

達公舟中同本如明府喜月之作

世外人應見面難，一燈高興石門殘。生波入檻浮春淺，細雨橫舟濕夜寒。彼岸似聞風鐸語，此心如傍月輪安。不知天上婆娑影，偏照恒河渡宰官。

【箋】作於萬曆二十六年（一五九八）戊戌十二月，家居。四十九歲。時達觀有臨川之行。〔本如明府〕臨川知縣吳用先號。

己亥發春送達公訪白雲石門，過盱弔明德夫子二首

殘雪疎山發暝煙，卷帆春度石門前。空宵爲夢羅夫子，明月姑峯一綫天。

小住袈裟白雲地，更過石門文字禪。平遠空高一回首，清淺麻姑誰泊船？

【箋】

作於萬曆二十七年（一五九九）己亥歲首，家居。五十歲。參看前後有關諸詩。

【評】

沈際飛評云：「妙眼。」

達公過盱便云東返，寄問賀知忍

扁舟茶供不曾温，便去西山禮石門。雲覆袈裟留梵影，風生鈴鐸向人言。中邊總放三輪出，生死那將九帶存？別後曲阿逢賀雅，百年如幻忍何論。

【箋】

作於萬曆二十七年（一五九九）己亥正月，家居。五十歲。參看前後有關諸詩。

達公來自從姑過西山

厭逢人世懶生天，直爲新參紫柏禪。險句天橋餘醉墨，春茶雲霧足醒泉。看相有住微成恨，話到無生已絶憐。但得似師緣興好，煙花遊戲往來邊。

【箋】作於萬曆二十七年（一五九九）己亥正月，家居。五十歲。參看前後有關諸詩。西山在江西石門從姑間，非新建縣西山也。

拾之偶有所繾，恨不從予同達公遊，爲詠此

扁舟予在水雲間，汝逐嬌歌去不還。今夜紙窗陪笑語，一燈分照萬重山。

【箋】參看前後有關諸詩。

〔拾之〕姓吴，號玉雲生。臨川人。

夢覺篇 有序

戊戌歲除，達公過我江樓，弔石門禪，登從姑哭明德先生往反。己亥上元，别吴本如明府去棲鑪峯，别予章門。予歸，春中望夕寢於内，後夜夢牀頭一女奴，明媚甚。戲取畫梅裙着之。忽報達公書從九江來，開視則剞成小册也。大意本原色觸之事，不甚記。記其末有「大覺」二字，又親書「海若士」三字。起而敬志之。公舊呼予寸虚，此度呼予廣虚也。

花朝風雨深，同人醉三市。尋常獨眠睡，此夜興偶爾。鷄鳴牀帳前，何得小皓齒？瘦生巧言笑，青衣乃裙綺。窺帷映窗旭，歷皪如可喜。忽忽堂上音，云是達公使。有書似剞劂，印以金粟紙。裝縹若禪夾，璘燦字盈指。牀頭就披盥，開讀不及几。似言空有真，並究色無始。送末有弘願，相與大覺此。向後指輪筆，自書海若士。如癡復如覺，覽竟自驚起。達公今何處？宛自宫亭止。起念在一微，九江有千里。達公雖心通，何得便飛耳！感此重恩念，淚如花墜蕊。中觀誠淺悟，大覺有深旨。瓶破烏須飛，薪窮火將徙。骷髏半百歲，猶自不知死。頂禮雙足尊，回旋寸虚子。

【箋】

作於萬曆二十七年（一五九九）己亥二月，家居。五十歲。參看去年十二月後作有關諸詩。

〔戊戌歲除，達公過我江樓，弔石門禪，登從姑哭明德先生往反〕紫柏老人集卷一四禮石門圓明禪師文：「萬曆二十六年（戊戌）十二月十九日，予自廬山歸宗寺挈開先壽公與吳門朗驅烏來臨川。於二十九日黃昏舟次筠溪石門寺西南隅者。」石門，在江西金谿西南四十里。從姑，山名，今江西南城縣東南。羅汝芳（明德）曾在此建書院講學。

〔己亥上元，別吳本如明府去棲鑪峯，別予章門〕是年正月十五日，達觀別臨川知縣吳用先，往廬山。湯顯祖適在南昌（章門），遂以爲別。

〔親書海若士三字〕湯顯祖此後以海若士爲號，一作若士。命名之意本淮南子卷一二道應訓。略云：「盧敖遊乎北海……見一士焉。……盧敖與之語曰：『……子殆可與敖爲友乎？』若士者齤然而笑曰：『……吾與汗漫期於九垓之外，吾不可以久駐。』若士舉臂而竦身，遂入雲中。盧敖仰而視之，弗見乃止。」此乃湯顯祖棄官後一年，出世思想日深。

〔公舊呼予寸虛，此度呼予廣虛也〕湯顯祖受記於達觀，二人關係在師友之間。受記又名受莂，由佛受當來必當作佛之記別也。紫柏老人集卷二三致湯顯祖書云：「往以寸虛號足下者，蓋衆人以六尺爲身，方寸爲心。方寸爲心，則心之狹小可知矣。然衆人不能虛，重以日夜而實之爲貴。寸虛稍能虛之，且畏實而常不自安。……又野人今將升寸虛爲廣虛，升廣虛爲覺虛。願廣虛不當自降。」

〔三市〕臨川街市名。

〔宮亭〕鄱陽湖南歸南昌界者曰宫亭湖。

【評】沈際飛評詩「如癡」二句云：「臨川善於寫夢，小小轉折處猶工。」評「何得」句云：「草率。」又評「瓶破」二句云：「禪頌」。

思達觀

何來不上九江船，船頭正繞香爐煙。第一人從歡喜地，取次身居自在天。語落君臣迴照後，心消父母未生前。看花泛月尋常事，怕到春歸不直錢。

【箋】作於萬曆二十七年（一五九九）己亥，家居。五十歲。

【評】沈際飛評「看花」句云：「得大休歇。」

江館

林中高館築須成，水外閒庭瓷欲平。身世河山多白首，子孫天地一蒼生。鈎簾語燕驚風起，檻舸眠鷗浥浪明。是好花朝誰到賞，緑波如酒泛新晴。

【箋】作於萬曆二十七年（一五九九）己亥二月，家居。五十歲。

寄嘉興馬樂二丈兼懷陸五臺太宰

爲郎苦遲去官早，歷落鄉關罷倫好。忽忽神遊京洛春，泣向五臺原上草。馬翁只似扶風人，樂生當作望諸君。卧想少遊何可得，拜築高堂曾一聞。世局風流常似此，會見英雄長不死。江山歲月老閒身，風雨魚龍動君子。沙井闌頭初卜居，穿池散花引紅魚。春風入門好楊柳，夜月出水新芙蕖。往往催花臨節鼓，自踏新詞教歌舞。

青春索向酒人拋，白髮拚教侍兒數。煙雨樓前煙雨迷，鶯脰湖邊鶯脰啼。但取風光足留賞，越西還勝大江西。

【箋】

作於萬曆二十七年（一五九九）己亥春，家居。四十九歲。據同卷七月念日移家沙井八月十九日殤我西兒慘然成韻，去年七月二十日，湯顯祖移家沙井巷玉茗堂新居。

〔馬樂二丈〕馬應圖字心易，平湖人。曾任禮部郎中，疏劾科道齊世臣等，並及首輔。謫山西大同典史。時以刑部主事家居。以上據平湖縣志。平湖舊屬嘉興府。岳（樂）元聲字之初，號石帆，嘉興人。萬曆二十四年（一五九六）三月上疏論朝鮮事，革職爲民。以上據嘉興府志及明史紀事本末卷六二。

〔陸五臺太宰〕吏部尚書陸光祖，平湖人。萬曆二十年（一五九二）三月致仕。在籍五年卒。以上據明史七卿年表及卷二二四本傳。

〔煙雨樓〕在嘉興南湖。

【校】

〔鶯脰湖邊鶯脰啼〕二「脰」字，原本作「逗」。

【評】

沈際飛評「穿池」以下數句云：「婆娑小景，詩中有畫。」

和贈樊欽之度嶺

春中雨雪正霏微，遊子江頭泣楚衣。羽翼自須留諫草，墨縗非爲赴戎機。應過放逐三年苦，每見天池六月飛。萬里雷陽幾消息，相思那得鴈來稀。

【箋】

作於萬曆二十七年（一五九九）己亥春，家居。五十歲。欽之名玉衡，黄岡人。湯氏同年進士。去年四月以册立久稽，上疏觸帝及貴妃怒，禍且不測。五月，「憂危竑議」事起，永戍雷州。《明史》卷二三三有傳。以下三首當作於此後不久。

與欽之言别

萬死雄飛御史章，天恩還許到雷陽。移家數傍君遷樹，少婦長開蘇合香。嶺嶠清和梅熟蚤，楚江風雨燕飛忙。重來海客將何語，曾住羅浮覺晝長。

再用韻奉答欽之兄徐聞講堂之句

楚衣如雪對春衣，自笑清狂出禮闈。投嶠杳難邀後命，講堂當亦傍前輝。西山月落鸞簫迴，南斗天低海色微。珍重去珠能見憶，新詩裁作淚綃飛。

【箋】

〔徐聞講堂〕萬曆十九年（一五九一）湯顯祖貶官徐聞，建貴生書院。

欽之兄自號天山子，詠共保黃髮之句，爲之悵然

雲霞川漲肅鳧鷖，官閣乘春小坐移。蜚遁天山宜注易，征行歲月好吟詩。心知遠道迴帆別，語向明時掩淚辭。廿載長安雙白首，百年黃髮更爲期。

【評】

沈際飛評「語向」句云：「酸楚。」

夕佳樓贈來參知四首

出處等維塵，未若蕭然真。蕭然若有會，虛微自相親。身參市朝侶，不廢煙霞賓。我有齊年歡，故自同心人。

同心兩相悦，日夕春祠列。善謔藹冲明，微言峻芳潔。今政古猶存，古心今所設。澤引岱宗雲，清拂峨嵋雪。

雲雪渺何似，丹青窈難滓。行藏隨萬端，死生猶一視。粗存糧藥資，長有溝壑志。經濟自常體，著作乃餘事。

餘事映風規，月露春江瀰。登樓泣華燭，寸心良不欺。伏櫪驥聞嘆，遊梁魚見知。良用永今夕，相爲黄髮期。

【箋】

作於萬曆二十七年（一五九九）己亥夏初，家居。五十歲。

詩云：「澤引岱宗雲，清拂峨嵋雪。」據實録，來三聘於是年正月陞江西副使，閏四月調四川副使離去。詩當在南昌送别作。來三聘亦萬曆十一年進士，故云「齊年歡」。

【校】

〔出處等維塵〕維，似當作「微」。

〔丹青窈難滓〕滓，沈本作「澤」。

【評】

沈際飛評「古心」句云：「説得完全。」評「登樓」二句云：「野膽語。」又評「伏櫪」二句云：「見、聞二字妙。」

奉和吴體中明府懷達公

雨花天影見時難，仙令書開九帶殘。身外有身雲破曉，指邊非指月生寒。知他曲向誰家唱，問汝心將何處安。爲報虎溪殘笑裏，幾人林下欲休官。

【箋】

作於萬曆二十七年（一五九九）己亥，家居。五十歲。達觀和尚去冬今春有臨川之行。

〔吴體中明府〕臨川知縣吴用先，是年遷官離去。

【評】沈際飛評「身外」句云：「楞嚴妙旨。」

再次吴明府韻寄太史仲父之作

歌聲出谷採樵還，隴麥參差雉子班。每聽遷鶯來户外，親知列宿在人間。詩分錦帶摇新月，花發河陽憶舊山。未問樅臺射蛟處，煙波誰許釣竿閒？

【箋】作於萬曆二十七年（一五九九）己亥，家居。五十歲。參看前詩。樅臺在桐城（今屬安徽）。吴明府，桐城人。

【評】沈際飛云：「錦心繡句，不下盛唐。」

次吴本如言歸

五柳初歸鬢已斑，折腰真是强爲顔。早知負郭賓遊滿，得似關門令尹閒。風散墨香詩卷净，雨吹花落印牀慳。猶嫌太史占雲朔，肯放仙鳧倦鳥還。

【箋】

作於萬曆二十七年（一五九九）己亥，家居。五十歲。

〔吴本如〕臨川知縣吴用先，是年罷任。

【校】

〔題〕萬曆本無「言歸」二字。

〔風散墨香詩卷净〕净，萬曆本作「賸」。

【評】

沈際飛評「風散」句云：「風華。」

爲吴本如明府去思歌

使君去時一年與我好，自言學道苦不早。紫柏師來江上春，黑月船移天外曉。臨川江西一大治，晝坐一堂若爲了。如觀千眼一切衆，獨露一身諸事少。回身轉眼能幾時，琴裏禪心誰見知。正復歡謡涕嘆生爲祠，君尚能來人去思。心知使君爲道不須此，未能免俗聊爾爲。

【箋】

作於萬曆二十七年（一五九九）己亥，家居。五十歲。

〔吴本如〕臨川知縣吴用先號本如，字體中。桐城人。見撫州府志卷三九。吴與湯顯祖又爲禪友。

〔紫柏師來江上春〕去年冬紫柏來臨川，晤湯顯祖及吴明府，正月始離去。

送查虞臯參知以悼亡無子致政歸餘杭二首

十年簪履記行暉，起拜新參今復違。獨夢越山江嫋嫋，雙旌滕閣雨霏霏。芰荷香動歸心遠，伉儷情傷春恨微。向後東山仍不免，繞堂蘭桂一牽衣。

忍將高卧向明時，春望瀰瀰春氣悲。水渌西泠懸夢早，花飛南浦送歸遲。清標豈分風塵得，遠意將爲猿鶴私。獨嘆吴公舉年少，一時門地拜尊師。時吴體中明府薦余子弟上學者四人，及之。

【箋】

第二首自注：「時吴體中明府薦余子弟上學者四人。」爲吴本如明府去思歌云「使君去時一年與我好」，臨川知縣吴用先萬曆二十七年（一五九九）離任，詩當同年作。時羅官家居。五十歲。實録又云，萬曆三十六年（一六〇八）十月，陞江西副使查允元爲本省右參政兼僉事。允元字虞臯，浙江海寧人。原爲江西提學僉事。見江西通志卷一百二十七。第一首云「十年簪履記行暉，起拜新參今復違」，當是三十六年後作。

【校】

〔水渌西泠懸夢早〕泠，天啓本、原本誤作「冷」。今改正。

送傅觀察以故重慶起監平播軍

卜築原知傍列星，幾年魂夢憶丹青。兒童舊愛巴人舞，神女初過楚客醒。遂有風雲生絶壑，豈無車馬繫離亭。鄉思錦繡州前月，肯寄書生銅柱銘。

【箋】

約作於萬曆二十七年（一五九九）己亥，家居。五十歲。是年，明朝大舉進兵攻播州楊應龍，明年平。

〔傅觀察〕名良諫，臨川人。曾任重慶知府。見撫州府志卷五〇。

【校】

〔題〕萬曆本作「送傅觀察東川」。

〔卜築原知傍列星〕傍，萬曆本作「是」。

〔幾年魂夢憶丹青〕魂、憶，萬曆本分別作「爲」、「入」。

【評】沈際飛云：「送意婉盡。」

赴傅觀察宴，先向西城夕眺

新懽折簡赴西城，户屨猶虚左席迎。暫去樓中看夕影，颯來池上聽秋聲。山光積翠晴猶拂，露葉流珠晚更擎。月出定知陪一醉，恰留懷抱與君傾。

【箋】〔傅觀察〕見前詩。

傅參戎朝鮮過家有作

提戈萬里到林胡，袍血初乾寫戰圖。雪意滿空貂拂座，秋風入塞鴈啣蘆。扁舟小隊趨懷玉，盃酒高臺傍鬱孤。忽憶書生舊投筆，與君搥碎碧珊瑚。

【箋】或作於萬曆二十七年（一五九九）己亥，家居。五十歲。是年援朝征倭告捷。參看明史紀事本末卷六二。

【校】〔題〕朝鮮，萬曆本作「平倭」。〔雪意滿空貂拂座〕雪意滿空，萬曆本作「壯氣凌空」。

【評】沈際飛云：「壯。」

送馬仲高入都並問區太史鄧吏部梅嶺詩

馬生千里姿，遊閒氣清楚。來從海珠寺，江光映重阻。相逢邈河漢，留連及羈旅。北望且悠然，南裝應幾許？冬服委輕纖，春衣餘白紵。時復夢鄉路，高堂離寒暑。直欲翻炎溟，何緣避風渚？長歌燕市醉，短劍吴門語。世路今何如，天池此一舉。垂楊依遠道，遷鶯動儔侶。蒼梧舊所歷，長安有心與。海目迴清曠，韶陽美風緒。惻惻江潭人，梅花相憶汝。

【箋】

或作於萬曆二十七年（一五九九）己亥，家居。五十歲。據實録，萬曆二十八年四月以右贊善區大相陞右中允兼編修。鄧吏部名以讚，卒於萬曆二十七年秋，明史卷二八三有傳。馬仲高，不詳。

【校】

〔題〕萬曆本作「二詞丈」。

〔惻惻江潭人〕惻惻，萬曆本作「試語」。

立春過鍾陵訪黄明府貞父偶興

立春春晴殊可遊，元夕受燈人不愁。明發春林意鮮好，散雪如龙吹敝裘。偶憶西湖殘雪處，笑對汪汪人叔度。緒風蘭葉迴幽香，淡月梅花引心素。由來僊令有煙霞，壇石山前風氣佳。便移彭澤五株柳，來就河陽一縣花。

【箋】約作於萬曆二十八年（一六〇〇）庚子立春，家居。五十一歲。黄貞父，名汝亨。仁和人。萬曆二十六年進士。授進賢（鍾陵）令。至三十三年始離去。〈偶憶西湖殘雪處〉萬曆二十二年冬，湯顯祖自遂昌往北京上計，與黄貞父會於西湖。見詩東館別黄貞父。

【評】沈際飛評「淡月」句云：「好。」又評結尾云：「尾太填實。集中往往如此，是一病。」

蓮池墜簪題壁二首 有序

予庚午秋舉，赴謝總裁參知餘姚張公岳。晚過池上，照影搔首，墜一蓮簪，題壁而去。庚寅達觀禪師過予於南比部鄒南皋郎舍中，曰：「吾望子久矣。」因誦前詩，三十年事也。師爲作館壁君記，甚奇。今春，五臺僧樂愚來乞文，復棲賢寺修墜簪之約。予病苦，恐未能覯厥成。感激悲涕，是用存其少作，奉爲來因云爾。

搔首向東林，遺簪躍復沉。雖爲頭上物，終是水雲心。

橋影下西夕，遺簪秋水中。或是投簪處，因緣蓮葉東。

【箋】

詩作於隆慶四年（一五七〇）庚午，秋試以第八名中式。二十一歲。序作於萬曆二十八年（一六〇〇）庚子，家居。五十一歲。繫此年。紫柏老人集卷二十三與湯義仍述二人交遊云：「野人追維往遊西山雲峯寺，得寸虛（湯顯祖法名）於壁上。此初遇也。至石頭（南京），晤於南皋（鄒元標）齋中。此二遇也。辱寸虛冒風雨而枉顧棲霞，此三遇也。」雲峯寺在江西南昌西約六十里西山香城右，屬新建縣。張岳，見明史卷二二七傳。館壁君記疑即現存紫柏老人集卷九法語中之一段。有云：「昔人有方受相印而貴震天下。即題詩於館壁間曰：『霜松雪竹鍾山寺，投老歸歟寄此生。』（按，此爲宋王安石詩）噫，大悲菩薩手眼何多，果乃一些瞞他不得。良有以夫！」與湯義仍所云初遇是神遇，二遇始識面也。

達公來別云欲上都二首

艇子湖頭破衲衣，秣陵秋影片雲飛。庭前舊種芭蕉樹，雪裏埋心待汝歸。
夢破長安古寺鍾，偶經花雨舊林空。尋常一飯堪隨施，何必天言是可中。

【箋】

作於萬曆二十八年（一六〇〇）庚子，家居。五十一歲。

得馮具區祭酒書示紫柏

祭酒能思舊禮曹，金陵寒色映江濤。書中只説春容老，得似田光與貫高。

【箋】

參看前後有關諸詩。

〔馮具區〕名夢禎，字開之。秀水人。官南京國子監祭酒。萬曆二十六年（一五九八）罷。見列朝詩集小傳丁集。

【校】

〔題〕示紫柏，萬曆本作「懷紫柏師」。

〔書中只説春容老〕春，萬曆本作「勾」。

謝埠同紫柏至沙城，不肯乘驢，口號

彌天風雨暮樟臺，大笠長藤去不回。不是泥中瞻白足，儘教人笑赤驢來。

【箋】

作於萬曆二十八年（一六〇〇）庚子正月，家居，與達觀自臨川同舟至謝家埠，再陸行往南昌。

沙城在南昌西郊，此指南昌。五十一歲。

別達公

説到無生生便降，偶隨船影出章江。西山雨氣朝來捲，不是珠簾是法幢。

【箋】

作於萬曆二十八年（一六〇〇）庚子正月，家居，别達觀於南昌。五十一歲。

章門客有問湯老送達公悲涕者

達公去處何時去，若老歸時何處歸？等是江西西上路，總無情淚濕天衣。

【箋】

參看前詩。

歸舟重得達公船

無情當作有情緣，幾夜交蘆話不眠。送到江頭惆悵盡，歸時重上去時船。

【箋】

作於萬曆二十八年（一六〇〇）庚子正月，家居，自南昌歸臨川途中。五十一歲。

江中見月懷達公

無情無盡恰情多，情到無多得盡麽。解到多情情盡處，月中無樹影無波。

【箋】

同前詩。

【評】

沈際飛評末句云：「窺得宗風。」

離達老苦

水月光中出化城，空風雲裏念聰明。不應悲涕長如許，此事從知覺有情。

【箋】

作於萬曆二十八年（一六〇〇）庚子正月，家居。五十一歲。

再別仲文

南國有儀刑，東海一氣候。昔事宗伯公，道業在宇宙。如存鐘鼎姿，得奉夔龍袖。樹德豈無前，達人真有後。誕我通家友，濬發在其幼。燭銀揚光陰，冰玉相吐嗽。萬里心常在，千秋業垂就。非惟霞綺鮮，轉覺風流厚。遊刃日知新，下車歲存舊。蘭思未敢言，衮衣將我覯。涉江空緬邈，零露非邂逅。把臂未終揖，忽忽嘆我瘦。將無歌笑疲，豈爲衣食搆？未少嘘寒石，終多出雲岫。悽然謝不敏，苦樂罄所受。容髮過半百，敢辭白與皺。中懷行復語，隙陰非可逗。於君覺有情，勸我學無漏。我友達上人，英風露禪秀。舟攜卧風雨，此事相擊扣。同心既云往，獨影誰能究？但自修止足，偶亦存善宿。狂思風落山，微情石穿溜。世智了無取，小衰當復壽。迴迴百年歌，臨岐爲君奏。

【箋】

作於萬曆二十八年（一六〇〇）庚子正月，家居。五十一歲。別達觀於南昌，作此詩再別仲文。詩云：「我友達上人，英風露禪秀。舟攜卧風雨，此事相擊扣。」指此行與達觀同船討論事。

〔昔事宗伯公〕仲文父姜寶前任南京禮部尚書，湯顯祖爲其屬下。

【校】

〔題〕上海博物館藏詩稿手卷作「使君懷舊」。無「我友達上人」以下十四句。萬曆二十六年作答姜仲文（「白日不可常」）接此詩之後，不另立題目。

〔樹德豈無前，達人真有後〕前，手卷作「昔」；真，手卷作「方」。

〔下車歲存舊〕歲，手卷作「即」。

〔蘭思未敢言〕手卷作「蘭言思公子」。

〔涉江空緬邈〕空緬邈，手卷作「真黽勉」。

〔零露非邂逅〕非，手卷作「若」。

〔忽忽嘆我瘦〕忽忽，手卷作「惻惻」。

〔未少噓寒石〕手卷作「寂歷鳴嚶谷」。

〔終多出雲岫〕終多，手卷作「依希」。

〔容髮過半百〕手卷作「枯榮異顔髮」。

〔中懷行復語〕手卷作「幽懷常自理」。

〔於君覺有情，勸我學無漏〕手卷作「歡會始今夕，慷慨且爲壽」。

【評】沈際飛云：「通篇老氣。」又評「狂思」句云：「筆下偶然，得來殊妙。」

奉懷開府曾公河南四十韻並懷達公

北斗青雲迴，西江紫氣連。祥金聲殷地，明玉氣霏煙。問俗褰帷久，趨朝獨坐專。風雲猶四嶽，朝市必三川。節制河南北，光輝郲後先。有開通雒鼎，惟德鎮伊瀍。諷納藩垣重，均調氣脈全。美風歸漢汝，泠雨發周田。五老遊河曲，諸生詠洛篇。紫臺黃閣近，春色衮衣妍。憶昔趨庭日，多君拜慶年。蚤占卿月貴，長御德星賢。與梓危恭敬，維喬下曲卷。户庭風邈矣，盃圈飲徒然。莫報心常絕，長謡涕欲漣。陽春開后土，陰德見皇天。珮玉深棠棣，褒綸叠几筵。新恩聞欲舞，舊德見猶憐。愴惻鳴琴後，趨蹌露冕前。自公承款曲，入計謝陶甄。政布優優美，恩垂湛湛鮮。有心非木石，無命即林泉。涸鮒江難唤，高鶯谷遂遷。私懷時自語，公度肯吾捐。慰藉盈書札，提攜損俸錢。案傳餐玉飽，盤泣報珠圓。煖律吹何及，寒灰濕詎然？一丘粗買僻，三徑已隨便。轉施輿梁就，逡工樂石鐫。魚龍喧蟄蟄，江海祝涓涓。微願終何者，親知亦已焉。自天高緬邈，餘地小翩旋。舊識盧敖士，差通紫柏禪。得隨乘鶴去，思枕伏牛眠。路指三花直，門抛五柳偏。披雲嫌造次，愛日許夤緣。祇恐台衡入，遥詹佛座聯。馮陵車欲借，想像榻誰懸？積氣江湖上，幽芳歲月延。倘陪丞相幕，猶自惜青蓮。

【箋】

作於萬曆二十八年（一六〇〇）庚子，家居。五十一歲。時歸臨川已二年，達觀（紫柏）北上不久。據實録，二月陞浙江左布政使曾如春爲右副都御史巡撫河南。如春字景默，臨川人。臨川縣志卷四〇有傳。

【校】

詩題並懷達公四字，萬曆本「無」。

〔明玉起霏煙〕霏煙，萬曆本作「冲天」。

〔均調氣脈全〕均調，萬曆本作「調停」。

〔維喬下曲卷〕曲卷，萬曆本作「接延」。

〔寒灰濕詎然〕濕詎，萬曆本作「竟不」。

〔自天高緬邈〕自，萬曆本作「有」。
〔餘地小翩旋〕餘，萬曆本作「無」。
〔祇恐台衡入〕台衡，萬曆本作「三公」。
〔遥瞻佛座聯〕詹，當作「瞻」。 詹佛，萬曆本作「瞻八」。
〔積氣江湖上〕積氣，萬曆本作「氣泛」。
〔幽芳歲月延〕萬曆本作「心銷日月邊」。
〔倘陪丞相幕〕幕，萬曆本作「閣」。
〔猶自惜青蓮〕萬曆本作「猶有伯牙絃」。

懷達公中嶽因問曾中丞

聲音欲向乳林傳，河洛初歸繡斧年。便似虎溪還送出，月明三十二峯前。

【箋】參看前詩。

寄曾開府並問達公

玉人金鼎映成周，紫柏先生在伏牛。到得虎溪三笑處，不妨開口唤裴休。

【箋】

參看前詩。

【校】

〔題〕公，萬曆本作「老」。

奉寄李峘嶠盧氏並問達師二十韻

江上九蓮峯，天門對江起。風帆下孤客，清光映遊子。相逢非有期，相看乍成喜。便與醉連榻，何但驚倒屣。融霜冬日華，衣纁江霞綺。雅意薄身世，微言及生死。形開法象外，趣入清微裹。往往宦遊人，依依説名理。如君中有真，使我窺無始。去别長安道，歸涉新安水。愛而不可見，清言猶在耳。再逡朝朔事，一擲飛鳧履。光景或留連，幽芳相倚徙。感時付三嘆，懷人動千里。盧敖天正迴，關門氣應紫。但取兩同心，未須齊一指。如聞紫柏師，亦覿青雲士。威光常半笠，梵唱即盈紙。一切自匪他，兩行是因彼。何得往參承，百年三笑美。

【箋】

或作於萬曆二十八年（一六〇〇）庚子，家居。五十一歲。時達觀在河南。李峘嶠（橋），名炳。河南盧氏人。顯祖同年進士。初任當塗知縣。累官至右副都御史巡撫遼東，都察院轉南京大理寺卿。見盧氏縣志卷八。詩中九蓮峯、天門、新安皆距當塗不遠。

【校】

〔題〕盧氏，萬曆本作「侍御」。

〔趣入清微裏〕趣，萬曆本作「妙」。

忽見繆仲淳二首

屏風叠裏鴈初迴，灩灩湖天片月開。紫柏去時春色老，可中還有到人來。

數滴瓶泉花小紅，絲絲禪供翠盤中。秋光坐對蒲塘晚，一種香清到色空。

【箋】

或作於萬曆二十八年（一六〇〇）庚子秋，家居。五十一歲。

〔繆仲淳〕吴人。曾爲閩撫許孚遠幕客。

奉答新喻張克儁明府

微生夙嬰患，趨庭迫章句。披襟未窮歷，吟諷已入趣。稍涉王霸術，妄意清時遇。逶迤江海心，蹭蹬風雲路。得貧還自驕，夫官非我素。斷汲移沙井，休車倚庭樹。常恐交知絶，不獲賞心晤。長天紆物色，空谷知人處。客言神仙尹，振舄龍池墅。秋清散明月，春陽靄芳露。琴歌紛有適，簡書澹無慮。高情難闃寥，雅意在延佇。傾風有近遠，賞氣無新故。直以微細質，側承君子顧。儀文牣兼金，惠心深尺素。徒知私自憐，何期遠相慕。白露滴秋水，伊人宛洄遡。聊用倚逍遥，相於及遲暮。

【箋】作於萬曆二十八年（一六〇〇）庚子，家居。五十一歲。據渝水明府夢澤張侯去思碑，張師繹任新喻知縣三年，萬曆三十年以丁憂去職。又答張夢澤信云：「廉金頌陶徑之資」與此詩「儀文牣兼金」同，信作於是年，詩當同時作。克雋、夢澤當是一人。

〔斷汲移沙井〕萬曆二十六年（一五九八）移居臨川城内沙井巷玉茗堂。

【校】

〔夫官非我素〕夫官，萬曆本作「失候」。

〔長天紓物色〕長天紓，萬曆本作「何來深」。

〔客言神仙尹〕言，萬曆本作「見」。

〔振舄龍池墅〕舄，萬曆本作「色」。

〔儀文牣兼金〕儀、牣，萬曆本分别作「貽」、「煒」。

【評】

沈際飛評「得貧」句云：「播弄入妙。」

庚子七月晦吴觀察得月亭舉燭沾醉，云各有子秋試，望之，悵然成韻八絶

初過得月水心亭，斟酌姮娥共醉醒。恰是尊前迎晦日，金波全讓滿池星。

同君蚤歲問姮娥，此夜亭看桂影波。何物向人偏灩瀲，酒盃先月占圓多。

面面荷心滴露臺，娟娟得月水亭開。亭前逐夜飄香氣，會是吴家斫桂來。

風亭曲檻高流槎，擬注寬盃摇月華。桂葉沉沉渺天漢，前盃哈哈金蝦蟆。

晦色平波月不流，高情來坐此中幽。夜荷風露銀燈燁，猶照深盃水檻頭。

勝館名園千萬金，不能銷帖看人心。吴郎一丈亭兼水，有客酣歌清夜沉。

把酒蓮西得月初，看花側燭跳紅魚。白頭兄弟宜深飲，幾許秋光城市居。

燈回林岸緑煙稠，幽鳥喧棲螢亂流。自後主人饒得月，不知何客最宜秋。

【箋】

作於萬曆二十八年（一六〇〇）庚子七月晦，家居。五十一歲。

〔吴觀察〕當即吴撝謙，曾僉憲西粤，臨川人。見撫州府志。

八月三日吴觀察得月亭夜宴，已而客病主人别，有悽然感人事之何常，悵爲歡之不易。卒然成韻，並有懷人，二首

多情多病莫多愁，纖月風亭得乍遊。我亦池塘當户好，斷雲城郭半侵樓。

水遶芙蓉竹遶堦，酒泉香濕看書齋。主人舊帶銀鈎手，亭子新鋪得月牌。

【箋】

作於萬曆二十八年（一六〇〇）庚子八月，家居。五十一歲。參看前詩。

【校】

〔多情多病莫多愁〕莫，萬曆本作「即」。

〔纖月風亭得乍遊〕萬曆本作「乘輿何須待月遊」。
〔斷雲城郭半侵樓〕萬曆本作「謝家春草欲侵樓」。
〔水邊芙蓉竹邊堦〕竹，萬曆本作「玉」。

少婦嘆三首

長安少女嫁南郎，指道高遷即帝鄉。十七年來彈淚盡，卻隨回鴈寄衣裳。
少女思歸一倍愁，妝臺旁築望京樓。閒來只索圖西笑，夫壻何因得上頭。
時時作話不教多，帝里餘生定一過。獨笑酒醒涼炕上，錯呼燈影送嗚珂。

【箋】

作於萬曆二十八年（一六〇〇）庚子，家居。五十一歲。
〔少婦〕當是傅氏，萬曆十一年娶於北京。

【校】

〔題〕萬曆本作「少婦嘆示諸山人三首」。

〔少女思歸一倍愁〕思，萬曆本作「西」。
〔閒來只索圖西笑〕圖西笑，萬曆本作「看朝報」。
〔帝里餘生定一過〕餘生，萬曆本作「明春」。

【評】
沈際飛評第二首云：「唐絶。」

庚子八月四日五鼓，忽然煩悶，起作三首 同前得月亭詩

遂成亡蘧詩讖，傷哉。

夢到江南心忽忽，起看星漢鼓冬冬。門闌幾尺通天水，不合生兒望作龍。
並道文章是國華，年來夢卜總無佳。春風玉樹長年在，爲要先開眼裏花。
山川宅占渾難見，天地才殊也未憑。蘸得英雄成夢境，封侯箭裏讀書燈。

【箋】
作於萬曆二十八年（一六〇〇）庚子八月四日，家居。五十一歲。

庚子八月五日得南京七月十六日亡蘧信十首

江天捲地黑風來，報道吾家玉樹摧。驚落枕牀無淚出，重重書訃若爲開。

回也死時三十二，蘧子亡時二十三。地下相逢問年歲，修文年少更難堪。

劍永埋天玉永塵，會心惟有再來身。迴腸怪事書空遍，忽忽長呼若個親。

空教弱冠敵才名，未到長沙聽鵩鳴。猿叫三聲腸斷盡，到無腸斷泣無聲。

心包錦繡氣成霞，只作朝開暮落花。不待櫬回成報服，就中皮骨已成麻。

鼻如懸膽目如瑩，促領無肩骨太清。只道官微能下壽，令人錯相管公明。

孔明屯渭旗先殞，士雅先鞭楫已摧。好似吾兒戰江左，奪營無路壯心灰。

地下兒曹知識淺，人間我輩結交深。泉臺帥伯堪依止，爲道從龍一片心。時帥從龍周旋生死。

後死都知文在茲，蘧廬天地一蘧兒。誰能哭向千秋裏，共要金陵立家祠。吳元石、賀知忍便欲留葬阿蘧金陵，爲起祠宇。耆兒嘆而謝曰：「感君高誼，第恐千秋萬歲後，誰識孟嘗君耶！」

宋朝已死王元澤，直至明殂湯士蘧。恨殺臨川隔江左，半山無路得乘驢。

【箋】

作於萬曆二十八年（一六〇〇）庚子八月，家居。五十一歲。

〔泉臺帥伯堪依止〕同里友人帥機卒於萬曆二十三年（一五九五）。從龍爲其次子。

【校】

〔空教弱冠敵才名〕敵，各本都誤作「敞」。今改正。

〔士雅先鞭楫已摧〕雅，當作「稚」。士稚，祖逖字。

〔誰能哭向千秋裏〕萬曆本作「那堪二友情珍重」。

重得亡蘧訃二十二絶

蘧兒原是佐王才，何得文心一路開。並道黑頭公蚤晚，那知止竟不成槐。

汝從三歲識經書，八歲成文便起予。更作蘧年過六十，那堪一夢是蘧蘧。

五歲三都成暗誦，終星廿史略流通。不知持此歸天上，還是同他入土中。

丁場文字略參差，十月西歸見撻兒。不謂翻然遊太學，文章驚動兩鴻師。

郭傅先生近得知，吴門尺練短蘧兒。普天才子遭陽九，辜負顏回慟聖師。

博士齋頭詹事府，平昌署裏望江樓，何處不曾牽手教，敗書遺草壁間留。

乙未拋辭再不同，丁春重見亦匆匆。淞嘉大有相援意，不敢題書報董公。先是華亭董玄宰語嘉興弟子許生應培，教遊太學許爲地道意，追念之。

已覺書淫時病目，正逢名盛即殘身。醴泉便竭靈芝死，自是蒼蒼不近人。

眼中只有我兒郎，怪事飄零没異鄉。道與姮娥應下泣，一枝秋蚤桂銷亡。

天下試闈今日開，我兒殊欲赴燕臺。可憐虚負黄金氣，千里從傷死骨灰。

文章法裏兼諸品，經濟談中得幾分。正道老成扶帝制，誰教年少作修文。

瘦人麻白有時黄，好着輕絲碧藕裳。直爲少肩拋世去，不教人喚玉螳螂。

中秋先日我生辰，去歲來家賀我旬。誰料今年無彩服，江東麻布淚痕新。

愁中偶見碧桃萎，勺水相滋翠立回。偏是我兒愁熱死，秋深泠露不將來。

不爲鷄口亦何妨，文到神奇更甚忙。自是鬼神爲瘧痢，非關參术誤膏肓。

死别彌天淚不禁，兒生只礙我人心。如何病到支離處，教弟須看禪理深。

每道三乘是一途，就中無念亦無無。何因病得空明相，起向燈前索念珠。

久不來傍見亦嗔，坐來風調覺偏親。如今滿屋無知己，解得吾狂是别人。

八歲南京起大名，廿餘咄咄死南京。知爹已絶趨朝意，便道南京不忍行。

我兒偏愛説那吒，拆肉還娘骨付爺。肉到九原娘解否，要爺收取骨還家。

兒常論鬼豈人爲，鬼物原開别一支。我願定依人作鬼，燈前夢裏見來時。

後來亢壯少情親，宦不成遊家累貧。頭白向蘧蘧又死，阿爹真是可憐人。

【箋】

作於萬曆二十八年(一六〇〇)庚子秋，家居。五十一歲。

〔文章驚動兩鴻師〕指郭正域、傅新德，前者任南京國子監祭酒，後者任司業。
〔乙未〕萬曆二十三年（一五九五），時任遂昌知縣。
〔丁春〕萬曆二十五年（一五九七）春，時在遂昌知縣任。
〔董玄宰〕名其昌。明史卷二八八有傳。

【校】

〔拆肉還娘骨付爺〕拆，當作「析」。

【評】

沈際飛評云：「西河之慟，臨川最切。詩數十首，幾不擇音。」

亡蘧四異

朔夜中堂卜竈行，如鼾如恨徹明聲。不知是汝魂先到，還是亡荆氣不平。八月朔忽自不懌，卜竈問試事。東出聞人云：「我止有銀四分九釐。」那知是四分别久離也。通夕聞恨聲甚慘，登梯掘雷，不見來處。晨炊乃止。

黄蛇朔五隊堦前，汝夢黄蛇飛上天。恰是病來初七日，肯教人不信因緣。七月五日，玉茗庭前斃一蛇，兒便六日在南都夢黄蛇上天。七日病瘠下兼瘧，驟服參术求健入試。過中元一日不起矣。

紙筆俱飛作片霞，夢餘人道好生涯。不知自在王何在，豈有文章號覺華。兒夢一王者，名覺華自在王，借其紙筆不與。已而紙筆自飛去。後以覺華編名其文，識耶？

覺華文字儘流傳，萬選精輝有半千。兩字合來成故物，夢人曾施古文錢。兒夢拾古錢，故字也。

【箋】

作於萬曆二十八年（一六〇〇）庚子秋，家居。五十一歲。據邱兆麟玉書庭全集卷二二重刻湯友尼覺花編序，此爲士蘧遺集，所收皆八股文，今年初刻，十五年後又有重刻本。

答劉兑陽太史招遊玉笥諸山二首

嘆世過十載，還山纔一年。自來高意氣，今日始遊僊。

玉笥新行笈，金華舊講幃。侍臣初采佩，天子正垂衣。

【箋】作於萬曆二十八年（一六〇〇）庚子，家居。五十一歲。作年據詩劉氏「還山纔一年」定。〔劉兑陽太史〕名應秋，江西吉水人。原任國子監祭酒，去年二月被劾，命冠帶閒住。見明史卷二一六本傳及實録。〔玉笥〕在江西峽江縣東南四十里。舊名羣玉峯。道書以爲第三十七洞天。

葉時陽歸書以期之

山歸百事總忘情，獨有恩仇氣未平。壯子殤來魂易斷，微官拋去路難行。三年兩度同悲喜，千里孤征看雨晴。得借路符堪往返，獨山秋有鴈來聲。

【箋】或作於萬曆二十八年（一六〇〇）庚子，家居。五十一歲。是年七月，長子士蘧卒於南京。〔葉時陽〕葉梧字于陽（于、時二字或有一誤）。遂昌人。與兄澳弟幹俱爲湯顯祖所鑒拔，俾負笈黄貞父、岳石鍾（帆？）門下。以上據遂昌縣志卷八。〔獨山〕在遂昌。

【校】

〔題〕萬曆本作「葉時陽歸書似時任」。

送葉梧從嶺海歸獨山

幾從山縣聽琴聲，君子堂中禮樂清。老去一官成浪迹，客來千里見高情。梅花嶺外裝仍薄，鴻鴈春歸別未輕。向後獨山風雨夜，相思時有夢魂驚。

【箋】

作年不可考。姑繫於前詩之後。

【校】

〔題〕萬曆本作「送葉時陽嶺外歸平昌」。

【評】

沈際飛評云：「清澹可見。」

爲亡蘧謝平昌諸弟子

憶别絃歌泣鴈行，楚山魂夢亦蒼蒼。將攀滿縣花同發，何意吾家桂即亡。半死三聲無淚續，千秋一些有情傷。不知向後三生石，能更杭州一斷腸。

【箋】

作於萬曆二十八年（一六〇〇）庚子，家居。五十一歲。是年七月，長子士蘧卒於南京。

【校】

〔題〕弟，萬曆本作「士」。

王孔丞哭蘧

才子高名自一時，年來死别間生離。秋風老淚枯何處，露濕庭前青桂枝。

【箋】或作於萬曆二十八年（一六〇〇）庚子秋，家居。五十一歲。王孔丞名時英，東鄉人。見撫州府志。

耆兒之秣陵，懷永慶寺真空，並傷蘧兒也

誰兼悲與智，真空起弘誓。隱映謝公墩，闊契人間世。頭陀雲影外，有珠在其髻。亡子舊抽衣，原隰此兄弟。淺深香飯色，去住禪枝蔽。遠以愛子托，永藉通慈衞。腸斷寄江波，深心與流涕。

【箋】或作於萬曆二十八年（一六〇〇）庚子秋，長子士蘧卒後。五十一歲。

〔耆兒〕次男太耆。時往南京爲其亡兄料理後事，並遊太學。

〔永慶寺〕在南京城西五臺山，山在清涼山之東。萬曆十四年（一五八六），羅汝芳曾寓此寺講學。謝公墩在寺左數十步。

送仲子太耆入南雍，感舊奉贈大司成太原傅公三十韻 有序

傅公以天下之士，爲海内之宗。河汾地以作之師，築巖天以考其相。冠冕之屬，章掖之徒，仰其門闕，如望雲中之山；挹其津涯，如味忻然之水。何言豚犬，得近鸞龍。蕞彼隈萑，儤昭餘而每竭；方兹駑下，驂屈乘以猶疲。感哉舊恩，哽咽成念。其兄已矣，猶羈結草之懷；有子凄其，常恐析薪之墜。提攜弱息，依倚洪鈞。普開叢象之雲，重沾聖皐之雨。正恐東維入夢，何暇嗣音於子衿；北斗調春，便已通神於帝座。敢曰詩言其志，庶幾情見乎詞。

列星分出晉，參井照連吴。自古流元氣，冲齡發寶符。簡書周太史，簪笏漢諸儒。澤寫忻泉盛，峯含聖皐孤。德深消斧鑿，材大費錘爐。菉竹猗堂砌，青槐影市隅。自然夔典樂，能復鳳將雛。鵬歲逢庚子，豚兒别友于。鴿原依急難，猿父失驚呼。户薄才情異，天高力命殊。青雲顔附孔，白雪楚招巫。南國求魂徧，西河寫淚枯。山川歸死骨，丘壑過殘駒。忽忽愁人卧，涓涓愛子扶。秋期臨卷近，春水練裙紆。有友招遊驟，如愚亦步趨。汙青尊館閣，垂白送江湖。得遇人師喜，相於老病甦。羨魚情莫有，舐犢意難無。旅食淹新笋，需衣熨舊襦。寧親觀國暫，齒胄過庭

俱。建業風雲地，圜橋道德樞。寸陰披日月，都講及樵蘇。後學多懷槧，前恩少報珠。滹沱從至海，汾曲許循途。祇恐丹青出，爭看霖雨須。周行留詠藻，堯命欲師蒲。盡洗鴻都業，高掀綠字圖。蠹書徵野老，綿蕝記門徒。獨笑幽山桂，蒼茫問帝梧。

【箋】或作於萬曆二十八年（一六〇〇）庚子秋後，家居。五十一歲。是年七月，湯顯祖長子士蘧卒於南京。次子太耆往料理後事，並入太學。

〔大司成太原傅公〕名新德，字商盤，山西定襄人。萬曆十七年（一五八九）進士。任南京國子監司業。司業當云少司成，此或漫作客氣語。

【校】〔菉竹猗堂砌〕猗，原作「漪」。當改。

【評】沈際飛評云：「一篇偶處多借，較鬆便。」

憶耆兒南都

去騎已一月，平安還未通。驚心前日事，流淚向江東。

【箋】當作於萬曆二十八年（一六〇〇）庚子秋，長子士蘧在南京卒後，次子太耆（一作大耆）前往料理喪事。家居。五十一歲。

念大耆久秣陵，訊王巽父堪汪生繼曾

無復倚閭婦，衡門翳衰柳。孰是在原人，相憐不相守。獨身千里外，薄命無好醜。雖爲縣長兒，饑寒在身口。況乃客單外，僮僕安可久？言之痛肝肺，道遠莫奔走。賴有遲歸信，誰念速貧朽。王翁舊師傅，汪生近昆友。提誨勤勤斯，飲食復旨有。愛子得依仁，因風愧瓊玖。

【箋】或作於萬曆二十八年(一六〇〇)庚子秋,大耆往南京後。家居。五十一歲。參看前詩。

【校】〔題〕「久」字下或有脱字。

望耆兒二首

雨過杏花寒食天,秣陵春色也依然。遊閒不是兒家業,大好歸來學種田。

清遠樓中一覺眠,雨鶯風燕乍晴天。年來愛作團欒語,不得中男在眼前。

【箋】作於次子大耆往南京後。參看前詩。

寄呂麟趾三十韻 有序

麟趾,姚江相國孫,予齊年好友也。憶兩都之酒未寒,寸心之血猶熱。君以宣城理入持銓以去，而予投荒；君以江州判起都水理廬政，而予投閒矣。向後風雲路遠，情眷轉深。藼兒之戚，恩禮周渥。雖宣父之視亡回，未足比其猶子也。得耆兒南雍書，感咽恩念，至不能止涕。夫報者無從，而施者莫倦，靜言思之，何以得此？收涕成篇。忽憶君所舊理宣城梅禹金、其鄉屠長卿孫世行樂之初並以風雅節俠，支離坎壈，累夕見夢及之。世路何期？佳人難得。惟有加餐相勖耳。

適越餘千里，投燕自一時。文從珠海滴，盃向玉山移。相國綸綸舊，承家鼎鼐資。遠心春穀水，高詠法曹詩。得共祠郎笑，難教吏部辭。銓流持在藻，鏡水拭無疵。緬戀香爐色，嵯陀幼婦詞。蒲蘆今政敏，薏苡昔賢疑。向後山公啓，推先水部宜。玉歸姜子釣，龍護竹孫枝。耆舊風雲路，鮮新日月池。西陵期未果，南國憶相離。半百逢庚子，遥阡失壯兒。道途傷淺蒂，匍匐見深慈。猿父腸難續，愚公鬢易絲。桂銷三逕草，蕁爛一園葵。淚隱長殤盡，心知老倒垂。琴書開落莫，門户立淒其。曲畏宜伶促，春傷建酒遲。聖賢吾不免，天地爾何爲？逸駕思吾吕，圜橋付阿耆。並趨猶子愛，得御故人私。堂構看如北，雲天托更誰？偶然尋夢語，殊欲奮肩隨。耳熱孙郎笑，灰寒欒子吹。禹金當映坐，赤水近何之？貧病人交惻，英雄世欲歟。江濤兄弟遠，秋色友朋衰。忠厚因麟趾，交遊問羽儀。江南容數子，還欲賦佳期。

【箋】作於萬曆二十八年（一六〇〇）庚子或略後，家居。五十一歲。是年七月長子士蘧卒，次子太耆往南京料理喪事，並入太學。呂麟趾，名允昌，一字玉繩，餘姚人。其祖本，曾掌吏部。玉繩爲湯顯祖同年進士。月峯先生集卷八伯姊呂太安人六秩壽序云：「去歲夏，吾甥玉繩自河東鹺倅（都水司主事）擢佐九江郡云。」「去歲」，萬曆二十六年也。九江判實未赴任。（樂之初）名元聲。嘉興人。湯顯祖同年進士。萬曆二十四年三月以言事罷工部都水司郎中官。見明史紀事本末卷六二。

贈袁明府奏計二十二韻 有序

黄蘄滄孺袁公，起衆生所敬之天，誕兩祖流傳之地。現宰官而説法，蔭國土以流慈。理事相融，寂照無礙。器界任其横竪，名相歸其卷舒。蓋他以攝伏凡心，自以莊嚴勝事，猶垂悲憫，曲引衰頑。喻以相分不可不明，性宗不可不了。

以何因緣之故，得聞奇特之言。啓聖證於昏沉，感法儀之方便。乃至小兒開遠，都歸大德含弘，容快覩於天人，許受參於童子。豈童真之有位，即長者之無邊。昔在達老舟中，得共本如座下。刊垂九帶，如標指月之輪；辨示兩兒，若誘聚沙之塔。逮逢明府，愈闢昏衢。在平等以常然，亦多生而幸直。獻珞何日？抽珠此年。因祖帳以朝天，遡宗門而讚海。是亦觀其所感，匪云盡之以言。

地括衡廬軸，天開軫翼躔。嶺飛三角秀，春溢四流全。氣脈原殊地，精華竟屬天。久無同和者，時有異人焉。雨渴黄梅後，僧醫破額前。餘波通選佛，勝器等隨緣。四世君侯復，三公令長賢。妙心紆若錦，直道撫如絃。一切精神大，三身性相圓。時時過玉茗，色色見金蓮。論學能無戲，經行即有權。香聞隨近遠，甜至失中邊。慚愧愚生晚，參承達老禪。本如曾九帶，形似攝雙筌。舊憶棠陰遠，新沾藥雨便。因緣時復有，感激分吾偏。有子才何得？無人秀亦捐。小兒那辨日，衰薄洊逢年。飲水心知煖，探珠象欲玄。偈兼童子聽，法爲宰官傳。祖道朝正入，宗風結夏旋。由來一大事，莫作境留連。

【箋】

作於萬曆二十八年（一六〇〇）庚子，家居。五十一歲。詩云：「舊憶棠陰遠，新沾藥雨便。」前句指前任臨川知縣吴用先（本如），後句指袁世振。袁任臨川令惟二十九、三十二年奏計兩次。觀「新沾藥雨便」，詩當爲明年上計而作於本年冬。

送謝曰可吴越遊

與子少窺帷，齒至或箕踞。嚶其綺樹思，嗒爾枯梧據。高窗漾文几，連牀接清曙。蕭朱晚何及？機雲蚤鄰庶。艱難見真骨，拓落遠騰翥。豈下西曹秩，獨上東朝疏。有才誰不傾，無勢敢相馭。歸軒月幾望，文尊日將御。顔髮看未足，曈曨告我去。有美爲誰俯，盈盈欲相語。帝都良可樂，吾鄉苦生慮。予亦老將客，攀翻復愁遽。同遊心莫展，獨往世何與。未果來歸日，且定思存處。遲暮及佳期，江山肯猶豫？

【箋】

作於萬曆二十八年（一六〇〇）庚子或略後。家居。五十一歲。謝廷讚字曰可，撫州金谿人。

是年以刑部主事上疏言閣員當補，臺省當選，礦税當撤，冠婚册立當速，被謫爲民。詩云「獨上東朝疏」，指此。廷讚歸，僑寓維揚，授徒自給。以上據明史卷二三三傳。

【校】

〔嘤其綺樹思〕綺，萬曆本作「芳」。

【評】

沈際飛評「艱難」二句云：「有此語，覺身份。」又評「吾鄉」句云：「一對便俗。」

懷龍身之蕪陰舊遇，因時有皮寨之役，感身之前平五開有云二首

龍伯空江引釣絲，掣鰲無奈黑風隨。幾回赤鑄山前立，恰是秋風鳴劍時。

姑孰秋江白紵催，風波一落更難回。五開銅鼓知何意，漫入乖龍耳後來。

【箋】 約作於萬曆二十八年（一六〇〇）庚子，家居。五十一歲。據明史卷三一六，是年皮林土司苗胞舉義，明年，明朝命巡撫江鐸興兵鎮壓。龍身之名宗武，萬曆九年，以僉辰沅備兵事平五開衛苗胞起義。十一年罷官，十四年逮戍合浦。詳見玉茗堂文之十三前朝列大夫飭兵督學湖廣少參兼僉憲澄源龍公墓志銘。

〔蕪陰舊遇〕萬曆四年（一五七六），龍宗武任太平府江防同知，時湯顯祖有宣城之遊，二人得以相聚。

【校】〔姑孰秋江白紵催〕孰，原本作「熟」。今改正。

【評】沈際飛評第一首第二句云：「累句。」

再寄身之二首

都慳遊興十年前，世路風雲已隔天。尚憶一尊梅嶺下，春衣快閣偶停船。

聞兄坐起要人扶，還自高歌舞鷓鴣。一別楚天如夢裏，妓衣燈火記于湖。

【箋】

當作於前詩之後。于湖，指前詩所云蕪陰之遇。

【評】

沈際飛評第二首云：「輕倩。」

懷身之初度並弔楊臨皋監軍二首

半百龍生又十年，繞天兵甲在西川。江湘一笑平蠻客，快閣秋風得醉眠。

龍生六十看人間，兩足雖殘髮未斑。獨恨泰和好鷄酒，臨皋生欲去平蠻。

【箋】

作於萬曆二十八年（一六〇〇）庚子，家居。五十一歲。據詩是年龍宗武六十歲。據玉茗堂文之十三前朝列大夫飭兵督學湖廣少參兼僉憲澄源龍公墓志銘云「辛酉（一五六一）弱而冠」，非確數也。

〔繞天兵甲在西川〕是年有播州之役。據泰和縣志卷一七，楊寅秋，萬曆二年進士。時以貴州按察使監軍，今年六月播州平。以疾告休，抵家卒。有臨皋集。

【評】

沈際飛評第二首云：「淡妙。」

辛丑京考後口號寄温都堂純二首

燕市千秋駿骨香，江潭三歲客心傷。知君的是誰苗裔，曾在長沙困道鄉。

奉行故相偶然聞，點滓移時風捲雲。獨坐不羈高尚去，平生知己是温君。

【箋】

作於萬曆二十九年（一六〇一）辛丑，家居。五十二歲。至是湯顯祖棄遂昌知縣歸已三年，不當摭入考察，而竟以「浮躁」得「閒住」處分。據野獲編補遺卷二「大計添浮躁」條所記，時温純任都御史，察典中有「浮躁」乃純及吏部尚書李戴所添。玉茗堂文之三趙仲一鄉行録序云：「又三年計，而温中丞出故相揭袖中曰：『遂昌有言，宜遂其高尚。』」故相，王錫爵也。

辛丑閒住作懷李本寧廉訪

江楚無涯亦有涯，輕鷗岸幘俯晴沙。芝從蕙嘆纔吟葉，李代桃僵舊借花。肯重千篇文士賦，拚歸百世野人家。高齋晝静遊蜂出，夢到何年放午衙？

【箋】

作於萬曆二十九年（一六〇一）辛丑春，家居。五十二歲。今年大計湯顯祖以「浮躁」得「閒住」處分。野獲編卷一一吏部堂屬云：「辛丑外計……李之屬吏遂昌知縣湯顯祖議斥，李至以去就争之。不能得，幾於墮淚。不知身亦在吏議中矣。」李本寧廉訪名維楨。據實録，五月降浙江按察使李維楨爲右參政。詩「李代桃僵」句指此。

辛丑大計聞之啞然

孫劉要使不三公，點滓微雲混太空。比似陶家栽五柳，便無槐棘也春風。

藹翁予別號也，得林若撫藹翁詩，爲范長白書，感二妙之深情，卻寄爲謝

藹翁入藹時，絲緒無一縷。自分省眠食，與世絶筐筥。吴門八蠶地，故物復何取。忽此枯桑翁，謬以鮮華與。驚若承睢涣，采拾被蓬旅。嘘枯施蛾眉，存殘惜機杼。墨妙范長白，歌清林若撫。荀卿誠感賦，曼倩或諧語。何得奉珠盤，空思淚如雨。

【箋】湯顯祖以藹翁爲號，不遲於萬曆三十五年（一六〇七）丁未，家居。五十八歲。林若撫（一五七八—一六四八）名雲鳳，長洲人。見静志居詩話卷二〇。范長白，名允臨（一五五八—一六四一），華亭（今上海松江）人。萬曆二十三年進士。三十二年九月以南京工部郎中陞雲南提學副使。以書法名。湯氏尺牘卷三答趙夢白云：「弟近號藹翁，乾而不出。」同書又云：「承問索弟時義於仲文兄處。」姜士昌字仲文，萬曆二十六年任江西參政，三十五年十月降廣西興安典史，來索時義當在此期間。若士於萬曆二十九年大計得「閒住」處分，改號藹翁或此年前後事。姑繫此。

【校】

〔鶩若承睢涣〕睢，原本作「沮」。當改。

【評】

沈際飛評首二句云：「注脚好。」

藺翁口號

周青來云：「我輩投老如住藺中。」喜其語雋，取以自號。

不隨器界不成窠，不斷因緣不弄蛾。大向此中乾到死，世人休擬似蘇何。

【箋】

參看前詩。法苑珠林卷四一云：「（西晉慧達）晝在高塔，爲衆説法，夜入藺中，以自沈隱。旦從藺出，初不寧舍，故俗名蘇何聖。蘇何者，稽胡名藺也。以從藺宿，故以名焉。」

〔周青來〕名獻臣，撫州人。參看玉茗堂文之二周青萊家譜序。

辛丑社日至良岡，憶壬申數年事，泫然口號

十上曾歸此讀書，病妻羸女正愁予。重來眷屬俱黄土，夜雨燈花灑淚初。

【箋】作於萬曆二十九年（一六〇一）辛丑，家居。五十二歲。

〔壬申〕隆慶六年（一五七二），湯顯祖二十三歲，時遇火災，吾廬詩云「十載居無常」，紀此時生活。

【校】羸，原誤作「羸」。今改正。

【評】沈際飛云：「讀者潸然。」

彭興祖遠過別去訪劉廣平。廣平守温郡時，聞予且以平昌令擢丞温，喜甚，爲起書樓五間，不果，然感其意焉

不住吳中處士家，恰尋彭澤寄煙霞。西齋病俠宜高枕，南斗開秋有斷槎。意氣動憐歡日少，交遊常覺去情賒。廣平藉甚思吾美，便作題輿到永嘉。

【箋】

作於萬曆二十九年（一六〇一）辛丑五月，家居。五十二歲。玉茗堂文之六芳草集題詞云：「辛丑夏五……有客泠然數千里扣玉茗堂扉而去，媒以芳草詩，蓋吴下彭興祖也。」其祖名年（一五〇五—一五六七），有隆池山樵詩集。又據文及温州府志卷一七，温州劉守名芳譽，號誠父，陳留人，萬曆二十三年任。

辛丑五日又病，聽稚兒念書

酒琖都成藥碗香，病禁風雨兩蒲陽。扶牀更作書聲聒，不學羣兒戲索郎。

【箋】

作於萬曆二十九年（一六〇一）辛丑五月，家居。五十二歲。

答龍凌玉痛蘧兒

去歲復兹日，羈魂不可招。盤珠空感咽，無淚濕龍綃。

【箋】作於萬曆二十九年（一六〇一）辛丑七月，家居。五十二歲。長子士蘧卒於去年七月。凌玉爲宗武之子。

送胡瑞芝以東粵右丞入都，行仲秋大慶禮。萬壽日十七，千秋日十三，奇逢盛際也，時君方以平播功貴，望之

十年清望紫薇臣，南極星趨拱北辰。萬歲歲當嵩九祝，千秋秋正月重輪。芝英瑞寫雲中表，金鏡光傳海上珍。況是平南多事日，衮衣推鉞更何人？

【箋】作於萬曆二十九年（一六〇一）辛丑八月，家居。五十二歲。時神宗翊鈞四十歲，其長子常洛二十歲，俱八月生。

〔胡瑞芝〕胡桂芳字瑞芝，金谿人。去年二月陞湖廣按察使，從李化龍鎮壓播州之變。後湯氏以女嫁其子。

【評】沈際飛評「萬歲」二句云：「拈題亦慧。」

送姜仲文使君以上萬壽行歸里，並致常潤諸君子三十韻 有序

予故宗伯丹陽鳳阿公官屬也。最受知於公子仲文。仲文以司農郎抗疏忤時相，十年家食，起參江右政。一見憐予瘦生，常欲取道衡泌，大有援絶之語。心實感之，别際愈爲悵然。而里中顧叔時、史際明、于中父、賀知忍前後跫然足音無絶，並予所不能忘懷也。

拓落吾何有？棲遲道亦輕。不應傷去住，長自惜生成。分薄知常淺，年過感易盈。意隨枯樹盡，交愜紫芝榮。神物分彌戀，朋簪合驟驚。尚書千里驥，抗疏萬人英。西候關門入，東歸谷口耕。世珍儒術體，公起國家情。天地謙恒吉，林園賁復貞。下車求孺子，邀路覺泉明。瘦訝加餐少，愁知失路並。門衰差有子，家慶幸爲兄。和寡垂三嘆，嘘枯許一營。丹陽懷窈窕，泗上憶崢嶸。飯飫衙齋語，鍾疲寺榻迎。暮霞開水閣，秋雨會沙城。嶽族風流厚，江鄉月旦清。爲期歃紱冕，取路顧柴

荆。倏聽呼嵩起，奄觀入洛行。試飛疑或躍，連彙悚于征。思贈愁平子，書題病長卿。光塵行處擁，幽緒觸時縈。未濟憐秋水，同人問好聲。酒酤京口熟，鶴弄海天晴。久與吾流籍，將高汝潁名。鏡波毫髮偃，盤淚寸心傾。消息隨陽雁，行藏出谷鶯。短歌通契闊，長夢滯精誠。玉女雙投佩，茅君一占瓊。終知及遲暮，常欲向昇平。

【箋】

或作於萬曆二十九年（一六〇一）辛丑，家居。五十二歲。是年八月神宗翊鈞四十歲。姜士昌時任江西參政，明史卷二三〇有傳。父寶，曾任南京禮部尚書，湯顯祖爲其部屬。

〔顧叔時〕名憲成。無錫人。見明史卷二三一傳。

〔史際明〕名孟麟。宜興人。湯氏同年進士。見明史卷二三一傳。

〔于中父〕名玉立。金壇人。湯氏同年進士。見明史卷二三六傳。

〔賀知忍〕名學仁。丹陽人。官中書舍人。

【校】

〔題〕上海博物館藏手卷作「述懷奉送仲文使君入都並致常潤諸君子三十韻」，無序。

〔棲遲道亦輕〕道亦，上海博物館藏手卷作世所。

〔年過感易盈〕感易，手卷作恨欲。

〔邀路覺泉明〕手卷此句下有如下四句：「嶽族風流厚，江鄉月旦清。雲霞開水閣，風雨會沙城」。

〔門衰差有子〕差，手卷作「欣」。

〔家慶幸爲兄〕幸，手卷作「喜」。

〔和寡垂三嘆〕垂，手卷作「過」。

〔飯飫衙齋語〕飫，手卷作「愛」。

〔鍾疲寺榻迎〕疲，手卷作欹。寺榻，手卷作「古寺」。

〔暮霞開水閣，秋雨會沙城。嶽族風流厚，江鄉月旦清〕此四句手卷移置「邀路覺泉明」之後，前後二聯順序互易。

〔爲期欹紱冕〕为期欹，手卷作「高華迴」。

〔取路顧柴荆〕取路顧，手卷作「虚薄映」。

〔奄觀入洛行〕奄觀，手卷作「將看」。

〔思贈愁平子〕思贈，手卷作「分作」。

〔書題病長卿〕書題，手卷作「真成」。

〔光塵行處擁〕擁，手卷作「繞」。
〔久與吾流籍〕手卷作「愧乏湘沅美」。
〔將高汝穎名〕將高，手卷作「惟兼」。穎，原作「潁」。當改。

送仲文寄賀知忍中書四首

擬作高門待使君，恰從江上嘆離羣。江東舊有高陽里，隨意秋眠河漢雲。
衙齋一別似三秋，許再過從恨不留。但道長安傾北笑，暫隨江水寄東流。
鸞鶴西山動紫氛，平生心許賦凌雲。龍沙別有登高興，不爲旌陽爲使君。
偶經心事得君憐，賀六郎家憶往年。未寄鸞膠需鹿角，粗將性命比危絃。

【箋】或與前詩同時作。

和吏部陳匡左奉常東署見懷之作二首

祠罷東皇欲赴湘，抛殘文物在東堂。安知湖海元龍氣，恰憶山陵老奉常。千里夢魂鶯出谷，一時心事燕辭梁。苔墻數字風雲盡，肯借高題續鴈行。

奉常東署亦棲賢，春户秋窗榻每懸。花爲好風開更蚤，竹因清露洗還鮮。山川自出垂千里，流放初歸恰九年。獨是高歌向明月，驚烏時作繞枝憐。

【箋】作於萬曆二十九年（一六〇一）辛丑，家居。五十二歲。作年據詩「流放初歸恰九年」定。匡左，名邦瞻。高安人。萬曆二十六年（一五九八）進士。授南京大理寺評事，歷南京吏部郎中。明史卷二四二有傳。

讀陳匡左元史本末有感

跫然寒谷少人聲，玉茗書歸雪夜明。匡左才華千里色，江東雲樹十年情。題紈自覺風期切，發篋纔知史論成。契闊向君垂欲老，開春吾意一南征。

【箋】姑繫前詩之後。

再答夢澤張新喻二十二韻

獨有神明宰，能開阜閣春。清嚴常映雅，微眴必依仁。握篆蟠龍起，臨梁瞰虎馴。甘棠迴訟雀，生草入翔麟。已得周南趣，誰兼漢吏循。山排羣玉府，江汲九星辰。損價謀燕石，題書許涸鱗。雲天抛逸簡，世路委勞薪。北闕心辭主，西河淚損神。繞號孤季子，攀宴偶伶倫。遂涉俳優體，將延歲月身。歌憐紅袖老，舞愛白華親。地小堪旋我，天高肯問人。市喧容色滿，林殷足音頻。彩欻停雲近，喧沾愛日新。國風深款領，庭誥得咨詢。獨立宜公子，共惟定帝臣。受知因宛宛，聞頌益津津。便欲噓寒草，相依過瑞筠。三思冰雪阻，載笑語言伸。隱軫聽鶯谷，商量步驥塵。遲君臺閣裏，嵐一起青蘋。

【箋】

或作於萬曆二十九年（一六〇一）辛丑，家居。五十二歲。據渝水明府夢澤張侯去思碑，張師繹任新喻知縣三年，萬曆三十年以丁憂去任。

〔西河淚損神〕湯顯祖長子士蘧去年卒。

【校】

〔題〕新喻，萬曆本作「明府」。

〔微呴必依仁〕呴，萬曆本作「細」。

〔遲君臺閣裏〕遲君，萬曆本作「幾時」。

湯顯祖集全編詩文卷一五　玉茗堂詩之十

詩一百二十二首　一六〇二——一六〇六，五十三歲—五十七歲。棄官家居。

嘆卓老

自是精靈愛出家，鉢頭何必向京華？知教笑舞臨刀杖，爛醉諸天雨雜花。

【箋】作於萬曆三十年（一六〇二）壬寅，家居。五十三歲。今年閏二月，禮科給事中張問達疏劾李贄。贄被逮後，三月十六日於獄中自殺。贄號卓吾。見實録及李温陵外紀卷一。

【評】

沈際飛評第三句云：「似卓老。」

以歌代書答趙仲一

景清白血流真寧，邦清吾友如其清。欲留關尹言道德，稍知公子近刑名。風塵兩度相攜手，笑語悲歌一壺酒。長安貴人方見知，鄉里小兒亦何有？翩翩世故不可窮，睨柱碎璧成英雄。空驚越客詛秦客，未葬滕公得趙公。有母閒居差不惡，無家古寺堪留客。雖知世上眼難青，何得此中頭遽白。我今與子一詼諧，爲民光景正須來。去官只有耕田手，處世都無避債臺。温公袖中誰所寫？坐我不羈置林下。一番西笑秦無人，龍泉泰阿知我者。

【箋】

作於萬曆三十年（一六〇二）壬寅六月後，家居。五十三歲後。

〔趙仲一〕名邦清，真寧（今甘肅正寧）人。曾任滕縣令。萬曆二十三年（一五九五）、二十六年兩度上計，先後與湯顯祖相叙。二十八年，趙邦清在吏部文選司主事任，上疏參鄜州同知吉弼討陞運判爲鑽刺。七月，吏部尚書李戴言吉弼未有求於部臣，並以疾乞休。今年四月，刑科給事中張鳳翔、貴州道御史沈正隆交章劾趙（時已陞任吏部稽勳司郎中）。邦清疏辯，謂前任滕縣鄉宦及今同僚唆使致然。至號哭禁門叫冤，云皆同僚鄧光祚、侯執躬及堂官李戴相通賣法。請抄没同僚及邦清家財，以辨貪庸。自是兩方訐奏不已。六月，詔趙邦清革職爲民，令李戴安心供職。以上據實録。

〔温公袖中誰所寫？坐我不羈置林下〕湯顯祖文趙仲一鄉行録序云：「又三年（二十九年）計，而温中丞出故相揭袖中曰：『遂昌有言，宜遂其高尚。』」温純，秦之三原人。故相，王錫爵也。是年大計，前遂昌知縣湯顯祖罷職閒住。

【校】

〔睨柱碎璧成英雄〕睨柱，原本誤作「睨拄」。今改正。

〔我今與子一詠諧〕詠，原本作「恢」。今改正。

【評】

沈際飛云：「純疵相半。」又云：「起鈍。」評「未葬」句云：「即相切着，亦屬俳氣。」評「有母」句云：「句義乖。」評「無家」句云：「豪。」又評末二句云：「勁挺。」

奉寄趙仲一真寧並問達師

遊道日以迫，權夸衆所馮。我思一何迥，朱絲玉壺冰。古人不可問，今茲誰見應！無期遍燕越，有美自齊滕。丈夫偉容髮，赤子重廉能。五載半在馬，即事常撫膺。賦粥繞墟里，持籌正井塍。寸陰課桑棗，尺水占蓮菱。城池香以拂，馳道蔭如繩。手疏濁河理，笑見嘉禾登。流粟欲紅腐，還甿豈虛增？波沱下膏霖，略約上風稜。農桑豳舊俗，臺閣傅中丞。詎剪甘棠憩，深存圖史徵。明君皆可法，爲令足師承。遠彼西北道，闊此東南朋。傷錦自刀怯，爲棟豈荷勝！虛薄復何意，清通蒙見稱。樂郊相婉孌，畏路兩凌兢。一知殊已足，對客良自矜。九州晞北驥，六月望南鵬。塵泥忽森灑，風雲竟掀騰。山公一啓事，流品再清澄。結夏雲已峻，兼秋氣何凝！自公亦玄史，有師如白乘。偶爲長笠客，知非紫衣僧。好相山河影，陰光日月燈。同心消語嘿，爲道割欣憎。林泉風正落，河嶽雨初昇。念往側西笑，懷來中夜興。但得存江海，無勞問斗升。

【箋】

作於萬曆三十年（一六〇二），家居。五十三歲。

〔趙仲一〕政治態度頗與湯顯祖同，其被斥亦同。湯顯祖爲作序文凡七首。滕趙仲一生祠記序、滕趙仲一實政録序、趙子暝眩録序述其行實甚詳。

〔達師〕真可和尚二十八年別湯顯祖於南昌，往北京。滕趙仲一生祠記序云：「後一年，而紫柏先生來視予曰：『且之長安。』予止之曰：『公之精神才力體貌，固不可以之長安矣。』先生解余意，笑曰：『我當斷髪時，已如斷頭。第求有威智人，可與言天下事者。』予曰：『若此必趙君可。』久之，則聞朝士大嘩，而趙君去；又久之幾起大獄，而紫柏先生死矣！」紫柏老人集卷二四有致趙乾所信七封，據湯顯祖文趙乾所夢遇仙記序鄉里、官職、喜服食皆與趙邦清同，乾所當爲邦清別號。

〔有美自齊滕〕萬曆二十二至二十六年，趙邦清任滕縣知縣。

【校】

〔題〕真寧，萬曆本作「吏部」。又「達師」下，萬曆本有「得三十韻」四字。

〔我思一何迥〕萬曆本作「白雪陽春曲」。

〔無期遍燕越〕期，萬曆本作「人」。

〔波沱下霄霂〕霂，萬曆本，同。沈際飛本誤作「霖」。
〔詎剪甘棠憩〕憩，萬曆本作「蔽」。
〔九州睎北驥〕睎，各本誤作「晞」。
〔塵泥忽森灑〕森，萬曆本作「瀟」。
〔結夏雲已峻〕萬曆本作「絶俗神峯峻」。
〔兼秋氣何凝〕秋、何，萬曆本分别作「天」、「宇」。
〔河嶽雨初昇〕河嶽雨，萬曆本作「臺殿日」。
〔念往長天盡〕長天盡，萬曆本作「側西笑」。

【評】

沈際飛云：「德政詩。」

送金谿吴繼疎南祠。吴尊公疎山侍郎也。君以救同官邠寧趙邦清出吏部及之二首

一官何止俠爲名，要與羣飛作鳳聲。吏部承家多遠意，侍郎愛國有餘清。風光

欲下雲林别，雪意能高畫舸迎。恨不河橋拚一醉，折梅留向蚤春行。

不勝衣弱氣嶙峋，水鏡中朝見此人。共惜當門蘭向楚，總拚睨柱璧歸秦。清時去國能無夢，近地論交亦有神。肅穆祠官吾舊隱，鍾陵長護鬱葱新。

【箋】作於萬曆三十年（一六〇二）壬寅或略後，家居。五十三歲。吴仁度字繼疎，金谿人。六月，吏部稽勳司郎中趙邦清革職爲民，考功郎中吴仁度擬稍寬邦清，爲御史康丕揚所劾，令調南京别衙門用。據此詩，知爲南祠。仁度父名悌，學者稱疎山先生，官至刑部侍郎。以上見明史儒林傳及實録。參看前詩。

寄趙仲一吏部真寧。仲一居常推尊某公師父不去口。失官歸窘甚。其師父嗔責其負，至斸仲一子頭創竟寸。縣官因而惡之。書來云欲來過我與吴繼疎君同住，答之

函谷封書去亦難，小天天水憶長安。傾家便可酬門士，過里何須惱縣官。穴處

邠風年事晚，歌酣秦女壯心殘。開箋忽動江湖色，紫氣西來南斗寒。

【箋】

作年不詳。姑繫前詩之後，可參看。

壬寅中秋後三夕，送劉天虞歸秦至延橋別作。天虞以潞守清强忤中貴，謫税嶺外。歸道饒陽，迂迴過我。三日而别，能不心傷

曲車千里意無涯，摇落來悲楚客家。一夕關河留紫氣，幾年江嶺寄梅花。秋風滿鬢人難别，夜火雙旌月未斜。向後秦川清淚裏，夢回殘露滴蒹葭。

【箋】

作於萬曆三十年（一六〇二）壬寅八月，家居。五十三歲。據潞安府志卷四，天虞名復初，陝西高陵人。湯氏同年進士，曾任潞安知府，以得罪中官，左遷廣東提舉。歷官太常寺卿。潘之恒鸞嘯小品卷三醉張三作河南劉天宇，實爲同一人。因其暫歸汝南别業而有此誤會也。

【評】

沈際飛評結句云：「眼熟未厭。」

劉天虞暫歸汝南別業，寄聲趙夢白馬長平

忽忽江頭送遠人，秦川公子夜歸秦。山中卧病能過客，澤畔行吟見逐臣。趙璧肯爲秦柱碎？梁園相憶馬卿貧。前臨楚塞登高盡，回首黄花涕淚新。

【箋】

作於萬曆三十年（一六〇二）壬寅八月，家居。五十三歲。參看前詩。

〔趙夢白〕名南星。高邑人。萬曆二十一年任吏部考功郎中，大計忤執政，斥爲民。里居名益高，與鄒元標、顧憲成海内擬之三君。明史卷二四三有傳。

〔馬長平〕名猶龍，湯顯祖同年進士。廬州府志有傳。

【評】

沈際飛評「趙璧」句云：「補綴。」

奉寄南少宰葉公 有序

嘗別公司成之第，竟今音徽緲綿，人地阻隔，無由更承風澤，一就雲華。庚子之歲，長殤在南，獨公與春卿九我李公以大人古處，撫恤存遺，周至愴怛。逝者未申結草之懷，在者莫報噓枯之德。每食必祝，永言勿諼而已。久之復有成兑陽劉公之戚。憶長安上元飲公兑陽私第，時公方晉中允，笑言未央，藜火薪窮，適重山王之感。次兒太耆，昔在太學，過受明龍郭公、商盤傅公二師辟咡提飾。極大人之有造，竟童子之無知。兹復摳衣，備灑庭下。雖其愚稚，得倚平安，亦知嗚咽大恩，思圖竭蹶。如某者，故已謀疎翼燕，而心懸和陰，聞此子獲望宫墻，如此身自遊廣樂矣。不覺手之舞之，遂復斯陶斯詠，忘其言之不足，見其佩之有餘耳。

趚趄思千里，徘徊望九僊。劍騰溪閣外，星燭海壇前。建禮蓬萊舊，抽書蕙草鮮。
清華宜翼聖，素質每懷賢。樂語司成並，盃行右允偏。玉融開照座，金崎合從筵。
地迥風雲逼，天清日月連。暫留南國藻，須秉北門銓。世路方河漢，公居且澗瀍。
江山悲邈矣，淵嶽興悠然。太史文書副，中台氣色全。到門元禮貴，入室子雲玄。未擬垂幽谷，終知挹大川。

【箋】約作於萬曆三十年（一六〇二）壬寅，家居。五十三歲。

〔南少宰葉公〕據實録，去年十月改南京禮部侍郎葉向高爲南京吏部侍郎（少宰）。葉向高是湯顯祖同年進士。

〔春卿九我李公〕南京禮部侍郎李廷機。廷機亦萬曆十一年進士。

〔司成兑陽劉公之戚〕國子監祭酒劉應秋去年十月卒。

〔明龍郭公〕名正域，曾任南京國子監祭酒。明史卷二二六有傳。

〔商盤傅公〕名新德，時任南京國子監司業。

【評】沈際飛云：「排律極似聯句。」又評「樂語司成並」二句云：「硬入銜名。」

懷舊再上葉公，懷劉李郭傅四公也

忽忽亦何事，悠悠真偶然。安成祭酒客，零落探花年。河朔盃長覆，山陽笛蚤傳。晨星疎館閣，仙李自風煙。蚤遘吾家督，能觀上國賢。一朝抛驥影，三載泣龍泉。弱喪人同惜，情傷君獨憐。次兒臨搶地，猶子復依天。傳相商巖後，林宗折角前。人師斟酌滿，童稚發生便。未老思門户，從公隔履躔。候龍知仰沫，舐犢爲留田。别有傷心處，當君水鏡懸。

【箋】或作於萬曆三十年（一六〇二）壬寅，家居。五十三歲。參看前詩。

奉壽洪陽師二十八韻 有序

殷有衡盤，以能壽國，食天之報，號爲平格。以爲均徹三極之理，微妙深廣與神明通，故壽。所謂同于道者，道亦樂得之相與持世也。吾師洪陽張公，以道術經制爲世儒宗。而玄嘿守中，禪智無上。三極之内，平格靡餘。而略參世機，輒紓弘算。東征決策，遼薊無恐。威截海外，實奠肘腋。至於元良國本，聖衷久屬，公復正色而安之，此萬世之功也。竟以此危身去國。雖歸衮未期，而几舃無恙。以公淵回雲施，足以壽國，而用之不能盡，天意所留，疑未有期也。某從成均遊事公，至今二十五年，公且七十矣。而精神意度，凝粹無異。吾觀貴人所欲已極，常無可繼而盡也。我公勳爵著盛，而皆不極其欲。欣欣于道，其意固遠。某未能免俗，從諸弟子後，敢披寸草，以佐長春。

天源纔入癸，歲德首惟寅。花甲籌開七，蓂更瑞浹旬。松喬留夜語，鸞鶴自西馴。
盡拱天人慶，端逢大老辰。有姬初降吕，惟嶽既生申。豁達文章伯，紆徐道德臣。
王人將紱冕，君子試經綸。玉燭天文應，珠鈐帝幄親。決機清極表，定策正重輪。
遂有羣飛入，誰將寸管陳？調和輕將相，師表在人倫。社稷容堪老，肝腸及匪身。
路長心緬邈，天遠意逡巡。久覺皇情舊，初驚物論新。側身歸羽翮，危節寄松筠。
太史横經昔，諸生繞座頻。起家將建禮，酬國動依仁。莫漫波迴澗，終知燭映鄰。
山房寒折簡，江閣醉含醇。自領沙城讖，分沾水月因。地偏叢桂晚，洲遠百花春。
問路名津假，尋源道術真。香臺時作主，丹室夜留賓。好相金輪凈，陰符火候匀。
山龍餘氣色，河馬見精神。賈竄虚前席，顔趨迴後塵。拚飛看赤舄，或躍倚鴻鈞。
更借商顔叟，方知辟穀人。

【箋】

作於萬曆三十年（一六〇二）壬寅冬，家居。五十三歲。明年正月，張位七十歲。張位，江西新建人。萬曆二十年四月以吏部侍郎兼東閣大學士入閣，二十六年六月以朝鮮用兵薦舉非人罷官閒住，旋因他故革職爲民。張位初負重名，及大用，殊無建樹。明史卷二一九有傳。萬曆五年湯顯祖遊南太學，張位爲司業。

春王十日奉壽洪陽師相

出震誰司斗，連天得姓張。薇垣當上相，精氣屬南昌。時雨山川出，陽雲日月光。好生初發歲，盛德蚤迎祥。二候占年美，三公佩玉蒼。風雲迴泰際，冰雪似汾陽。計相寧須乳，留侯未卻糧。金提仍撫運，繡黻且含章。太傅麒麟閣，真僊鸞鶴岡。千秋來進酒，長壽若東王。

【箋】

或作於萬曆三十一年（一六〇三）癸卯正月，時張位七十生辰。家居。五十四歲。

清明悼亡五首

版屋如房閉玉真，新添一尺瓦鱗鱗。不應廿載還輕淺，好在殷勤同穴人。

沓水青林斷女蘿，廿年松柏寄山阿。南都不解成長別，纔送卿卿出上河。婦家東鄉沓水。

曾夢紗窗倚素琴，何知萎絕鳳凰音。春煙石闕題何事，寒夜烏哀一片心。署中夢於故窗下彈銀琴。

枕簟青林一到衙，相看幾月病還家。藥成不得夫人用，腸斷江東剪草花。

欲葬宮商買地遲，深深瓦屋覆寒姿。秣陵舊恨年多少，夢斷紅橋送子時。南都夢卿椎髻匆匆把耆兒中橋相付，指紅寺云，欲往彼。月餘訃至。

【箋】約作於萬曆三十一年（一六〇三）癸卯清明，吴氏夫人卒後二十年。家居。五十四歲。

【評】

沈際飛評第二首云：「與情詞不同。」

癸卯秋試過丁叔兼，下第，有來學之期。逾三年而叔兼死，檢笥中得此詩，存之

又過秋光一信風，眼前還得似終童。詩書肯付高情外，身世長思急難中。未必乃公重刻印，止應之子自爲弓。兩家兄弟連齋舫，一歲何妨西復東。

【箋】

作於萬曆三十一年（一六〇三）癸卯秋，家居。五十四歲。詩題「逾三年」以下十五字當三十五年補入。叔兼，丁此吕次子。長子元禮亦是年就試都下病歸。次年七月卒。見詩哭丁元禮序。

生日詩戲劉君東 有序

余五十歲大張樂，坐賓筵者十餘日。而君東乃云，度六十避客不出。何遽不出耶？云病足，不能答拜。能止客無拜耶？明年七月，予更當過餘樓爲君東

滿六十。因其壻王生試歸，口占謔之。

彌月與試周，開堂抱見客。將養至六十，反覆自羞嗇。爭先立嚴誓，子壻動呵斥。至期坐深隱，如賊恐人得。吾聞欲益紀，生辰人不識。既識復行避，掩耳亦何益。妄云妨拜起，不令坐飲食。厚積不爲樂，餘樓亦可惜。憶我五十時，張樂度廣席。鍾鼓何喤喤？賓從殊蟄蟄。所獻即同啖，有拜但旁揖。讙祝若雷震，看者如儞集。半百已云樂，況此六其十。六十何足避？一萬四千日。生辰聊爾爲，昔人日鼓瑟。

【箋】作於萬曆三十一年癸卯（一六〇三），家居，五十四歲，時君東五十九歲。劉氏生卒據泰和縣志本傳推算。

〔劉君東〕名浙（一五四四—一六一四）。江西泰和人。理學家，學者稱約堂先生。見泰和縣志。

【校】

〔而君東乃云〕君東，天啓本、原本誤作「東君」。

次答鄧遠遊渼兼懷李本寧觀察六十韻 有序

予自辛丑蹲伏家食，得交秀水令鄧君遠遊。尊酒踈燈，久闊談讌，而良書美韻，渢渢其來。情無泛源，藻有餘縟。至於商發流品，歸于才情，雅爲要論。昔人已云，楚夏殊風，俱動於魂；蘭茝異臭，並感於魄。固無容夸長以詘短，受素而卻丹，要於没世可選而已。予於此技，非有師承，偶從少作，倏兮齒至。殆欲忘情筆墨之間，而復引爲在茲，歸於作者。一言爲智，或不其然。至如遠遊，乃以殊致之韻，方將之力，浸淫義根，憑凌物象，夷育案羡，鬱而文生，成言成書，有足度越萬此者。乃若君家文潔侍郎，表清言于澹臺之後，函史待詔，發囊書于明德之旁，方于時賢，當亦互爲巧拙耳。茲當服闋上都，别語辛丑大計吏過堂時，觀察李公爲予琅琅爭此長物。予在平昌五年，戌計西歸，曾無一日到縣，而更摭入丑計，此乃時人局置已定，得竟陵一知爲足耳。材如竟陵，正自不免。楚國先賢，足有明論：邑犬羣吠，吠所怪也；誹俊疑桀，固常態也。然本寧謂予久已高尚，人云便遂此君之高，並是知己，無妨嘯歌。往詩牽率而成，相遲登高，爲作九辨耳。

西江牛女發精奇，盰汝從天結秀姿。上路風雲龍虎氣，中洲毛羽鳳凰兒。鳥孤峯外摶霄並，燕子潭邊寫翠宜。定有佳人吟暮合，肯無憔悴泣江蘺。嚶嚶幽谷誰清迴，嘿嘿長沙自濕卑。忽夜委金燕市駿，杪春邀玉鄧林枝。看驚婉孌迎門急，語到騷牢上酒遲。萬里拂衣行色滿，一時彈淚燭花欹。娟娟月色當瓊佩，濯濯風流灩柳絲。學富蓬山初過闕，春歸秀水一臨池。冰開姑射仙人潔，花發河陽令尹慈。小錦動傷吾汝愧，善刀飛割汝吾師。官家未厭朱雲直，吏部那争楚客私。豐獄地深埋劍語，漢皋天遠弄珠疑。空攀蕙怨蘭何得，故代桃僵李不辭。辨馬祇勞三反復，鼓琴終是一成虧。心銷百歲難同盡，業在千秋且自嗤。煙月夢迴湘漢路，山川閒憶秣陵祠。尋常客去看餘幾，五十年將托契誰。近事草堂麋鹿隱，遠心江國鴈鴻知。俄傳清淺麻姑信，爲寫團圓班婕詩。海月在篇收磊砢，淵雲爲墨散淋漓。精思氣脈追梁苑，大較心神動楚詞。形似絶須情理凑，波瀾懸逐世風移。都非一骨由人賞，半是多才坐俗疵。並搆凌雲争尺寸，兼聽廣樂辨毫釐。參天物色虚酬想，擲地人驚實見推。扣鍛夜吟聲病苦，摧殘朝嗽物華滋。官方拓落堪如許，精氣銷亡或在兹。解事小兒愁校壽，悲翁少婦惜吾咿。終知不中囊錢用，始願猶賢博弈爲。懷舊比肩成異物，交新引臂得同時。徵君潛谷收函史，文潔章江失羽儀。叢桂晚香山岪鬱，蒹葭秋色水漣漪。家聲漢代元侯宅，名字峯陰紫閣陂。過國君王留授簡，承家兄弟愜吹篪。素琴入御絃歌起，白首論交紵縞思。日照西堂吟蟋蟀，風清南國吹參差。莊生樂畔儵魚出，平子愁中錦繡遺。賦罷停雲三徑晚，一尊黄菊正東籬。

【箋】

或作於萬曆三十一年（一六〇三）癸卯。五十四歲。序云：「予自辛丑（前年）蹲伏家食，得交秀水令鄧君遠遊……兹當服闋上都。」作年據此定。鄧渼，字遠遊，新城人。萬曆二十六年進士。自秀水令調爲河南道御史。有留夷館、南中、紅泉諸集。見列朝詩集小傳丁集下。尺牘答鄧遠遊侍御與此序文字幾同。

〔李本寧觀察〕名維楨。野獲編卷二二吏部堂屬云：「辛丑外計……初過堂時，李之屬吏遂昌知縣湯顯祖議斥，李至以去就争之。不能得，幾於墮淚。不知身亦在吏議中矣。」據實録，二十九年五月降浙江按察使李維楨爲右參政。後云「故代桃僵李不辭」，指此。維楨，京山人。漢屬竟陵郡。

〔君家文潔侍郎〕鄧以讚，新建人。官至吏部右侍郎，萬曆二十七年卒，謚文潔。明史卷二八三有傳。

〔明德〕羅汝芳卒，門人謚之曰明德先生。見楊起元撰墓志銘。

〔人云便遂此君之高〕趙仲一鄉行録序云：「又三年計，而温中丞出故相揭袖中曰：『遂昌有言，宜遂其高尚。』」温純時爲都御史。

【校】

〔肯無憔悴泣江蘺〕蘺，天啓本、原本誤作「籬」。今改正。

【評】

沈際飛評序「昔人已云」等句云：「一則六朝致語。」評「乃以殊致之韻」等句云：「晉意可掬。」評「邑犬羣吠」等句云：「文字激昂頓挫，在意□之表。」評「並是知己，無妨嘯歌」云：「雅人深致。」評詩「語到騷牢上酒遲」云：「得致。」評「故代桃僵李不辭」云：「峭。」評「悲翁少婦惜吾呷」句云：「入情。」又評結句云：「魚魚雅雅。」

癸卯秋宿鍾陵玉嶺公館，兒開遠年十六侍。憶予弱冠時過此，初移竹置館焉四首

種竹此何地，秋深玉嶺塵。蹔令車馬客，來夢竹林人。
雲生玉嶺路，風繞石壇秋。賴此青青色，長看小鳳遊。
半窗通月色，一榻掃眠雲。玉嶺多鳴玉，瀟瀟是此君。
重遊三十載，向昔未成林。今日青葱色，空傷雲漢心。

【箋】

作於萬曆三十一年（一六〇三）癸卯秋，家居。五十四歲。

〔開遠〕湯顯祖第三子。明史卷二五八有傳。

【評】

沈際飛評第三首云：「幽趣。」

懷遂昌𡊮明府

粲彼河陽花，翳此柴桑柳。叱嗟誠一時，千金敝如帚。刀新付全目，錦傷歸妙手。道引清源潔，氣與温陵厚。冰雪明高堂，雨露深疇畝。虎檻豁已除，鹿蕉訟希有。自秉丹石契，何似青衿友。羣山高隱天，一邑大如斗。琴歌君子堂，流風出溪口。始覺珠玉前，仍驚簸揚後。遠音發疵賤，心知寄瓊玖。側側含謙尊，依依惜貧朽。宛變吏民意，感激爲君壽。拜最及春明，雲霄方矯首。

【箋】據遂昌縣志，𡊮志會萬曆二十九年至三十四年任知縣。姑繫三十一年（一六〇三）癸卯，家居。五十四歲。

〔君子堂〕在遂昌。

〔溪口〕在龍游，遂昌北上取道於此。

送詹參知督餉思歸常山

風土無睽曠，交知常阻修。自我爲兄弟，興言二十秋。何況常玉山，壤接枝相樛。平昌昔傷錦，出入在龍丘。徒申式閭敬，未果傾蓋投。忽忽來豫章，我覯如舊遊。榮落固以遠，顔髮亦何遒？五十慕慈母，語及涕不收。知君孝義人，所至篤以柔。于役事軍國，紅粟常千艘。星言及春波，賓御争獻酬。中江出陽鳥，于淮恣歸舟。紀綱在維楫，潤澤宜安流。旨哉君子言，世物繫所求。出身苦疲病，雅意良優遊。時勤損益嘆，略與乾坤籌。同人或語嘿，未濟難樂憂。諒隨詹尹卜，靈均安所謀。

【箋】

〔詹參知〕名在泮。浙江常山人。萬曆十一年進士。據詩「自我爲兄弟，興言二十秋」，姑繫萬曆三十一年。又云「忽忽來豫章，我覯如舊遊」，詹官江西左參政，故得相叙。後陞廣東按察使離去。詹篤信王守仁、羅汝芳之學，常山縣志入理學傳。

西哭三首

一自去長安，無心拍馬鞍。祇應師在處，時復向西看。
大笠覆無影，枯藤杖不萌。定知非獄苦，何得向天生。
三年江上別，病餘秋氣悽。萬物隨黃落，傷心紫柏西。

【箋】或作於萬曆三十二年（一六〇四）甲辰秋，家居。五十五歲。去年十一月十九日，真可以牽及癸卯妖書案被逮，十二月初五日入獄，十七日死於獄中。噩耗傳至江西當在今年初。真可以救憨山，止礦稅，作明代傳燈録三事往北京。平日言行多與名教抵觸。前年三月巡城御史康丕揚上疏劾真可，即以真可與李贄相提並論。至今年，康丕揚遂借妖書一案逮問真可，其爲蓄意迫害也甚明。見實録及紫柏老人集有關記載。

念可公

王法無心足自知，大臣斷事可能遲。無邊佛血消詳出，大好人天打縛時。

【箋】

同前詩。

答太傅于田李公河上四十三韻 有序

公家長垣，起嵩縣令，遷南吏部郎。與魏懋忠李道父三公，予南奉常時晤言風雅之契。後公視學濟洛，入爲列卿，開府節制，遂用功顯。北剪薊狄，西禽播酋，累進大司馬宫傅。加恩錦衣之胄，終制墨衰之餘。常疑文武忠孝，世鮮通人。如公文憲炳于中原，武威跨乎殊俗，忘軀制法以明忠，崇榮極哀以致孝：四者殆庶其兼之矣。某闊契言笑久遠，乃辱專車馳問，授以經略鴻編，並諸大雅。非止律吕於師中，實乃金玉乎王度。固非朽薄所克窺承。三復欣美，不能已于報言爾。

大國山河上，長垣日月傍。黄圖資翊彩，赤縣乃迎祥。少室三珠樹，中高一憩棠。西遊仙令尹，南國尚書郎。問政冰壺炯，看題翰墨香。圖書堯洛渚，絲竹魯宫墻。沙苑全收駿，銀臺半帖黄。才難應不數，地大有非常。遂以清卿月，横飛紫塞霜。旌旗從趙北，枕席過遼陽。破竹摧驕虜，分金惜陣亡。首功今始有，奏捷舊何嘗？道逼三韓直，威加一戰揚。晚山清木葉，出日静扶桑。東北留飛將，西南乞贊皇。夜郎忘漢大，井鬼覺星芒。頓挫巴渝舞，漂零越蜀裝。安危懸幕府，星火下瞿塘。詔許登壇拜，軍歸授鉞將。烏窮焚樹入，沙急唱籌量。死士千金得，生兵八面當。剪鯢築京觀，吹律定封疆。帝御山龍紫，公腰水玉蒼。獻俘開典册，飲至畫旆常。草創須留後，麻衣泣靡遑。乞歸終塊處，起復事河防。似縷堤殊立，如雷浪不妨。綎冠經底柱，沉玉到宣房。蚤著河渠志，旋奔日夜喪。不周天地缺，能事聖賢匡。岵屺皆殊役，瞻依每巨創。墨縗忠孝節，圭錫典謨光。自我秣陵夕，陪公蘭署芳。遠心生宇宙，雅意屬縑緗。獨許淵雲妙，曾窺管葛長。有星多入蜀，無命只投湘。去夢懷西美，留魂思北方。晉師開大魏，儀部鎮維揚。總是三河俊，難教一水杭。始衰慳飲啄，長病倒衣裳。末照幽人喜，餘波道術忘。十年驚契闊，一字涕淋浪。爲問張華劍，還能出豫章？

【箋】

或作於萬曆三十二年（一六〇四）甲辰，家居。五十五歲。李化龍字于田。長垣人。萬曆二十二年夏擢右僉都御史巡撫遼東。以禦邊有功，晉兵部右侍郎。二十七年三月起故官總督湖廣川貴軍務兼巡撫四川討播州楊應龍。六月克之。化龍初聞父喪，以金革起復，至是乞歸終制。三十一年四月起工部右侍郎總理河道。再以憂去，未代，三十二年十月叙軍功，晉兵部尚書加少保，蔭一子世錦衣指揮使。以上據明史卷二二八傳及實録。又據野獲編卷二十二李中丞條，化龍時以總河駐濟寧。

〔魏懋忠〕名允貞，明史卷二三二有傳。

〔李道父〕名三才，明史卷二三二有傳。

〔經略鴻編〕指李化龍著平播全書十五卷。今存。

〔晉師開大魏，儀部鎮維揚〕前句指魏允貞，時任山西巡撫；後句指李三才，時以督漕駐淮陰。

【評】

沈際飛評「地大有非常」句云：「誕。」評「晚山清木葉」句云：「襯出。」評「死士千金得」句云：「以虛而妙。」評「公腰水玉蒼」句云：「麗語。」評「如雷浪不妨」句云：「渾。」又評「岵屺皆殊役」等句云：「不擇言。」

送朱山人元芳赴總河于越李公之招

繞天江色到窮崖，書記翩翩動客懷。但去雲帆堪截海，相思紅藥正翻堦。傾心座上行河筆，別興壚頭拂袂釵。自是公門能醉客，麯波春送酒如淮。

【箋】當作於萬曆三十二年甲辰（一六〇四）春，家居。五十五歲。據實録，去年四月李化龍以工部右侍郎總理河道。今年六月丁憂候代。參看前詩。

【校】〔題〕萬曆本作「送朱山人遊淮奉懷司空李公」。
〔繞天江色到窮崖〕繞、江、窮，萬曆本分別作「楚」、「春」、「寒」。
〔傾心座上行河筆〕萬曆本作「拚教座上題鸚鵡」。
〔别興壚頭拂袂釵〕萬曆本作「折莫罏邊掛玉釵」。
〔麯波春送酒如淮〕麯波春送，萬曆本作「恩波還復」。

【評】沈際飛評第一首結句云：「拈合。」

送張伯昇世兄入燕四首

伯昇，予師前郡丞太倉起潛公子也。

斷帆秋水送將歸，滿目黄花細雨飛。淚盡報恩惟一劍，要離冢上血沾衣。

老至纔知感舊恩，空栽桃李不能言。今朝得遇張公子，風雨連天拂淚痕。
虚傳掛劍在東吴，薄行門生只似無。駿骨古來銷不盡，黄金臺上帝王都。
洞庭公子好長生，風骨泠泠秋復清。必若燕昭有靈氣，薊門還作望僊行。

【箋】

作於萬曆三十二年甲辰（一六〇四）九月，家居。五十五歲。
伯昇名際陽。太倉人。父爲前撫州同知張振之。據吴郡文編卷一六四湯氏送張伯昇世兄歸吴序末署今年重九。

送錢簡棲還吴二首　錢有劍筴，説劍事。

中秋作客兩重陽，殘菊空江病繞牀。歸夢一尊何所屬，離歌分付小宜黄。
字吐寒雲劍吐花，虬盤香炧虎丘茶。一秋高閣逢高士，斜踏長橋看落霞。

【箋】

詩作於萬曆三十二年甲辰（一六〇四）十月，家居。五十五歲。此年閏九月。

錢簡棲名希言，常熟人。列朝詩集小傳丁集下有傳。今年八月半客臨川，十月初離去。下二首亦爲送行詩。詳見錢氏松樞十九山二蕭篇紀事。首句，今年閏九月也。

【評】

沈際飛評第一首云：「開口便説宜伶。」又評第二首云：「軒軒霞舉。」

再贈簡棲往尋梅禹金二首

寶劍書成氣不降，白鷗秋水下吴艭。時時學病相如渴，錯道臨邛在隔江。

白頭秋浪滿江潯，錢起江行正苦吟。爲道故人冰雪盡，一枝梅在敬亭心。

長卿苦情寄之瘍，筋骨段壞，號痛不可忍。教令闔舍念觀世音稍定，戲寄十絶

老大無因此病深，到頭難遇了人心。親知得授醫王訣，解唱迦雲觀世音。

涕唾機關一綫安，業緣無定轉何難？諸天普雨蓮花水，只要身當承露盤。

甘露醍醐鎮自涼，抽筋擢髓亦何妨。家間大有童男女，盡捧蓮花當藥王。
肉眼戲從羅刹女，色身吹老黑風船。年來藥向舍利得，瑪瑙真珠不直錢。
智慧生成護白衣，更緣諸漏密皈依。雌風病骨因何起，懺悔心隨雲雨飛。
色聲香味觸留連，杻械刀枷鎖骨穿。但入普門能定痛，一般心火是寒蓮。
卧具隨身醫藥扶，到頭能作壞僧無。猶餘十瓣青蓮爪，長向天花禮數珠。
四大乘風動海潮，秋前移病對芭蕉。不知一種無名恨，也向蓮花品内消。
金骨如絲付粉霜，殘年空服禹餘糧。惟除念彼觀音力，銷盡煙花入禁方。
非關鉛粉藥是病，自愛燕支兔作親。今日人前稱長者，觀音休現女兒身。

【箋】

作於萬曆三十三年（一六〇五）乙巳前，家居。五十六歲。

屠隆字長卿，是年染梅毒卒。卒年據鄞縣志張鴻文作屠隆傳。詩當作於屠隆卒前不久。

同仲文送青田劉生還吳，有懷達公

事業不可爲，君子薄時勢。那知天下士，動輒人間世。弱冠殊澹蕩，及此傷年歲。略涉區中緣，每直雲外契。知新但含笑，念往常悲涕。人生虛有夢，世界實無蒂。一言泰山重，萬事秋毫細。我友丹陽彦，愛我心無替。相見動驚瘦，相憂及危脆。咄咄劉生白，道出文成裔。黄石剖遺訣，蓮華敷半偈。清齋自童子，高冠側環衛。頓挫成一擲，沉潛發孤詣。石圃亦奇人，得此爲兄弟。三遷出吳會，攬結皆蘭蕙。霞高赤城燒，鶴遠青田唳。颯來江上遊，雅一孤舟繫。眠隨沙鳥浄，坐覺山雲霽。憐予貧病姿，問我抽珠髻。空虛了無受，名身復何計。大有奇特人，教作深弘誓。夙聞如是言，憤嘆一投袂。及此老鬚眉，復是少智慧。飄空念亡子，在世如贅壻。交初語言外，苦甚别離際。光景昔如來，達人今善逝。送子獨臨崖，玄津方鼓枻。

【箋】仲文姜士昌萬曆三十五年十月由江西參政降爲廣西興安典史，詩云「達人今善逝」，達觀於三十一年十一月死於獄中，詩當作於三十一至三十五年，姑繫於三十三年（一六〇五）乙巳，家居。五十六歲。

〔劉生〕名白，青田人，餘不詳。

〔石圃〕不詳。

【評】沈際飛評首二句云：「截嵲。」評「動輒」句云：「順口。」評「霞高」二句云：「工貼。」評「颯來」四句云：「自然景趣。」又評「在世」句云：「敗句。」

東館別黄貞父　有序

乙巳夏小署，貞父赴徵儀曹，過建武辭謁。予送之郡南東館。適伯東參知馳書來別貞父，因以墨客所作雪景卷併寄予，云：「午日別貞父，時江閣風雨寒甚，因憶沈啓南六月添衣畫雪，次韻爲別。」貞父命予書其後。追憶十年前別貞父，湖上正雪，臺殿竹樹，蕭然如此畫中也。因及之。至如石田詩「顛倒炎涼聊戲爾」，又何今昔之感云。

午日送客風雨寒，參知湅飲留江干。爲言沈周曾六月，醉起添衣畫雲雪。江天曉閣争黄昏，行人旅泊愁銷魂。指揮墨客寫爲别，天機偶發非涼温。六月雪花吹不去，冰玉相看窅難致。不知東館是炎天，憶别西湖有寒意。

【箋】

作於萬曆三十三年（一六〇五）乙巳五月，家居。五十六歲。黄汝亨字貞父，仁和人。萬曆二十六年進士，授進賢令。至是始以内徵儀曹離去，寓林集卷九遊麻姑諸山記叙此會甚悉。

〔建武〕建昌，在臨川東南。

〔東館〕在臨川南六十里，有驛站。

〔伯東〕姓李，名開芳。福建永春人。湯顯祖同年進士。時任江西參政。

〔十年前别貞父〕二十二年冬，湯顯祖自遂昌赴北京上計，過晤黄貞父於杭州西湖。

【評】

沈際飛評云：「佳事，能令詩佳。」又評「天機」句云：「此中有故。」

玉版居述懷贈黄貞父進賢三十韻

未厭湘沅謫，長聞江夏名。似懷沙欲老，如對月初生。湖水家千頃，香臺坐九成。小春熏席煖，餘雪汎舟明。麟鳳諸生立，江山一座傾。芝蘭遊並賞，金石扣隨鳴。得奉人師禮，兼通物際情。玄言關令尹，儒術漢春卿。壇石雲移潤，鍾陵夕借聲。道疑冰雪窅，政愜米鹽清。馴雉童心美，分蕉鹿訟平。刃餘知肯綮，毫末見精誠。玉版風中翠，虹梁雨外情。郎官依北斗，循吏冠西京。有客趨懸榻，何人問濯纓！子衿朝日往，官燭夜分迎。淺笑臨風揖，微酡映月行。琴應聽子賤，酒合對公榮。獨下漢宫履，雙清洛浦笙。鶴翻風骨遠，鳧漾羽毛輕。山阮忘言契，淵雲動筆精。幾從窺鐵柱，一擬卧沙城。左顧期難定，高遷夢易驚。自天開黻冕，之子必銓衡。日月灘無涸，風雲路有程。雅多公視草，籍甚衆班荆。咫尺朝簪合，毫釐世法争。自憐傷小錦，誰惜注翹旌。舉燭鄰光剩，彈冠弱思縈。亦知幽谷裏，還得後聞鶯。

【箋】或作於萬曆三十三年（一六〇五）乙巳，家居。五十六歲。玉版居爲黄貞父齋名。參看前詩。

【評】沈際飛評「道疑冰雪窨」句云：「理足。」又評「風雲路有程」句云：「淺率。」

玉版師别意贈貞父十絶

代貞父所種寺笋作。

幾曲闌干風露低，離人驚夢滿禪棲。不知清淚能多少，雨點教催萬玉齊。

賴是因緣生此地，陶韋詩句米黄書。巡檐掃壁思君子，一倍離情到碧虚。

雨濕疎鐘時看雲，月殘紅寺照初曛。不應便作題門去，五六年來爲此君。

竹廚涼夜駐征驂，禪悦離愁滿座談。便作西來遠建節，今朝玉版唤誰參？

色味聲香去住存，别離無限到空門。祇須剖腹書名姓，便上雲霄記宿痕。

颯颯鍾陵繞梵音，依依壇石下雲陰。不辭瘦硬成黄竹，貞父年年抱此心。

日月湖寬寺影寒，廚煙欲散雨初乾。僧敲鳥宿尋常夢，直是無人現宰官。
雲漢書催玉笋班，兒童還憶令君還。應須便作甘棠拜，此寺真爲慈姥山。
偶憐秋色浄居天，林下高僧對食眠。便欲似君爲手板，愁君相謔紫衣禪。
都拚秀色爲君餐，護得淩雲共歲寒。向後長安天欲遠，可能相報日平安。

【箋】作於萬曆三十三年（一六〇五）乙巳，家居。五十六歲。參看前詩。

【評】沈際飛評第一首云：「喜於撮合。」

羅溪橋柳絲別意再贈貞父十絶

垂柳溪邊驛騎通，長安行樂最春風。看君匹馬朝天去，要使人呼萬丈虹。

萬丈虹飛挂石幢，栽排楊柳一千雙。恩波濯濯春如許，不得移根向浙江。

十丈湖心百丈橋，依依拂拂又迢迢。重來要識風流處，擁蓋扶輪一萬條。

畫橋千尺飲晴霓，雨氣湖光柳色西。別後高車似流水，幾人迴望欲低迷。

斷虹疎雨半湖陰，柳色煙霏四望臨。見卧舳艫三兩隻，知君應有萬重心。

着地低枝擁去程，郎官湖似使君清。心知不是三眠日，要是蒼生卧轍情。

湖影參差柳影齊，萬人扶路一攀攜。使君家在西湖上，今日黄堤似白堤。

何年雨畢便成梁，千頃湖陂柳萬行。隨意行人染春緑，長如叔度對汪汪。

行人萬丈躡飛虹，明聖湖心在此中。記得遮留堤上路，柳絲偏罩舊乘驄。

幾年春色候夔龍，湖上初驚雲氣重。向後行人總攀折，不知官柳爲誰濃？

【箋】

同前詩。

〔明聖湖〕杭州西湖。

【評】沈際飛評第三首第二句云：「李易安句。」又評第四首第二句云：「叠得妙。」

柳絲樓感事二首

殘日西樓映粉紅，書眉吹蹙柳條風。重來攀折人何處，腸斷千絲一笛中。

一年春事賞心同，千里湘皋曲未終。別恨乍隨帆影去，柳條眉暈半絲風。

【箋】不悉與前詩是否有關，姑繫此。

【評】沈際飛云：「竹枝柳枝詞。」

懷貞父長安

御溝晴雪過啼鴉，猶自空銜帶粉銜。何似與君沾醉起，孤山月下看梅花。

【箋】

當作於黃汝亨別後。姑繫前詩之後。

【評】

沈際飛評末句云：「自然。」

李伯東使君寫萬竿煙雨

猗猗竹葉何清楚，一半横斜動煙雨。此君濃淡各有情，林下人稀欲誰語。緣延點綴墨花香，別接風枝雲漢長。獨坐江天少塵事，滿懷秋色摇瀟湘。

【箋】或萬曆三十三年（一六〇五）乙巳作，家居。五十六歲。李開芳字伯東，時任江西參政。參看前數詩。

上巳進賢玉嶺公館夜讀李伯東觀察竹所八絶，淋漓琅玕，清而不寐，詠此

玉嶺春陰小院清，參知昨夜憩江城。開尊遠映壇場色，截律高爲鸞鳳聲。心在雲霄憐護筍，才難車馬避題名。風光況屬蘭亭節，修竹流波和欲成。

【箋】或作於萬曆三十三年（一六〇五）乙巳前後，家居。五十六歲。時李開芳任江西參政。參看前詩。

秋初擬峴臺送袁滄孺明府丞郡金華四首 有序

故令長洲蔣公嘗遷此丞，出憲蘄州。袁公，蘄人也。三兒開遠最受特知。

玆行一縣人爲公不慊，而星壤鄰近，足慰慕思。且公於黄梅路熟，當不以世味作渴想也。把酒歌驪，遂成長律。

造次金華似蔣侯，居然節鎮在蘄州。兒童舊歎吴門屈，父老新遮楚澤留。突兀風雲誰失馬，踟躕歲月總全牛。當歌笑折陶家柳，得傍甘棠記舊遊。

大府年年缺守來，專城一一寄長才。歌紆激楚風流盡，淚擁題輿問道迴。寶婺星牛連紫氣，鄉心道意久黄梅。看君似厭蘭陰酒，爲盡臨川水一盃。

金華風物似吴興，幽意何當此郡丞。別駕路隨秋月引，峴臺人念漢江澄。蒼蒹欲盡重臨水，流火初歸一飲冰。八詠樓空青史在，一時雲夢氣憑陵。

帳飲傾城就碧沙，新瞻郎位佐金華。干旌曉駐蛟龍色，稚子春深桃李花。江楚風雲連上國，公侯門地作通家。秋光欲問騎羊子，水墅山橋一放衙。

【箋】

作於萬曆三十三年（一六〇五）乙巳秋，家居。五十六歲。袁滄孺名世振。據尺牘答袁滄孺：「庶幾酬六年一日之知」，袁任臨川令六年，又前任知縣吴用先二十七年去任。

〔擬峴臺〕在臨川東南城上。
〔故令長洲蔣公〕名夢龍。
〔三兒開遠〕明史卷二五八有傳。
〔蘭陰〕蘭谿，舊屬金華府。
〔八詠樓〕在金華婺江畔。

【校】

〔蒼蒹欲盡重臨水〕蒹，原作「兼」。當改。

【評】

沈際飛評第二首末二句云：「味自不薄。」又評第四首云：「末句如此絶少。」

五日送黄南昌内徵暫歸旌德二首

浴李斟蘭候使君，西山鸞鶴幾成羣。終知五日江頭别，長望千秋嶺上雲。
爲政蕭峯已絶塵，更題耆舊足風神。瀕行欲贈江心鏡，曾照湘波憔悴人。

【箋】詩作於萬曆三十二年（一六〇四）或三十三年，家居。五十五或五十六歲。南昌知縣黄一騰，寧國人。萬曆二十七年任，其下任三十三年始。見南昌府志。第二首首句蕭峯當作簫峯。

哭丁元禮十二絶 有序

右武兄同予生庚之戌，舉庚之午，友善。丁丑右武第進士，理閩漳。舉元禮，小字漳哥，殊偉麗。是臘，予子蘧生。貌寢而羸。讀書各數千卷，瑰于文詞，能鈎抉時勢物情之變，而好深言之。予時時憂二子早慧，而右武頗不爲然。謂當兩家慅勞歷落之際，而壯子能爾，殆亦荒年穀也。已而二子各厭其鄉，遊成均以去。意亦一當紓其内急耳。然而遠于嚴慈之規，骨肉之養，各以雄飛，自行其意。童孺羈旅，飲食醫餌之不時，至庚子秋七月初，蘧以就試南雍，病殢下死。逾年痛定，爲壬寅春，予過右武所，見漳哥心動，而未敢言。時時語漳哥自愛，語其弟叔兼好護其兄而已。癸卯秋，就試都下而病作歸，逾年七月初而甚，能自知死日。曰：「吾夢見某所，若一王者，將以某日享予。」如期再絶而蘇，誡三日無動，我將反，然不能待矣。嗚呼，哀哉，天乎！死而其容熒熒如生，迨含猶視，有恨於子才之不盡耶，父怨之未舒與？嗟乎，已矣！玉已折矣，劍已摧矣！兩家之痛，曷其已矣！每一斷腸，輒成絶章，得十二首。歌之娭殯前，漳哥其有知，哭示地下亡蘧否？

年少通家弟子親，微談高步出精神。不應正作多羅死，地下修文要此人。

丁寧不合便移床，寶氣流天月委光。夢赴何王知不免，紫鸞無路玉笙長。

温其如玉意逡巡，隱約衡天一段嗔。泣盡劍光何處拭，西山黄土只埋人。

才名十九吐星鋩，曾侍羈危到朔方。今日自成埋玉劍，尺眉遺恨向干將。

翩翩冠佩去寧論？三娶名家未有孫。八卦樓中須夢汝，不知何卦是歸魂？

夢短應知目不瞑，文章不作老人星。何緣月上高橋望，白鶴重歸説姓丁。

貪看年少惜情多，玉樹臨風可若何。向後題書堪短氣，怕提名字到漳哥。

去年顛倒在長安，怕似蘧兒歸路難。恰好到家遲一盡，兩頭門户泣芝蘭。

眼枯還哭到何年，星聚長思十載前。同是白頭傷壯子，章門腸斷向臨川。

栽成玉樹竟無成，對泣西河老弟兄。白髮叫天難盡説，尋常只道是鍾情。
朱唇玉面眼如星，年少何因即杳冥。地下怕逢蘧盡語，兩家消索鬼難聽。
同生幻世壯如蘧，前後同殤七月初。大是中元無淚哭，蘭盆燒盡讀殘書。

【箋】

作於萬曆三十三年（一六〇五）乙巳，家居。五十六歲。右武，丁此呂字。新建人。明史卷二三〇有傳。

〔庚之戌〕嘉靖二十九年（一五五〇）。

〔庚之午〕隆慶四年（一五七〇）。

〔丁丑〕萬曆五年（一五七七）。

〔是臘〕萬曆六年（一五七八）十二月。據詩庚子八月五日得南京七月十六日亡蘧信十首之一「蘧子亡時二十三」推。

〔庚子〕萬曆二十八年（一六〇〇）。

〔壬寅〕萬曆三十年（一六〇二）。

〔癸卯〕萬曆三十一年（一六〇三）。

〔曾侍羈危到朔方〕萬曆十八年（一五九〇）或十九年，丁此吕任陝西副使莊浪兵備，其子元禮同行。

【評】

沈際飛評第三首第二句云：「不成詩。」又評第六首結句云：「韻脚巧同。」

答淮撫李公五十韻 有序

公家本關中，身依輦下。與大名魏公允貞、長垣李公化龍皆予奉常時永夕之好。公以户部郎疏救魏公，失貴人意，降司東昌理，遷南儀曹郎，出憲于齊，視學于晉。起復，以南列卿開府維揚，總漕河上。智殘貂虎，猛禽伏戎。五方估客，恃其川陸之安；一時使者，奉爲社稷之役。可謂如其人，如其人矣！某奉戍計歸，别公秣陵城外，于今七稔。馳使來迎，雅意殊厚。獨愧身與公等比肩事主，老而爲客，亦非予所能也。感而謝言，紓其悵惘云爾。

地大山河積，天高日月摶。一時同大魏，雙李出長安。舊國回西笑，新知正北看。學成金碧簡，氣拂紫騮鞍。上士垂遷擢，中樞肯犯干。題書當霹靂，睨柱欲邯鄲。岱嶽扶雲出，鍾山隱霧蟠。自東旋出鎮，于洛竟登壇。視學河汾邈，歸思墓隴攢。月華卿再滿，風木淚初乾。壯節分麾易，危途仗鉞難。甲兵銷日本，羽檄動辰韓。詔豈求金切，租當輓粟殘。河渠千丈決，門户一錢攤。潄笱魚猶索，中貂虎益冠。海沙吹祇密，天日望何漫。氣短江湖急，心傷井逕寒。維揚禁攬擾，過宋轉漫汗。似戰玄黄血，將探赤白丸。咽喉平轄内，鼻息仰臺端。扣閽傳聲苦，提封飲淚酸。鯨鯢趨夜水，鳥雀避秋翰。國論才逾亟，途歌政及寬。欲歸心項領，向住旨盤桓。字挾風霜立，勳兼竹素刊。自公餘退食，懷舊勖加餐。問騎從人詫，開書對客闌。谷中過履迹，淮上到情瀾。尚記登臨好，忘言日夜歡。園陵新祭酒，花月舊長干。附尾睎騏驥，趨班失鳳鸞。梅仙初解尉，陶令一之官。月下三生石，星高七里灘。死心歸牧笛，生意在漁竿。老至燕餘玉，愁來澧罷蘭。禁煙思渺渺，聯佩憶珊珊。世局隨高手，天機許下觀。酒資三徑暖，文刻寸心丹。事定詢顔髮，交初識肺肝。大才須棨戟，公子必琅玕。獨坐知懸榻，衡門晤考槃。夢回琴石枕，興發野蔬盤。三子牽裾弱，雙親舞袖團。始尋方士藥，時應講僧檀。棄置終何得，交遊或永嘆。賦心傷磊塊，韻脚儼媻跚。世逐多情重，身偏寡和單。營家差晏起，行路即朝湍。弄雨神龍慣，棲煙野鶴拚。古來千里曲，何日爲君彈？

【箋】

作於萬曆三十三年(一六〇五)乙巳,家居。五十六歲。

〔淮撫李公〕李三才,字道甫。通州人。萬曆十一年任户部員外郎,時御史魏允貞上疏陳時弊四事,請自今輔臣子弟中式,俟致政之後始許殿試,三才奏允貞言是。並貶秩調外。三才謫東昌推官,再遷南京禮部郎中。十五年二月陞山東僉事,整飭武定等處兵備,十六年閏六月陞河南參議。兩督山東、山西學政。二十七年以右僉都御史總督漕運巡撫鳳陽諸府,至三十九年始離職。李三才在漕撫任,裁抑税監,爲民請命,爲東林諸賢所擁戴。湯顯祖作讀漕撫小草序,述其政績甚詳。以上據實録及明史卷二三二傳。

〔魏公允貞〕見明史卷二三二傳。

〔李公化龍〕見明史卷二二八傳。

〔某奉戊戌計歸〕萬曆二十六年戊戌上計後,湯顯祖棄遂昌知縣官歸臨川。

〔文刻寸心丹〕或指李三才著漕撫小草。

【校】

〔出憲于齊〕于,天啓本、原本誤作「千」。今改正。

〔中樞肯犯干〕干,天啓本、原本誤作「千」。今改正。

〔附尾晞騏驥〕晞，天啓本、原本誤作「晞」。今改正。

【評】

沈際飛評「交初識肺肝」句云：「真交誼。」又評結句云：「悠然。」

哭梅克生

長安醉卧雪霏微，共枕貂裘覆衲衣。今日塞門成宿草，楚天魂夢向誰飛？

眼裹衡湘一個無，文情吞漢武吞胡。錦衣躍馬吾何泣，十載窮交在兩都。

【箋】

作於萬曆三十三年（一六〇五）乙巳，家居。五十六歲。

據實録，八月，總督宣大山西兵部右侍郎兼右僉都御史梅國楨卒。國楨字克生，湖廣麻城人。顯祖同年進士。明史卷二二八有傳。

送宜黄令武昌趙明府入覲並懷解元令侄

風神如畫理如絃，仙令宜人向一年。家世自連卿月曉，郎官真借德星懸。鍾臺舊路雲霄直，棠樹新花雨露鮮。爲報楚山和氏璧，償城何惜美人傳。

【箋】作於萬曆三十三年（一六〇五）乙巳，家居。五十六歲。據撫州府志，趙明府爲劉孕昌之後任。劉於三十二年由宜黃調任臨川，趙任宜黃當爲同年。至此將一年，與詩「仙令宜人向一年」合。明年丙午春，例須入覲上計，送行詩當是年冬作。芝加哥大學中文圖書館馬泰來館長抄示宜黃縣志卷二二云趙邦梅于三十四年任宜黃知縣，存疑。馬氏據咸寧縣志卷六，謂「解元令侄」爲邦楫之子嗣芳，萬曆二十八年解元，當從。謹謝。

乙巳都城大水

閣道行船悲未央，河魚東下海洋洋。都抛大内金錢賑，不用人間紅帖糧。

【箋】作於萬曆三十三年（一六〇五）乙巳，家居。五十六歲。

憶黄貞父並其高弟羅玄父孝廉

北高尊酒興淋漓，映漾黄家千頃陂。紫氣山中雲卧久，清寒湖上雪歸遲。秋風客思蓴千里，夜月天香桂一枝。爲問羅含春好在，後堂絲竹醉同誰。

【箋】

作於萬曆三十三年（一六〇五）乙巳後，時黄汝亨自江西進賢知縣内遷禮部儀制司郎中離去。五十六歲。虞德園先生集卷八有同題詩。

【校】

〔題〕萬曆本作「憶真父並其高弟羅玄父」。

〔北高尊酒興淋漓〕北高，萬曆本作「文談」。

〔映漾黄家千頃陂〕映，萬曆本作「蕩」。

浮梅檻爲貞父作四首

白傅時思湖上眠，黄郎新泛竹爲編。長隨布幔通明月，何用籠燈照夜船。

浮海方嗟無取材，泛湖深竹自虔臺。水花瀺灂洞簫起，山翠空濛連袂開。
靈隱山前風自飄，不須刳木取泉遥。猶憐入夜蕭蕭雨，長在西泠第幾橋？
竹丘千里卧湖光，故事江頭儀部郎。興到綢帷連騎出，湧金門外月初黄。

【箋】

作於萬曆三十三年（一六〇五）乙巳，黄汝亨自進賢知縣内調儀部郎之後，家居。五十六歲。

虞德園先生集卷八有同題詩。

〔西泠〕杭州西湖橋名。

〔湧金門〕在杭州西南城。

四月八日永安禪院期超無二首

清朝不見小彌天，竹塢炊茶過午煙。解是雨花新浴佛，諸天誰供洗兒錢？
不寒不熱在香臺，天下人民心髓開。獨是吴兒稱解事，更同無臘洗僧來。

【箋】當作於萬曆三十四年丙午（一六〇六），五十七歲。家居。永安禪院原名廣壽寺，在臨川東城。

〔超無〕李至清字。江陰人。見列朝詩集小傳丁集中。據玉茗堂文卷四李超無問劍集序，其初訪臨川或在今年，再訪在明年。

對紀公口號四首

王舍金碑一丈慳，碑中祇是説忙閒。鷲飛六月香罏瀑，散作千層雪浪山。

清紀清吟飯後茶，超無無恙酒前花。一般茶酒都銷得，柳樹池頭舊作家。

纔説拈花事已多，相逢一笑定如何。閒情得問香山老，去傍香罏作鳥窠。

長説東林去未能，柴門相見石門僧。前林月出秋河起，大好陰涼語葛藤。

【箋】詩第二首提及超無，或亦爲此行作。

【評】沈際飛評第三首結句云:「俗。」

問李生至清

麻姑山水蔚藍天,醉墨橫飛倚少年。卻被倒城人笑煞,太平橋畔野僧眠。

【箋】〔李生至清〕字超無。江陰人。曾薙髮爲僧。參看前詩箋。

〔倒城〕倒城、太平橋俱臨川勾闌地。

超然爲里兒所撓,贈刀遣之

攫衣偷扇總牢騷,馬上頭陀氣骨高。但是藕絲隨遁去,篋中須惜我王刀。

【箋】〔超然〕「然」當是「無」字之誤。超無,李至清字。參看前詩箋。

紀公疎山寺訊吴吏部二首

了公南渡正風煙，藏轉蓮花到六千。今日太平逢地主，若爲消受白雲禪。

山頭日脚過嗚榔，龍氣風生草樹香。吏部竹林同避暑，肯將高卧笑柴桑。

【箋】或亦爲紀公此行作。吴吏部名仁度，曾代吏部文選郎中。金谿人。見撫州府志。

送方鍾岳參知入蜀

千里宫湖法宿明，十年還是賦西征。雨中方嶽開行色，江外秋風灑去旌。便向錦川趨衮座，還從劍閣問豐城。追隨尚憶南端日，拄笏昂昂笑語清。

【箋】詩當作於萬曆三十四年（一六〇六）丙午五月，家居。五十七歲。實録云，是年五月陞江西副使方萬山爲四川參政。據歙縣志卷六，萬山，歙縣人。與後詩「新安雲卧久」合。萬山爲萬曆八年進士，亦與後詩首二句合。

方鍾岳參伯宴作

虚薄南都時，奉常感撝挹。峨峨清佩劍，揚休若山立。攬轡静江海，周咨遍原隰。新安雲卧久，起滯風雷濕。川嶺道路長，澤國風謡習。吏隨衡藻凈，户覺萑蒲戢。貂珥無殘木，鼠雀有餘粒。復此鎮南州，下榻禮逾及。把酒臨江樓，江春去何急。遠岸歸漁樵，晴雲動暄蟄。薄俗理難定，薇垣法須執。幽谷有鶯求，中臺候君入。

【箋】　姑附前詩之後。作年則在前詩之前。

【校】　〔峨峨清佩劍，揚休若山立〕劍、休，原本分別作「間」、「木」。據沈本改。

【評】

沈際飛評「薄俗理難定」云：「深於世故。」

清遠樓送平昌葉梧弟榦太學上都

門有千里客，十年纔一晤。長跽未終揖，白髮黯相覷。蒼匆定寒旭，造次及盤飧。周咨吏民故，迴詳涉生慮。淹駕坐清遠，貧病日高倨。雨漱寒泉汲，風動枯梧據。疑析動今古，宴笑連昏曙。河梁秋未深，脂車良已遽。起嘆歸雲疾，時看倦鳥翥。此中不欲久，羈棲復何處？覆瓿子雲宅，擲筆金門署。涼風卷絺綌，遠道理衣絮。有美能不懷？無勢得相御。風煙一時集，氣色兩家與。且醉勿復談，明朝送君去。

【箋】

作於萬曆三十四年（一六〇六）丙午秋，家居。五十七歲。詩云「門有千里客，十年纔一晤」，二十六年春自遂昌歸，迄今首尾九年。答藍翰卿莆中詩序云：「立秋周仲先明府過此，而後括蒼生葉榦至，始得翰卿所贄詩草。……」當係三十五年晤翰卿於南昌之前一年，即本年秋後事。

〔清遠樓〕湯顯祖玉茗堂内樓名。

〔平昌〕浙江遂昌。

〔葉梧弟榦〕遂昌士子。

【評】

沈際飛評「涼風」二句云：「得送字神。」

答藍翰卿莆中 有序

立秋周仲先明府過此，而後括蒼生葉榦至，始得翰卿所贄詩草並良書千言、情詩三首。循之奥博精麗，蓮嶽不足爲其峭深，蜃市不足爲其光怪。昔人覩靈光而罷賦，讀「雌霓」而盱衡。異時翰卿以之矣。如云「名踪安可窮，去去勿復辭」，「不愁久行惻，寧無衰歇情」，「誰令志不舍，長與古今愁」，「高煙白日寒，千秋長不虧」，「遊媚性所拙，慙悲寧可裁」，「鑒己固已老，徇物亦難任」，「勞思不能寐，感物愁逾昨」，憤切怨幽，當令嵇謝掩泣。夢賦色古味雋，不無微長之累。如云：「或浮獻其逝識，或浪效其昧姿，或貌常而道故，或傳駭而理遺。」此語在鬼神中大有響象。至云：「傲無垠之大儀，選自然之微理。悟返出門之車，妙湛受輪之器。」可謂能言。獨詣如此，退居弟子。誰是先醒？使人慚愧。雖然，必有以報。九日一問龍沙，取道麻源可也。因而成詠，感翰音之遠聞，效同明之一照耳。

五十今有餘，百歲苦無一。榮華悽後雕，朋儕感先暱。初傷文賦情，久卧煙霞疾。所期動蒼莽，此意成蕭瑟。不謂嶺海内，乃有淵雲出。玉瘁悲秋九，枚壯觀濤七。勢與觚稜厲，風兼羽陵逸。靈光巋以存，鮫珠淚猶溢。運往有生慮，情來無竭筆。望遠慚空虚，才難懼超軼。桑陰殊未語，蘭期忍相失。爲恭或師友，謬引真鄰匹。我家銅陵下，寒煙生桂橘。麻源動清淺，沙城净微密。有客時過門，無人相入室。笙歌幔亭外，登高共雲日。離居恨伊始，長聞見方畢。將子尚能來，風斤試靈質。

【箋】

作於萬曆三十四年（一六〇六）丙午秋，臨川家居。五十七歲。

立秋後，遂昌人國子生葉榦至玉茗堂，爲藍翰卿轉致詩文，求爲弟子。湯顯祖以此答之，約翰卿九月取道建昌來會。

〔龍沙〕在新建縣北，舊俗重九登高處。新建與南昌同城而治。後詩沙城，指南昌。

〔麻源〕指建昌，今江西南城。

【評】

沈際飛評云：「前半首練。」

王伯皋賀函伯前後秋捷志喜

江上離離愁雁悲，仲文官舍遣聞知。參差擢桂芝蘭友，邂逅登龍逐犬兒。興劇恨難千里駕，交深留盡百年期。春風北固還西笑，紫幄門生舊絳帷。

【箋】

〔賀函伯〕名世壽。據丹陽縣志卷一四，萬曆三十四年秋試中式，詩當同年作。

〔仲文〕姓姜名士昌。萬曆二十六至三十五年任江西參政。明史卷二三〇有傳。

奉贈觀察漳浦薛公三十韻 有序

公抱道而生，扶摇起乎炎海；執法而仕，輔弼光乎扆極。孚尹旁達，如坤之玉；純粹以精，如乾之金。起家南都武部，以機務登朝；出視西京學政，用人師重世。屬者來憲我江之西湖之東也，俯仰盈虚，念念遷而不有；文武張弛，事事行其所無。用静則洗心密藏，效動則黄中通理。蓋由閩中學脈，自延平氏師中立而友仲晦，卓有鄒魯之風。薛本儒宗，起河汾子顯文清而隱中離，並祖萊朱之誥。至公仕學通參，體用歸一，建牙于盱。有羅明德夫子，吾師也，接豫章仲素之業，而更衍真風，益深仁趣。其人如在，其風不亡。公下車欣言嘆息，修其俎豆，選其答述，指示學人，風動萌隸。原公德心，直以文法附道，質義還仁，庶彼夏革無施，春和有象耳。豈不恬淡委迤，超然名迹之外也。使者方君上其治行，曰：「真儒作用，名世經綸。」天子有動，而將卿拜焉。棠憩所庇，蓬室在兹。接明燈而講聖心，擁寒雪而分天命。風流詎遠，嗣者其誰？感詠成篇，庶幾大雅之思云爾。

仲虺寧微仲，人龍復有人。雲霄開瘴粤，梁嶽正甌閩。蚤發丹霞氣，全輝碧海春。風雲含韻古，日月動懷新。樞府雄南國，漳流漾北辰。中和歌樂漢，文武憲生申。執法霜飛楚，衡文鏡入秦。閼門酬令尹，郢曲弔詞臣。自有河汾業，能無洙泗鄰。教興延水合，學步紫陽親。在道忘今古，于宗感屈伸。中離沉海嶠，大理出河津。已見金如錫，都知玉賤珉。自公持等智，諸子攝同倫。時雨山川應，清風節鉞巡。死灰驚吹鳳，生草識翔麟。物化唐人儉，身先漢吏循。宦遊長似拙，造次必於仁。影畏中庸獨，聲歡大雅馴。真儒誰作用，名世即經綸。一一高前獻，時時下隱淪。豫章名不暇，盱水脈原真。蠹簡西墉玉，荒祠南澗蘋。師門存印證，吾道覺精神。日用前隈壘，風流後縉紳。寸中深此佩，迹外藐難陳。大器金鏞静，層臺棟桷匀。薛宣終入相，召伯再來旬。愛日如從趙，高天肯借恂。惟餘春蔽芾，長此翳松筠。

【箋】作於萬曆三十四年（一六〇六）丙午或略後，家居。五十七歲。據江西通志卷一三，薛士彦今年任江西副使。

【校】

〔造次必於仁〕於，原本作「如」。據沈際飛本改。

【評】

沈際飛評「風雲含韻古」二句云：「雄。」又評「影畏中庸獨」二句云：「做作。」

湯顯祖集全編詩文卷一六 玉茗堂詩之十一

詩一百五十首 一六〇七—一六一六，五十八歲—六十七歲。棄官家居。

丁未元旦

春色曛曛向曉天，冠裳遥望一悽然。今朝太史書雲朔，不見仙凫有十年。

【箋】

作於萬曆三十五年（一六〇七）丁未正月，家居。五十八歲。

上巳前一日永寧寺同莆中藍翰卿宗侯鬱儀孔陽孝廉鄧太素

發春如有期，扁舟一遊此。孤生寡儔寓，禪寂傍棲止。何意風雨稠，坐見春華駛。殿含鍾磬濕，户漬琴書委。不言良已深，覘蹊遲桃李。所思猶未遠，搴洲泥蘭芷。同聲百年内，朱門二三子。零落在茲辰，留連及芳齒。念往夕無寐，欣來動有以。交新謝輪鞅，道舊延簪履。松門留一晤，海客談千里。未覺風雅頹，乍擥衣裳起。高花動寒色，木蘭漾清美。開軒邈誰似，遠道嗟何已。物感陰晴候，人疑盛衰理。龍沙往猶滯，簫峯上難擬。且就聲聞醉，將妨語言綺。秉蘭希茂樹，泛羽慳流水。所幸無俗物，吴謳稍清耳。蕭條隨曲終，局促非願始。上巳即晨遊，明湖恣清泚。

【箋】

作於萬曆三十五年（一六〇七）丁未三月。家居，往遊南昌。五十八歲。

〔藍翰卿〕莆田人。去年秋贄送詩文至臨川，求爲弟子。

〔宗侯鬱儀孔陽〕皇族。鬱儀名謀㙔，寧藩後人，以中尉攝石城王府事。孔陽，不詳。

〔鄧太素〕不詳。

〔龍沙〕在南昌北，舊俗登高勝地。

〔簫峯〕簫曲峯在新城（今黎川），上有異鳥，其聲如簫。

〔明湖〕指東湖，在南昌城内。

【評】沈際飛評「覗溪」句云「拙。」評「高花」句云：「穩樸。」

近禊有懷，即贈莆田藍翰卿往襄陽，便過其先人隨州刺史祠下三首

楚客曾同章水西，滿樓風雨杏花低。今朝寒食仍章水，閒殺花枝發大堤。

相逢上巳前三日，湛湛長江雨不分。更過杏花樓上醉，一時朋舊憶斯文。

春風忽作武昌遊，官柳蘇蘇繫客舟。莫過峴山輕下淚，汝南碑在古隨州。

【箋】作於萬曆三十五年（一六〇七）丁未，家居。五十八歲。參看前詩。〔杏花樓〕在南昌東湖畔。前相國張位别墅。見南昌府志卷七。

丁未上巳，同丁右武參知王孫孔陽鬱儀圖南侍張師相杏花樓小集，莆中藍翰卿適至，分韻得樓字

杳爾下春水，陶然寄扁舟。章門期舊好，鸞岡恣冥搜。西山委層陰，湛彼長江流。時陽眷方美，條風欻已遒。蘇蘇楊柳津，旎旎鶯燕柔。客行殊未央，端居常有憂。有客青蘭軒，歸心能見留？簪裾藉朝宰，履舄延宗侯。飛觴指明湖，解帶臨高樓。東西坐忘偶，方員環庶羞。坐久海色動，莆中人見求。言同千里心，豁此三春眸。安知風雨夕，翻爲桃杏秋。開窗吐飛雲，竹樹鳴颼颼。深閴自多響，眺聽此樓幽。夕物歸餘清，青華彌道周。江山豈常目？歡悲難豫謀。且乘燈燭光，追隨良夜遊。興懷永和作，銷心河洛謳。祓潔竟何與，蘭言差獻酬。

【箋】作於萬曆三十五年（一六〇七）丁未三月，家居，往遊南昌。五十八歲。丁此呂時亦罷官家居。

〔章門〕南昌。

〔西山〕在南昌西。

【評】沈際飛評結尾云：「布置佳。」

上巳杏花樓小集二首

茂林修竹美南州，相國宗侯集勝遊。大好年光與湖色，一尊風雨杏花樓。

花枝湖灧淥如紅，上巳尊開雨和風。坐對亭皋復將夕，客心銷在杏樓中。

【箋】作於萬曆三十五年（一六〇七）丁未三月，家居，往遊南昌。五十八歲。參見前詩。

從張相國桃花嶺，敬次八韻

昔聞桃花源，今見桃花嶺。安知出世心，居然妙者静。山川動凌歷，攝廳在俄頃。石室摇天窗，花宫注靈井。心隨雲壑遠，色與江霞靚。笑拍洪厓肩，步駐鸞簫影。逶迤黄綺事，眷戀空明景。問道此何時，汾陽氣方永。

【箋】

作於萬曆三十五年（一六〇七）丁未三月。時家居，往遊南昌。五十八歲。

〔桃花嶺〕在江西新建。

陪張師相桃花嶺即事十絶

江城重似築沙堤，弟子從師鸞鶴西。便有人問候雲氣，碧桃休作武陵迷。

芳堤酌酒步春遲，海大魚飛半醉時。賓從自然貪鼎鼐，相公頻問放生池。

兩山相對天門開，洞壑眠龍起夜雷。直是曉晴風色好，玉笙吹徹紫雲迴。

桃花峯裏吹參差，皓鶴驚飛王母祠。爲報文成休辟穀，天書來下帝王師。
晴雪纔飛噴玉潭，舞雩初暖曳春衫。詩成更在流波處，大好明年三月三。
桃花和雪洗紅顔，石室晴雷隱遠山。爲報沙城舊仙侶，千年纔見一人閒。
桃花峯前生古煙，桃花水下漲新田。到處雲霞成宴坐，山公何必買山錢。
章江寺湧津梁闊，石室花平卧托高。大有閒雲三百首，絶勝風雨聽離騷。
花橋斜界落花鄉，上有桃花嶺路長。西笑未須愁虎豹，東行原自擁鸞皇。
石梁斜日見遊魚，題柱常驚駟馬車。今日相公成大隱，不勞沉卻豫章書。

【箋】

或作於萬曆三十五年（一六〇七）丁未三月，家居，往遊南昌。五十八歲。參看前詩。

【校】

〔第二首：賓從自然貪鼎鼐〕貪，沈際飛本誤作「賞」。

〔第八首：石室花平卧托高〕托，沈本作「榻」。

【評】

沈際飛評第一首云：「儘莊雅。」又評第五首末句、第九首第三句云：「慣用。」

澹臺祠下别翰卿，有懷余德父用晦王孫

偶乘桃花源，泛此章門水。泥泥風雨生，浥浥芳華委。上巳長林卧，寒食青煙起。凄涼江楚路，留連二三子。王孫良可遊，交情及生死。遠意夕陽外，素靄寒花裏。翰卿莆中來，風義三千里。含情瀟湘素，候氣關門紫。追趨苦言别，興屬詎能已！我心窅河漢，世路聊復爾。有適動惆悵，欲贈殊倚徙。皓鶴下蕪没，青禽唼花蕊。矯首澹臺祠，空傷昔人美。

【箋】

作於萬曆三十五年（一六〇七）丁未，家居，往遊南昌。參看前詩。

〔澹臺祠〕在南昌東湖濱。

〔余德父〕南昌人，名曰德。後五子之一。
〔用晦王孫〕名多煃，寧獻王之後，續五子之一。

【校】

〔素靄寒花裏〕靄，原本作「謁」，誤。

【評】

沈際飛評「遠意」二句云：「雅人高致。」

送周子成參知入秦並問趙仲一

十年偃蹇帝京春，今日驪駒新入秦。黄金横帶東門道，容顔未老參知少。長安陌上羅公侯，驅車策馬争上頭。問君何所苦，富貴坎壈而長愁。自言平生歷落心好道，摘白爲官有何好？遊閒上有滄浪天，世上浮榮真可憐。君不見清遠道人官不肯，教舞看經出窮醜。君今向用歸何意？黽勉從王餞君酒。一路春情隨宦情，蓮華終南相送迎。有興真寧問天水，醉後秦聲與越聲？

【箋】作於萬曆三十五年（一六〇七）丁未，家居。五十八歲。

〔周子成〕周訓字子成。臨川人。萬曆二十年（一五九二）進士，授工部主事。三十二年三月，乾清宫成，出管淮安榷税。約是年陞陝西副使加參議。見撫州府志卷五一。

【評】沈際飛評「自言」以下數句云：「清空一氣如話。」

丁未夏初，雨夜夢見右武，悽然之色，哽咽有言，記之

揆辰俱是六庚年，弱冠同飛語笑便。向後風雲常藐爾，較前門户忽悽然。春燈涙起難書夢，江楚情深怯問天。無限日車翻未得，高歌九曲不成眠。

【箋】作於萬曆三十五年（一六〇七）丁未夏初，家居。五十八歲。時爲丁此吕卒前二年。

〔揆辰俱是六庚年〕哭丁元禮序云：「右武兄同予生庚之戌，舉庚之午，友善。」

丁未浴佛日，夢蘧兒持書頗樂，且語地下成進士，嘆笑久之，覺而成句

萬卷都拋作紙錢，傷心才在數人前。黄泉尚有書生業，同學誰登第六天？

【箋】

作於萬曆三十五年（一六〇七）丁未四月八日，家居。五十八歲。

即事呈王太蒙憲伯二首

蠟炬通宵坐綺筵，樓頭星火正中天。南州已作清涼境，秋月冰壺十五年。

月照龍沙水氣清，籠燈破碎引前行。紫薇堂上沙堤客，長見丹心徹裏明。

【箋】

作於萬曆三十五年（一六〇七）丁未，作客南昌。五十八歲。王佐字翼卿，一字泰蒙。浙江鄞

縣人。湯氏同年進士、萬曆二十一年任南昌知府，歷副使、參政、按察使(憲伯)、布政使，至此首尾十五年。「紫薇堂上」關合布政使也。

古意送王太蒙東粵五首

日涉境何常？善代理難一。衡波日以移，真意稍流失。淒風感絺綌，世樂倦琴瑟。豹飾豈無人，羔羊非此質。

質清寧近名，我友真人英。被服必儒素，退食少餘贏。道遠室人嘆，齋居童僕貞。環觀滄海資，熒熒開四明。

明明海上霞，矯矯雲中鵠。清人常宴舒，墨吏時迫束。非止峻公方，相於雅由俗。尚有典型人，心知式如玉。

心知誰不然，出牧今旬宣。節鎮久人望，物色新時賢。每聞三事虛，常爲九伯先。嶺海復何意，庶以清炎煙。

炎煙依我友，秋風惜攜手。天池萬里心，沙城一盃酒。物情自可見，素絲足回首。來往必章門，離離候南斗。

【箋】

作於萬曆三十五年（一六〇七）丁未，作客南昌。五十八歲。實録云今年七月，江西右布政王佐轉廣西左布政。「江西右布政」右當作左。據同書去年二月王佐已轉左。題目東粵當作西粵，或實録廣西爲廣東之誤。

〔沙城〕南昌。

〔章門〕南昌。

【評】

沈際飛評末首三、四二句云：「唐音。」

送胡瑞芝開府貴州。公美容温度，前以平播功賜一品服，及之

楊柳青絲繫玉壺，相看那得便長驅。天閑奉御收龍種，邀道將軍佩虎符。節鎮

舊移川北好，干旄曾過水西無？年年繡服春風裏，今日麒麟見畫圖。

【箋】

作於萬曆三十五年（一六〇七）丁未九月，家居。五十八歲。據實録，是月陞湖廣左布政使胡桂芳爲都察院右副都御史巡撫貴州，兼督理湖北、湖南、川東等處地方軍務。又據撫州府志卷五一，桂芳號瑞芝，金谿人。

【評】

沈際飛云：「官樣。」

聞李伯東使君報推河南薇省，喜見乎詞，微有將離之感矣二首

高遷來賀意悠悠，三載章江許再留。要得望雲兼近日，中州真作勝南州。

河洛青雲氣色濃，法星江上嘆猶龍。依枝欲繞三株樹，掣袂還過五老峯。

【箋】作於萬曆三十五年(一六〇七)丁未九月前後,家居。五十八歲。李伯東名開芳,是月由江西按察使陞本省右布政使。訛傳當由此而起。

【評】沈際飛評第二首結句云:「如題。」

送金谿丁明府北徵,暫歸宜興

六年徵拜詔書遲,千里襜帷士女悲。暫借刑名推長者,終拚意氣答明時。褰帷欲佇雲林色,襆被徵開善卷祠。郎位一星休更徙,名賢多在白雲司。

【箋】丁明府名天毓,宜興人。萬曆二十九年(一六〇一)進士。見撫州府志。詩當作於萬曆三十五年。

見改竄牡丹詞者失笑

醉漢瓊筵風味殊，通仙鐵笛海雲孤。總饒割就時人景，卻媿王維舊雪圖。

【箋】

〈牡丹詞〉即牡丹亭傳奇，作於萬曆二十六年（一五九八）。詩當作於萬曆三十五年沈璟改牡丹亭爲同夢記之後。

【評】

沈際飛云：「不是怙短，卻怪點金作鐵者。」

東莞鍾宗望帥家二從正覺寺晚眺，讀達師龕巖童子銘三絶，各用韻掩淚和之，不能成聲

天花拂水向城隅，八歲西兒爪髮殊。解道往生成佛子，偶然爲父泣遺珠。

達公金骨也塵沙，萬古彭殤此一家。恰是鍾情渾忘卻，十年紅淚映袈裟。

無情師印有情文，水點軍持滴路墳。止是金環何用覓，月明吹笛逕山雲。

【箋】

作於萬曆三十六年（一六〇八）戊申，家居。五十九歲。詩云「十年紅淚映袈裟」，去西兒之殤首尾十年。

宗望留臨川三年。

〔帥家二從〕同里友人帥機之子從升、從龍。

〔正覺寺〕在臨川文昌橋東湯家舊宅附近。

〔達公金骨也塵沙〕達觀於三十一年冬死於北京獄中。

〔逕山〕當作徑山，在浙江餘杭西北五十里，達觀瘞骨之所。

【評】

沈際飛云：「妙在有情無情之間。」

宗望酒中言別二首

三秋一日見歸期，忍淚河梁步欲遲。更向章門一盃酒，暮雲秋色過江時。

久客逢秋心易傷，新聲還此盡離觴。休將半路梅花嶺，夢斷相思玉茗堂。

【箋】

同前詩。

九日聞鍾宗望文昌橋畔思鄉二首

自作新橋俯碧湍，曾無高客淚闌干。何來嶺外思公子，露泣夫容怨蛩寒。

臨水登高秋復秋，二從相嬭好遨遊。不應幾滴黄花酒，拉向新橋作淚流。

【箋】

同前詩。

〔自作新橋俯碧湍〕時適撫州知府蘇宇庶修橋成。據府志。

【評】

沈際飛評第二首末句云：「雅謔。」

送宗望四首

池上新歌繞翠盤，石梁斜月帶征鞍。初歸嶺外無炎熱，飽向江鄉承露寒。

玉茗池頭燈燭光，芙蓉清露濕衣裳。思君獨向章門去，八月乘槎牛斗旁。

何處清光不可留，亂帆楓葉最宜秋。非因久客無知己，公子年來欲倦遊。

每逢相見即依然，公子思歸鴻鴈天。嶺外夢魂江上月，不堪今夕是離筵。

【箋】

同前詩。

【校】

〔玉茗池頭燈燭光〕燈，沈本作「銀」。

【評】

沈際飛評第二首第二句云：「恨人道過。」

八水庵作劇送宗望口號二首

送客庵頭秋思微，蒲團初地亦依稀。看他昏散成何用，且借天花落舞衣。

離情幾日更匆匆，千里蕭條得二從。玉茗池頭秋色裏，可能三度見芙蓉？

【箋】

參看前詩。

十年後，平昌士民齎發徐畫師來畫像以祠，遺之四首

好手高情徐侶雲，大兒能似李將軍。神明妙處今何有？卻遣丹青混使君。

華閣。

雪殘寒日映江干，畫到歸鴻目送難。恰憶清華舊山水，五紘容易不曾彈。縣有清

地僻汪樓有鴈聞，長林歸夢雪紛紛。心知遠意宜丘壑，縣社何由畫陸雲？

偶爾朝臺竟不還，吏民相問好容顔。都應畫與江湖意，闊落雙鳧雲影間。

【箋】作於萬曆三十六年（一六〇八）戊申，家居。五十九歲。此詩記爲湯氏畫像而有年代可考，早於此者爲本書卷一八熊墨川寫真秣陵（一六・三五）所記，時在南京任官，本書卷二一潯陽送畫者（一七・一二五）亦爲寫真作，年代無考。今所傳清道光十八年戊戌（一八三八）江都陳作霖摹本可能所依據之真本即爲以上三者之一，與湯氏及其友人所述形像略同，彌足珍貴。四十年前承俞平伯先生贈以攝影一件，今俞老已歸道山，原畫不知是否仍在人間，爲之慨然。

〔偶爾朝臺竟不還〕萬曆二十六年，湯顯祖以遂昌知縣往北京上計，即棄官而去。

【校】〔恰憶清華舊山水〕山，原本誤作「出」。據沈際飛本改。

【評】

沈際飛評第一首云：「渾雅。」

寄平昌時葉諸生，爲護鄭太守碑金石之文也二首

歸去來兮二十年，門前五柳鬱參天。當初亦解栽桃李，愁見春花隔暮煙。

報願鐘聲接署香，夢魂常發瑞牛光。鄭公文字諸生禮，時一看碑到射堂。

【箋】

姑附前詩之後。據前詩十年後平昌士民齎發徐畫師來畫像以祠遺之及鄭懷魁任處州知府年月，首句「二十年」有誤。鄭懷魁作有遂昌相圃生祠畫像記，今存遂昌縣志卷一。所云「鄭太守碑金石之文」指此。

〔報願〕寺名，在遂昌城内。湯顯祖任知縣時在寺内建有鐘樓。

〔瑞牛〕一名瑞山，又名眠牛山。在遂昌附郭。

【評】

沈際飛評第二首結句云：「妙在直說。」

戊申首夏初夕，夢爲何國長恐懼搜索，背人作書生誦哀公問政章，醒而成韻

役夫當夕夢爲王，丹穴初醒愁詎央？便作蒲蘆能問政，不應圖畫到高昌。

【箋】

作於萬曆三十六年（一六〇八）戊申四月，家居。五十九歲。

送葉納廷令福山歌

池上芙蓉枝，臨流映高潔。豈不懷清霜，幽意自相悦。周旋未云久，忽此新橋別。江南氣猶燠，度淮天欲雪。今去何當行路難，前來止坐催科拙。詔書絡繹行催科，縣官踏促當如何。男兒不肯負心仰天嘆，河陽海曲長奔波。我昔彈琴括蒼曲，十載田園媚松菊。稚子告予君欲行，忽忽鳴騶思出谷。把酒搔頭臨近關，鴻鴈天高叢

菊班。年來有興蹈東海，與君一望三神山。

【箋】

或作於萬曆三十六年（一六〇八）戊申，家居。五十九歲。詩云「我昔彈琴括蒼曲，十載田園媚松菊」，湯顯祖自遂昌知縣罷任適已十年。

【校】

〔前來止坐催科拙〕止，沈際飛本作「正」。

答陸君啓孝廉山陰 有序

某學道無成，而學爲文；學文無成，而學詩賦；學詩賦無成，轉而學道。終未能忘情所習也。意鄉國士裁得以鄉國士相友，或未敢與論天下之士。常偶一憤憤，欲出於其鄉，承下風於四方之殊才，而疵賤已久，羸蹶日增，行路之難，今世爲甚，安得四出而望見其人，其人又安肯坐而爲某來者！某府君至，忽授以山陰孝廉陸君啓良書。大雅之辱，爛焉千言。引重過至，猝而受之，惶愧泚汗。已復驚喜自疑，豈天下士而亦何(可)以一鄉之士友耶！遊未能出其鄉，而天下士乃肯爲我先而至者，古誠有之，何以得此於今！此君蓋有意乎古人，非今人之爲文而已者。譚文家之病，皆非有餘，而于不足然矣。思而陰不足于陽，韻而陽不足于陰。自唐四傑後，卒以不足病，無有餘者。至于文之質，生而已成。虎豹之皮，虹霞之色，不借質于犬羊霾曀必矣。陸君體能文之質，了然于後人之所不足，必曠然于前人之所有餘，誠從下風得時窺制作，用以發舒衰羸之思畢矣。赤水珠亡，京山璧在，陸君勉之。

幼志在詩書，吟咿不去口。辨稍窺文賦，名已出户牖。坐此實空虛，學殖未能久。文家雖小技，目中誰大手？何李色枯薄，餘子定安有？國初開日月，龍門實維斗。魚珠取何泣，蟲絲足于嘔。有大聊可觀，無微亦當醜。澹如星漢垂，縟若煙波走。天機常内斡，神明非外守。翕忽動生氣，鮮芳綴微糅。此中誠獨知，衰齡半百九。行嘆昔人先，常思我躬後。不謂崑山姿，千里漏瓊玖。興激山河親，意愜風雲受。孝秀始無前，羸悴肯相友。長卿已乘化，雲杜欲稱叟。念此發悲涕，何時一杯酒。托契良在兹，深心延不朽。見子成大名，江湖方矯首。

【箋】

作於萬曆三十六年（一六〇八）戊申，家居。五十九歲。據詩「衰齡半百九」定。

〔陸君啓〕名夢龍。萬曆三十八年（一六一〇）進士。見江西通志卷一二七。

〔赤水珠亡〕屠隆號赤水，三十三年（一六〇三）卒。後詩「長卿已乘化」，長卿，屠隆字。

〔京山璧在〕李維楨，京山（今屬湖北）人。時已六十餘。後詩「雲杜欲稱叟」，雲杜在湖北沔陽西北，亦指李維楨。屠、李俱列名於末五子，爲王世貞後七子之羽翼，而兩人與湯顯祖之私誼則甚篤。

〔何李色枯薄〕何景明、李夢陽爲前七子領袖，主張文必秦漢，詩必盛唐。爲湯顯祖所不滿。

〔龍門實維斗〕宋濂字景濂。浦江人。明初著名散文作家。元末不仕，曾讀書龍門山中。沈際飛評云：「咄咄，臨川獨推崇宋景濂先生，以其文質而古，不描頭畫角也。」

【校】

〔自唐四傑後，卒以不足病〕卒，疑當作「率」。

【評】

沈際飛評「天機」句云：「如此二句，文不易作。」

聞滇貴道阻問瑞芝中丞二首

金沙原與蜀通津，路出黔陽千里塵。何事不教東一綫？蘭滄千古爲他人。

鬼氣臨參不肯降，時時兵甲問南邦。天開貴竹當雄楚，地擁西臺接麗江。

【箋】或作於萬曆三十六年（一六〇八）戊申，家居。五十九歲。明史神宗本紀云：去年十二月「金沙江蠻阿克叛」，今年「九月甲午四川巡撫都御史喬璧星奏擒阿克於東川，賊平」。瑞芝，胡桂芳字，時任貴州巡撫。

謝趙仲一遠貺八絶

漢未央宫瓦硯

銅雀臺知歲月深，未央宫瓦更難尋。風漪欲動洮河緑，雲氣長滋漢殿陰。

汧陽石魚

柳葉雙魚透石穿，辟衣香好鎮書便。不須更點隃麋墨，一寸雲根鱗鬣全。

烏思藏巧鎖

同心得似鎖心連，繆巧透蕤意已傳。但使關西人健在，有時開向九門天。

洮䩨數種

萬里洮蘭織細䩨，橐駝馳寄早衰翁。應教不向長安笑，毾㲪氍毹似日烘。

香臍

通仙枕欲夢魂安，山麝能温水麝寒。價重明珠幾千里，當門和取護香殘。

西域葡萄

葡萄別種費封題，香氣新嘗染麝臍。嘉峪關前三萬里，一時流味漢江西。

鎮番枸杞

明目輕身作地仙，殷殷紅子意相憐。不須更問西河女，活水銅鉼金髓煎。

西寧延壽果

欲扶靈壽向江天，茹菊尋芝總不僊。何得對餐延壽果，與君長似十年前。

【箋】趙仲一名邦清。真寧人。官至吏部稽勳司郎中，以忤尚書李戴，革職爲民。參看本書卷二九滕趙仲一生祠記序及卷三〇有關各文。湯趙最後一次聚首在萬曆二十六年（一五九八），而西寧延壽果結句云「與君長似十年前」，姑繫萬曆三十六年。

同于中甫兄傷右武並别六首

賢愚迴貉丘，河山思蟻壤。飄離性有適，遇合趣無爽。追憶齊年歡，粗知十年長。輕蓋排風遊，高裾集雲賞。

雲賞復風馳，出入何霏霏。鸞鴻映初采，襟期寧足揮。恒乘日用理，兼參微妙機。分拙委炎壑，晞光睇遥薇。胡爲洊風波，慷慨亦來歸。來歸既永久，得遂清言樂。美人猶在兹，達公安可作！惠風千里至，褰裳恣江閣。鬒素故無異，肥瘦乍相愕。燕慰極公私，深心向寥廓。寥廓非一端，當歌忽成泣。紛駭百年事，機牙互相襲。存者志四方，逝者據原隰。非身患仍有，將智耄恒及。引領洪崖顛，靈氛庶兹挹。洪崖不可覿，蕭峯長自清。月出浦淑遠，煙生巖户縈。中有幽人居，留連高尚情。終知不可得，流嘆以屏營。屏營亦難留，春江有行舟。摧殘素心杳，迴翔清佩悠。語嘿道方委，風雲氣何求。壯隨榮落盡，晚覺眠食優。何當泳遊左，將子復來遊。

【箋】作於萬曆三十七年（一六〇九）己酉，家居。六十歲。尺牘與于中父云：「兄在章門十餘日……庚陽古人便已三月。」庚陽丁此吕字右武。據黄汝亨寓林集卷一九祭丁右武文，是年三月八日卒於家。此詩當同年湯顯祖與于中甫南昌别時作。

〔于中甫〕名玉立。金壇人，官刑部郎中。明史卷二三六有傳。

〔達公〕達觀於三十一年十二月死於獄中。

〔洪崖不可覿〕洪崖，山名，在江西新建。此句傷右武。右武，新建人。

〔蕭峯〕當作簫峯。在江西新城。以山有異鳥，其聲如簫，故名簫曲峯。

【評】沈際飛評第二首「恒乘」二句云：「玄言。」評第三首末句云：「迥然。」又評第六首云：「深厚。」

得黄荆卿詩來爲壽

我心長有一荆卿，寶氣熒熒金斗城。更近淮南有僊藥，只將詩草賀長生。

【箋】作於萬曆三十七年（一六〇九）己酉秋，家居。六十歲。見玉茗堂尺牘之四答黄荆卿。荆卿名道日，合肥人。合肥有斗城之稱。盧州府志卷三二云：「舉于鄉，入國子監讀書，爲一時名流推賞。工翰墨，行草俱爲世所珍。」

偶觸覺華編

説着亡蘧即斷腸，十年秋夢覺華王。不應天上文章府，要得人間破錦囊。蘧夢覺華王車騎而殤。歲己亥爲我作句，己酉不復見。檢其故帙，餘錦斷爛，悲之委絕矣。

【箋】作於萬曆三十七年（一六〇九）己酉，家居。六十歲。長子士蘧卒於萬曆二十八年秋。

〔歲己亥爲我作句〕己亥爲萬曆二十七年（一五九九），湯顯祖五十歲。

喜賀閤伯成進士

少年新領帝鄉春，乃父中書一俊人。家世逃禪美衣袂，不煩人贈白綸巾。

【箋】〔賀閤伯〕「閤」當作「函」。函伯名世壽，萬曆三十八年進士。其父學仁字知忍，以鄉貢謁選，授文華殿中書舍人。丹陽縣志卷一九父子各有傳。又見東林黨籍考列傳第三十五。

庚戌初夏夢侍漳浦朱澹翁尚書奉常

東廳已老江潭客，右坐翛然海上翁。二十年來纔一夢，牡丹相向後堂中。

【箋】

作於萬曆三十八年（一六一〇）庚戌初夏，家居。六十一歲。據實録，原任南京工部尚書朱天球是年正月卒。萬曆十五、十六年任南京太常卿，湯顯祖爲其部屬。澹翁當爲天球别號。

喜陸君啓進士榮歸大越爲母馮太夫人壽二首

當年曾誤食金桃，親見雲中陸字高。壽母自傳天女籍，僊郎新着漢官袍。芝殮嶺宴逢初度，花勝宫簪映二毛。海月半天春共遠，時從西母聽雲璈。

驛下蓬萊氣色新，陸郎歸喜報慈親。元常閨法應千載，天姥晴光始六旬。玉樹臨風香繞席，碧桃承露醉宜春。心知彩袖家園裏，笑問當年懷橘人。

【箋】作於萬曆三十八年（一六一〇）庚戌，家居。六十一歲。陸君啓名夢龍，浙江會稽人。是年成進士。據江西通志卷一二七。

亡蘧庚子至今十稔秋闈矣，偶檢敝篋，得其七八歲所讀文賦，俱經厚紙黏襯，祖父前背誦再四，硃記年月重復，中有蟲蟻水跡穿爛，兩京三都斷污過半，不覺哽咽垂涕，呼蘧向中霤焚燒之，蘧有知乎？二首

忽忽垂頭雙涕垂，亡蘧剛是十年期。班張氣焰灰塵盡，説與修文地下知。

遺書出篋淚縱横，雨滴蟲傷大絶情。垂涕送書如送子，我家天醉獨焚坑。

【箋】作於萬曆三十八年（一六一〇）庚戌秋，家居。六十一歲。

〔亡蘧庚子至今十稔秋闈矣〕萬曆二十八年（一六〇〇）秋，長子士蘧往南京秋試，病卒。

題帥淑人像卷，爲陳侍御公子常州通守淳卿作

涼風吹北門，致敬來鄉縣。柱下始長生，堂中悲聖善。杯棬飲餘芬，翟衣如可見。庶連枌檟親，尚闕蘋蘩薦。桂枝滿朝陽，棘心永維霰。方此繫朝纓，猶憐故衣綫。

【箋】

〔陳侍御〕名文燧，號愚所。其子朝璋，萬曆三十八年（一六一〇）以選貢爲常州通判。見常州府志卷一三。本書卷四〇八與常州倅陳翼愚，翼愚，其别號也。

懷王觀生從霍林長安歸華嶺

太史吾家動逸羣，石蘭高館最思君。秋光映榻芙蓉水，僊氣隨車華蓋雲。婚嫁坐令山色老，笙歌長對客愁分。因思子晉僊才盛，友道寥寥伊洛聞。

【箋】

或作於萬曆三十八年（一六一〇）庚戌九月後，家居。六十一歲。據實録，是月陞右春坊右庶子兼翰林侍讀湯賓尹爲南京國子監祭酒。霍林，賓尹號。

題静菴僧卷十絶　有序

僧青陽陳氏著姓也。菴九華山下，顔之以静。黯淡而少營，清羸而善病。晚年門徒流散，車膏乏絶。平昌别去，且十五年。來臨乞食者再，無足指示者，爲題卷屬之友人廣昌黄太次。太次慧心人，當知色空普供，爲作佛事也。

侍郎書居舊吾家，三笑留人江上霞。分衛不來飢火熾，伏甌峯頂一盃茶。

一縷葡萄不再逢，敷花長伴五釵松。門徒去盡廚煙死，慚愧斜陽稻積峯。

四月迦師仍苦饑，一軀清瘦水田衣。教依食住愁難住，玉甑峯寒待汝歸。

新食纔生舊食除，一時鳴磬繞江湖。歸山要乞平田住，曾見沙囊續命無？

春來香飯施僧殘，夏罷何人到一餐。賴是西江好團墮，酥酒稗子不爲難。

寺寺開門見飯堂，獨緣心路到江鄉。鳴鐘一箸誰功德，孔雀咽中已味香。

九蓮花寺不曾開，惟見沙門數數來。未是到來貪潤益，利他心事不全灰。

米汁長流盱水涯，老僧門外即逢遮。心知獨受黄郎嚫，隨例遊行到七家。

金地廚開日又過，饑雅無分向維那。家居叢樹能相憶，城外清光不借多。

天女遺漿施病僧，如真如幻趣中含。拚書乞米江南帖，付與拈花黄石函。石函作咸音者，菴含當改藍參。

【箋】約作於萬曆三十八年（一六一〇）庚戌前後，家居。六十一歲。萬曆二十一年至二十六年，湯顯祖任遂昌知縣。

〔黄太次〕名立言，號石函。參本卷送黄太次上都。

送朱懋忠平湖

通家常擬後輝光，得子成名笑欲狂。一座郎官高列宿，十年耆舊見甘棠。江山到日春寒盡，桃李開時墨綬香。自古公才從治劇，莫輕疎懶似平昌。

【箋】作於萬曆三十九年（一六一一）辛亥春，家居。六十二歲。據平湖縣志，朱欽相字懋忠，號如容，臨川人。三十八年進士，是年授平湖知縣。其父名邦喜，字景岳。萬曆二十六年任平湖知縣。湯顯祖朱懋忠制義敘云：「余與懋忠尊人景岳先生，學同校、宦同地最久。懋忠因時時過而論業焉。」

送朱懋忠當湖

傲吏逢迎氣欲降，輕風微雨富陽江。當官正是清和節，陶令清閒卧北窗。

【箋】〔當湖〕在浙江平湖縣東門外。參看前詩。

答鄒愚公毘陵秋約二首

少壯亦如人，逶迤成白首。終焉世情外，知交復何有？忽忽遠書至，惠我若瓊玖。帶鉤水蒼碧，晶暉瑩人手。小景縟懷袖，長圖漲軒牖。經營位置清，拂捽煙雲厚。遠意動咫尺，念此盤薄久。雙詩氣色重，契闊存善誘。期我絲竹間，微言坐深酒。鄴燕久爲物，樓臥復知某。既感新知樂，肯負雲外友。春糧白露月，發興秋水後。垂老適江湖，高歌傍北斗。

脱略山海嶒，洗發煙林倩。未覺吾生後，常思昔人先。東吴不可致，眷此愚公彦。平生一字許，寸心千里見。蹇予幼多病，及老傷疵賤。文情動孤引，著作終誰擅？滔蕩自諧曲，何悟傳清宴？通不礙名理，幽將入禪變。伎隨老師作，梵雜流音囀。野興江雲秋，蕭條思會面。會面亦何常，百年心所遣。

【箋】

或作於萬曆三十九年（一六一一）辛亥，家居。六十二歲。與聞李本寧觀察湯司成嘉賓集南都欲下一晤湯旋去官有慨而作一詩當同時作。

〔鄒愚公〕名迪光，字彦吉。無錫人。官至副使，提學湖廣，罷官時年纔及强。徵歌度曲，卜築惠錫之下，極園亭歌舞之勝。湯詩所云「小景縟懷袖，長圖漲軒牖」等句，似即寫其别莊景物。列朝詩集小傳云：「隆萬間，王弇州（世貞）主文章之盟，海内奔走翕服。弇州殁，雲杜（李維楨）回翔羈宦，由拳（屠隆）潦倒薄遊，臨川（湯顯祖）疏跡江外，於是彦吉與雲間馮元成（時可）乘間而起，思狎主晉楚之盟。長卿（屠隆）遊戲推之，義仍亦漫浪應之。……彦吉沾沾自負，累見於詞章。而又排詆公安，並撼眉山，力爲弇州護法，蓋欲堅其壇墠，以自爲後山瓣香之地，則尤可一笑也。……義仍孤峭，心薄王李，鄙其尸盟，次睢之社，朱弓之祥，歸於不知何人，頷之而已，非其所屑意也。二公晚交於余，而義仍有微詞相聞，並及雲杜，詞壇争長，等於蠻觸，今皆成往劫事矣。」鄒迪光按，湯顯祖與李維楨、鄒迪光私交深，而李、鄒俱爲弇州羽翼，因而「有微詞相聞」，不足異也。鄒迪光曾爲湯顯祖作傳。

〔毘陵〕常州，無錫爲其屬縣。

【校】

〔春糧白露月〕春，原本誤作「舂」。今改正。

【評】

沈際飛評「通不礙名理」二句云：「自評其曲。」又評結句云：「從無人道出。」

與鄒愚公期秣陵晤馮元成李本寧未果

吴楚一時盡，風雲千里新。敬通初罷第，李叟未歸秦。東下意何杳，南枝心自親。同爲不死客，獨是可憐人。寄言吹律者，江上想餘春。

【箋】

或作於萬曆三十九年（一六一一）辛亥，家居。六十二歲。參看前詩。

蘧菴詩爲韓求仲作

浮言不可收，精意良有儲。日中必陽燧，月下宜方諸。世人空有心，安知情所餘。隤隤白日中，浩嘆不可除。不如藉高枕，長與神明居。懷來隔山海，夢去同菴閭。欹後偶成睡，睡久爲之蘧。試問蘧然覺，何似嗒然虚。傷心眷華胥，身世不知渠。

【箋】約作於萬曆三十九年（一六一一）辛亥，家居。六十二歲。尺牘寄韓求仲云：「忽見門下應制諸作……前作蘧菴詩草上。兹承壬子（四十年）五月書。」韓敬字求仲，去年以一甲一名進士及第，湯顯祖始讀其文，知其人。詩當作於此後，四十年前。

聞李觀察本寧湯司成嘉賓集南都，欲下一晤，湯旋去官，有慨而作二首

幽蘭千古氣横陳，流寓春傷揚子津。欲賦舊京作賓主，外臺先老翰林人。

鹿裘初染敬亭霜，江海相思雲氣長。不借風流爲祭酒，荀卿垂晚立康莊。

【箋】作於萬曆三十九年（一六一一）辛亥，家居。六十二歲。據實録，去年九月陞右春坊右庶子兼翰林侍讀湯賓尹（嘉賓）爲南京國子監祭酒，今年被斥去。

送黄太次上都

久從州縣羈，偶爾江湖放。生事鮮勤渠，朋倫或寬曠。身世杳凡存，河山輕弱喪。實少新知樂，空多舊遊悵。忽忽醉言醒，有客流高唱。情神近修雅，風徽遠駘宕。何來空谷音，都非世人相。呼兒侍清切，邀賓與玄暘。何止發藏書，直欲傾家釀。參星良夜中，十月寒江上。自言交匪今，沉冥心所向。風煙良已積，江山此彌望。蕭條沈思興，留連闕歡賞。叢蘭霜委浥，岸菊風微颺。晤言燈燭深，明發波濤壯。居焉謝孤痗，誰爲發清況？遲爾歲華滋，寒香生蕙帳。麻源殊可遊，靈妃方想像。

【箋】

或作於萬曆四十年（一六一二）壬子，家居。六十三歲。

詩云「久從州縣羈，偶爾江湖放」，時顯祖罷官已十四年，似不當如此説。然此詩若作於罷官後不久，而後詩作於是時，黄太次則又不當如此久任。此詩結句云「麻源殊可遊，靈妃方想像」，又與後詩「遂遊姑山，有所愛憐，特遲來棹」，甚相吻合。姑繫是年。黄太次十月到臨川，在湯家留住至後詩所云「立夏言别」，不可能有北京之行。題目「上都」二字必爲衍文。太次，名立言，號石函。

廣昌人。萬曆十九年舉人。謁選得睦州司李，旋攝杭州府，擢達州、遵義知府。官至福建鹽運使。著有石函集等。見建昌府志卷八。

【校】

〔題〕萬曆本無「上都」二字，當從。

〔情神近修雅〕情、近，萬曆本分別作「形」、「坐」。

〔參星良夜中〕良，萬曆本作「常」。

〔留連闕歡賞〕賞，原本誤作「償」。從萬曆本改。

〔叢蘭霜委浥〕委浥，萬曆本作「已肅」。

〔遲爾歲華滋〕華滋，萬曆本作「寒姿」。

聞黃太次計偕過別鄧直指新城，遂遊姑山，有所愛憐，特遲來棹。至閏冬仲過予，止其行，暫住芙蓉西館，立夏南旋，燕言成韻，用紀勝集云爾。十四首

道與來沙三月期，旋隨計吏一帆遲。高情欲盡麻姑語，未必將心住捨兒。

千里培風且息裝，梅花堪作歲寒香。壚頭但坐談如繡，長至重逢日更長。

小堂深燭夜光迴，法酒珍瓶萬里開。並道清霜減寒色，繡衣新向日中來。會鄧遠遊至夜集

探時惜歲暮年情，臘鼓鳴時春草生。市得黃羊清麯酒，與君聊此慶嘉平。

爆竹驚眠興未闌，明燃燈燭作交關。高朋接歲渾難事，何在離情惜指環？除夕

拜罷先祠頌老親，椒花滴酒翠盤新。春光到户迎祥入，遥見冠裳第一人。元旦

人日登高百勝宜，何人刀剪費佳期？將君好在宜春鬢，紅蕊開時更一枝。人日

偶爾聞簫逐隊行，殘燈淺笑二三更。朵城風物何如此，煙月長橋似太平。朵城太平橋盱物在焉

燕子纔飛春欲分，柳絲新雨帶微醺。何人最是停針綫，未必思君獨細君。社日

百花風雨淚難銷，偶逐晴光撲蝶遥。一半春隨殘夜醉，卻言明日是花朝。花朝

癸丑年逢今暮春，繞塘流水吐庚辛。超超一夜談名理，玉茗斟蘭是此人。上巳

餳粥鷄毬興不無，冷淘清酭暮煙餘。非關舊火收槐燧，自是輕寒戀竹廚。寒食

清和十日竟春陽，人爲春歸送底忙。江半石尤山寺曉，可無殘夢到西堂？立夏言別

昨朝春雨問行舟，好借春歸作漫遊。不知何處催歸急？油壁車邊避石尤。問舟從陸戲之

【箋】

前五首作於萬曆四十年（一六一二）壬子，六十三歲；後九首詩作於四十一年（一六一三）癸丑，六十四歲。家居。

〔鄧直指〕名渼，字遠遊。建昌新城人。萬曆二十六年進士。先後任浦江、秀水、内黄知縣。徵授河南道御史。官至順天巡撫。著有留夷館、南中、紅泉諸集。見静志居詩話卷一六。

〔新城〕在臨川東南。

〔姑山〕在臨川東南南城縣。

〔芙蓉西館〕在臨川湯家玉茗堂内。

〔朵城太平橋〕在臨川，勾闌所在。

【評】沈際飛評第九首末句云：「體貼妙。」評第十一首第二句云：「何用干支字面。」又評第十三首云：「幽活澹和。」

寄贈分宜李淮南明府奏最

久辭雲漢絶通津，千里餘光恰照鄰。僊舃候占朝朔遠，微陽江動楚萍新。風煙入望能忘興，湖海論交必有神。傳道淮南續招隱，宜春春酒正宜人。

【箋】或作於萬曆四十一年（一六一三）癸丑，家居。六十四歲。據分宜縣志卷六，李茂英，寶應人。萬曆三十九年任分宜知縣。下任四十二年接替。

癸丑火，書畫盡燬，失去褚蘭亭爲軼，思萬乘之力有不能存所寶，亦復了無恨耳

古瘦今肥自不倫，水衣風帶共成塵。拚教換與梨花折，未必吾家有世臣。

【箋】

作於萬曆四十一年(一六一三)癸丑,家居。六十四歲。

鬱儀從龍寄示褉詩,懷舊張丁二公作二首

王孫選客稱清懽,羽爵成詩遠寄看。折取杏花樓畔醉,禰人愁緒祓除難。

風物長宜章水濱,重逢癸丑莫之春。詩成欲序蘭亭恨,相國參知是昔人。

【箋】

作於萬曆四十一年(一六一三)癸丑三月,家居。六十四歲。時故相張位、前浙江副使丁此呂已先後卒。

〔鬱儀〕皇族,矐王之後人。名謀墇。所著易象通,湯顯祖爲之序。

〔從龍〕同里友人帥機之次子。

癸丑四月十九日分三子口占

分器不分書,聊以惠羣愚。分田不分屋,聊以示同居。

【箋】作於萬曆四十一年（一六一三）癸丑四月，家居。六十四歲。

【校】〔題〕占，沈本、原本誤作「百」。

送徐鍾汝守莆

萬里雲開五馬行，一時風雨駐高旌。人遥白下通來往，家近南州失送迎。到郡自憐冠蓋美，還鄉真作錦衣榮。因公漲海銷炎暑，六月莆塘對國清。

【箋】作於萬曆四十一年（一六一三）癸丑，家居。據莆田縣志及題名碑録，徐鍾汝名穆，原籍貴州銅仁，遷居江西臨川。萬曆二十九年進士，今年陞興化（莆田）知府。

笑語華山道者

往歲彭城欲降麻，仙官八百走龍沙。今秋又拜延陵相，天下紛然來謁華。

【箋】

作於萬曆四十一年（一六一三）癸丑，家居。六十四歲。

〔延陵〕指吴道南。是年九月服闋，即家拜禮部尚書兼東閣大學士預機務，命行人楊嗣修促道南起程。吴於四十三年五月始入京。以上據實録。

聞瞿睿夫尚留章門，睠然懷之六首

四十年前燕市驚，蒼茫重見豫章城。不知流寓千年後，得似長沙與正平。

才士傾家足著書，白頭扶病向江湖。毵髿唳鶴迷煙裏，莫作秋風旅鴈呼。

少壯縱横似不貧，白頭還是債隨身。獨憐慨慷投心地，欲作支離掉臂人。

坐起東湖湖上雲，百年流落幾相聞？争教下榻容他士，且作竹樓留此君。

江楚曾無千里遥，黄梅道暍正今朝。相看不得同貧病，别後魂傷何處招？

道情難逐世情衰，滿目傷心泣向誰？不分更逢飢鳳語，琅玕零得兩三枝。

【箋】作於萬曆四十二年（一六一四）甲寅，家居。六十五歲。據沈氏弋説湯顯祖序定。參看玉茗堂尺牘之五復瞿睿夫。

【評】沈際飛評第三首第三句云：「幽憤。」

九日答王天根

湘騷長分見無因，千古談交得遇旬。堂上燭花偏俊客，江邊雨雪正離人。初悲卧病江湖遠，猶憶探春洞浦新。舊俗龍山高興盡，終朝采菊爲誰親？

【箋】作於萬曆四十二年（一六一四）甲寅，家居。六十五歲。天根名啓茂，湖廣石首人。尺牘卷五復門人王天根云：「扇頭詩宛有深情，貪和志感。」此即和詩也。參袁中道珂雪齋遊居柿録今年四月八日日記。

奉答石楚陽

晴雪初霏木葉紛，遠憐同病得相聞。衣簪正渴黄梅雨，枕簟常思廬嶽雲。壯氣一官成自免，暮情千里更何云。箋詩閉閣渾閒事，長伴漁樵到日曛。

【箋】

〔石楚陽〕名崑玉，曾任蘇州知府。詩當作於萬曆四十一年至四十三年，楚陽任大同巡撫時。姑繫萬曆四十二年。尺牘之五與饒三明引楚陽來詩云：「漢家有隱終難讓，未必箋疏老一經」。

哭婁江女子二首 有序

吴士張元長許子洽前後來言，婁江女子俞二娘秀慧能文詞，未有所適。酷嗜牡丹亭傳奇，蠅頭細字，批注其側。幽思苦韻，有痛于本詞者。十七惋憤而終。元長得其别本寄謝耳伯，來示傷之。因憶周明行中丞言，向婁江王相國家勸駕，出家樂演此。相國曰：「吾老年人，近頗爲此曲惆悵！」王宇泰亦云，乃至俞家女子好之至死，情之於人甚哉！

畫燭摇金閣，真珠泣繡窗。如何傷此曲，偏祇在婁江？

何自爲情死？悲傷必有神。一時文字業，天下有心人。

【箋】

或作於萬曆四十三年（一六一五）乙卯，家居。六十六歲。玉茗堂選集文集錢謙益序云：「吾友許子洽氏以萬曆乙卯謁義仍先生於臨。」子洽名重熙。常熟人。據詩序，詩當此年作。

〔張元長〕名大復。崑山人。著有梅花草堂集。梅花草堂集卷七俞娘條所記與此詩小序略同，但一作二娘，一作三娘爲異耳。中有云：「吾家所録（俞三娘批牡丹亭）副本，將上湯先生。謝耳伯願爲郵，不果上。」耳伯，名兆申，字伯元。福建邵武人。見福建通志卷六一。湯顯祖曾爲其麻姑遊詩作序。

〔周明行中丞〕名孔教。臨川人。萬曆八年進士，曾任臨海知縣，累官應天巡撫。撫州府志卷五一有傳。

〔婁江王相國家勸駕〕明史卷二一八王錫爵傳云：「三十五年廷推閣臣。帝既用于慎行、葉向高、李廷機，還念錫爵，特加少保，遣官召之，三辭不允。」錫爵，太倉人。

〔王宇泰〕名肯堂。金壇人。明史卷二二一有傳。

【評】沈際飛評云：「女子善能傳人。王渙之雙鬟發聲，宋之問眼（昭）容片紙，千古定評。何也？心空而眼慧也。」又云：「此本（俞娘評本）惜不傳。」又評詩云：「臨川未知有今日之共嗜也。」

得吉水劉年侄同升書喟然二首

悽然來問病，滿紙不勝情。異日西州慟，餘生識晉卿。
文情不厭新，交情不厭陳。能存先昔友，留示後來人。

【箋】或作於萬曆四十三年（一六一五）乙卯前後，家居。六十六歲。
〔劉年侄同升〕字晉卿，湯顯祖同年進士劉應秋之子。顯祖曾以女字之，未婚而女卒。

【校】
〔題〕沈本作「劉晉卿年侄來問疾」。
〔異日西州慟〕慟，原本、天啓本誤作「動」。

【評】

沈際飛評第二首前半云：「名言。」

送李孺德二首

何日承凶問？君來自吉州。可憐繐帷客，不作錦衣遊。

我自慟吾親，因君倍愴神。十年師弟子，千古吉州人。

【箋】

作於萬曆四十三年(一六一五)乙卯春，家居。六十六歲。去年十二月二十一日，顯祖母卒，今年正月十一日父死。

送徐壻德胤二首

宛爾東海彥，快此中山壻。百歲俯鸞凰，千秋仰騏驥。

拜門來問病，相見即依依。安得僊人杖，乘龍見汝歸。

【箋】或作於萬曆四十三年(一六一五)乙卯前後，家居。六十六歲。

病中喚主人翁

尋常作使汝，不容宅中立。今日喜翁歸，作使亦何益。

【箋】同前詩。

貧老嘆

一壽二曰富，常疑斯言否。末路始知難，速貧寧速朽。

【箋】同前詩。

負負吟 有序

予年十三，學古文詞于司諫徐公良傅，便爲學使者處州何公鏜見異。且曰：「文章名世者，必子也。」爲諸生時，太倉張公振之期予以季札之才，婺源余公懋學、仁和沈公楠並承異識。至春秋大主試余許兩相國，侍御孟津劉公思問，總裁餘姚張公岳，房考嘉興馬公千乘、沈公自邠進之榮伍，未有以報也。四明戴公洵、東昌王公汝訓至爲忘形交，而吾鄉李公東明、朱公試、羅公大紘、鄒公元標轉以大道見屬，不欲作文詞而止。睠言負之，爲志愧焉。

少小逢先覺，平生與德鄰。行年踰六六，疑是死陳人。

【箋】

作於萬曆四十四年（一六一六）丙辰，家居。六十七歲。

〔何公鏜〕麗水人。曾任進賢知縣、江西學政。見玉茗堂詩與麗陽何家昆仲。

〔張公振之〕時任撫州同知。見撫州府志。下同。

〔余公懋學〕時爲撫州推官。

〔沈公楠〕時爲南昌推官。見南昌府志。
〔余許兩相國〕余名有丁，許名國。萬曆十一年（一五八三）春試考官。見實録第三七七册。
〔劉公思問〕隆慶四年江西鄉試考官。據問棘郵草奉寄劉中丞座主詩。
〔張公岳〕隆慶四年江西鄉試考官。見玉茗堂詩蓮池墜簪題壁詩序。
〔馬公千乘〕隆慶四年（一五七〇）江西鄉試房考。據玉茗堂尺牘之四上馬映台先生。
〔沈公自邠〕萬曆十一年（一五八三）春試房考。據玉茗堂賦之四酬心賦序。
〔戴公洵〕萬曆八年（一五七八），湯顯祖遊學南京國子監，戴爲祭酒。見玉茗堂文之四太學同遊記。
〔王公汝訓〕湯顯祖任遂昌知縣時，王爲浙江巡撫。明史卷二三五有傳。
〔李公東明〕號勿齋。臨川人。理學家。據撫州府志。
〔朱公試〕字以功。江西南昌人。師從章潢，未受官卒。見江西通志卷一三八。
〔羅公大紘〕江西吉水人。明史卷二三三有傳。

訣世語七首 有序

僕老矣。幸畢二尊人大事。苦塊中發疾彌留，已不可起。慎終之容，仍用麻衣冠草履以襲。厝二尊人之側，庶便晨昏恒見。達人返虛，俗禮繁窒。怪之，恨之。恐遂溘焉，先兹乞免。遂成短絶，用寄哀鳴。

一 祈免哭 生平畏聞哭聲。兒女孝敬，自有至性，不可强也。慎無倩哭成禮。

善哭已無取，佞哀非所懷。帷宫都遏密，偏覺有餘哀。

一 祈免僧度 僧舊在門下者，無煩俗七。兒輩持半偈齋僧，念心經數週足矣。

便作普度事，都無清净僧。灑水奉心經，聊爲破暗燈。

一 祈免牲 肉食而鄙，六十七年於斯矣。殺業有徵，報何所底？每見牲奠，腥污塗藉，大非清虚所宜。乞哀媚遊，幸免牲命，止求蔬水見遺。非徒省穢存潔，亦大爲鄙人資冥福也。更煩屠宰到門不預乞免者，子爲不孝。

豕首高刺天，羊子隨墮地。何當魂魄前，作此不净事？

一 祈免冥錢 奠者楮幣相見，無煩金銀山錠等物。

生不名一錢，自分作窮鬼。峨峨金銀山，不如一端綺。

一祈免奠章 人生而僞，聞譽則悦。既反而真，聞諛則赧。往見奠章，誇揚爛熳。長跪高誦，兩爲失體。竊不自揣，代中表門生預爲數語，無煩登軸，第書素紙，奠畢焚之，殊覺雅便。萬乞俯從。

維某年某月日，某某祝曰：「惟靈歸虚返真，顧在知媚遊，良深悲悼。兹陳素筵，附於蘭菊，用妥靈心。嗚呼上饗。」

不煩奠者苦，我代作斯文。昨日已陳迹，今日復何云？

一祈免崖木 化者須材，沙木堅厚爲度，崖不足眩也。至囑，至囑。

千祀同一土，隨宜集沙板。闊崖無厚質，虚花誑人眼。

一祈免久露 地形取遠所忌，無久留。

世故不可測，隨在便安置。借問地上人，安知地中事。

【箋】

作於萬曆四十四年（一六一六）丙辰，家居。六十七歲。

【評】

沈際飛評序云：「大破結習，覺考亭家禮爲繁。」評一祈免僧度云：「亦刺。」評一祈免冥錢云：「風刺。」評一祈免奠章云：「確甚，妙甚。」又云：「如此奠章，千古擲撲不破。不但死者無愧，更省乞文製章之費。奢救以儉，宜著爲令。」評一祈免崖木云：「速朽遺意。」又評一祈免久露云：「達哉，達哉。」

忽忽吟 此苦次絶筆，在丙辰夏杪望日。

望七孤哀子，煢煢不如死。含笑侍堂房，班衰拂螻蟻。

【箋】

作於萬曆四十四年（一六一六）丙辰六月十五日，逝世前一日也。六十七歲。題後小注一行似非原有，或係其子補加。

【校】

〔題〕沈本題下有原注「答門人甘伯聲」六字。

【評】

沈際飛評後半云：「至性。」

湯顯祖集全編詩文卷一七　玉茗堂詩之十二

詩一百二十首　一五九八——一六一六，四十九歲——六十七歲。作於棄官家居後，年月不詳。

龍沙宴作贈王翼卿大憲

四明山海姿，公才發葱蒨。英英霞表雲，睒睒巖際電。都水從以清，太府政猶擅。遂秉北垣法，一視南州彦。道豈青矜闕，風從蘭茝變。文章既在兹，典刑復誰先！趨風大憲府，就日禪林燕。大雅揚濁清，深心及疵賤。江遠暮帆急，坐寂流鶯囀。恒沙虚靄微，定沼空明炫。真風良可挹，沉憂苦難遣。看君凌霄骨，流光開寓縣。西笑及斜陽，長安安可見？

【箋】

〔王翼卿大憲〕名佐，一字泰蒙。浙江鄞縣人。顯祖同年進士。萬曆二十一年（一五九三）任南昌知府，累遷督學、副使、參政、按察使、右布政使、巡撫，在江西凡二十餘年。見江西通志卷一二七。又據實録，萬曆三十五年七月自江西右布政使陞廣西左布政使。龍沙指南昌。

【評】

沈際飛評「坐寂流鶯囀」句云：「（前）二字人不知。」

憶王太蒙岳伯過家便度嶺二首

江西風景足旬宣，嶺外山河又一天。自是君心比秋水，世間空有石門泉。

便道東還滄海期，秋風積水借天池。君家最近紅蓮府，獨自婆娑青桂枝。

【箋】

〔王太蒙〕見前詩。

題李伯東觀察玉嶺詠竹詩後

君家佳兄弟，風義雅相熟。列宿懸高天，相望限川陸。清霜炎嶺外，石門泉氣肅。扶摇江以西，過我棲靈谷。堂流雅歌韻，路與椒蘭馥。駟馬芝城來，一飯鍾陵宿。玉嶺夜生白，翰墨泠修竹。輕綃點染後，煙皋坐如沐。以君雲漢心，澹我瀟湘目。

【箋】

〔李伯東〕名開芳。福建永春人。任江西按察使。見江西通志卷一二七。實録云，萬曆三十八年（一六一〇）三月陞江西按察使李開芳爲本省右布政使。詩當作於此前。其從弟開藻，官江西提學使。

【校】

〔輕綃點染後〕綃，原本、天啓本誤作「稍」。

書瓢笠卷示沙彌修問三懷

年年長干遊，日日長干寺。臺殿有風神，園廚各清異。活水新茶出，午鍾香飯至。茁哉三住持，覺我瘦慚愧。遺恨窣波毀，江山缺臨視。休官熱惱路，别酒清凉地。座有三懷笑，聊爲一舒臂。忽忽十年外，塵集老身器。恨未發心猛，何得究竟智？逢僧劣供養，見佛長悲淚。念與紫柏師，獨受雨花記。人亡少方便，事往多零悴。但見長干僧，動我長干意。苾蒭汝何來？清標語柔致。自言有生役，從師遠江市。航頭白團扇，曲中紫檀墜。白團奉清暑，諸香與行廁。軸卷如長雲，上有瓢笠字。有瓢不乞食，有笠不沾髻。不浄蜣螂中，那取蘇合施？傳聞塔新湧，報恩燈復熾。豈非最勝業，未是奇特事。東歸見耆宿，問我心何寄？經典欲無學，歌舞時作技。嘗參道林道，難忘誌公志。昨夢與懷人，同乘鹿車戲。

【箋】

〔念與紫柏師，獨受雨花記〕湯顯祖在南京雨花臺高座寺受記於紫柏禪師。師名真可，字達觀。受記是一佛教儀式，又名受莂，由佛受當來必當作佛之記别也。

喜小江饒翁榛六十

中春步遲日，南榮望東里。何意竹林塘，乃有隱君子。結根既喬木，成蹊自桃李。寬兮長者容，樸爾先民軌。屈色少冠蓋，醉語或玄史。時因采藥行，每聽吟詩喜。榮枯四十載，吴越三千里。過從常日夕，留連在山水。靄靄春洲紅，曄曄秋山紫。樂郊多種樹，清睡時隱几。物知肥遯貴，道以觀頤美。方爲少者期，含哺老人子。

【評】沈際飛評「物知」二句云：「有此兩句，全首神王。」

送余成輔歸清流。成輔遠遊求應世之技，而好語清狂，勉之

客從臨汀來，長流氣清穩。登蹻古人事，行色千里遠。念子來何遲，吾生倏已晚。采秀違春蹊，搴蘭及秋畹。淅淅草蟲嘆，幽幽白雲返。風霜遊子衣，蒲稗客中

飯。晤言深贈策，時清動懷卷。雅志在山王，無爲慕嵇阮。

【評】

沈際飛評「淅淅」數句云：「清而腴。」

陸元白岳伯宴作

長安曾滿堂，良儔秀瞻矚。風神傾一座，微言謝氛俗。揖别知不忍，托交心所欲。摇落三千載，舉翅見黄鵠。薇垣限清切，鍾球未可觸。乃知君子心，風義一何篤。樓觀動蒼遠，巾帶時一束。夜寒風雨深，涓涓注醽醁。其政則米鹽，其心則冰玉。坐惜懽時晚，起嘆更籌促。感君清以凝，將歸調玉燭。我覯不可常，何由奏心曲？

【箋】

〔陸元白〕名長庚。浙江平湖人。萬曆三十年（一六〇二）至三十七年任江西參政。見江西通志卷一二七。

【評】沈際飛云：「陶韋風味。」

贈舊盱守吴淞張伯常觀察並懷馮公時可

昔飲神姥井，常眠簫曲峯。鷄犬天中鳴，煙墟雲外春。良哉二千石，煙膏盈四封。一葦臨川城，遡回安可從？春風吹豫章，燕眺承清容。授以華亭篇，披豁生微悰。素若月窺篠，蒼如露滴松。江静散霞綺，巖虚出雲重。寂寥僧磬間，時一聞歌鍾。馮公括蒼時，揮灑興何濃？淡迹到黔越，開心見吴淞。長吟滄海間，雲中成二龍。

【箋】〔張伯常〕名恒。蘇州嘉定人。萬曆八年（一五八〇）進士。知茶陵、興國二州。入爲刑部員外郎。出知饒州府，再知建昌（盱）。官至太常少卿。著有明志稿。見静志居詩話卷一五。〔馮公時可〕字元成。華亭人。隆慶五年（一五七一）進士，曾官處州（括蒼）同知、浙江按察使。著有超然樓集。見静志居詩話卷一五及玉茗堂文之三超然樓集後序。實録云，萬曆四十二年七月準貴州提學副使馮時可致仕。三十七年七月以廣東僉事馮時可爲雲南右參議，次年六月又以廣東僉事馮時可爲南京右參議。詩當作於此後。越，通粵。

【校】

〔煙墟雲外春〕春，原本誤作「舂」。據天啓本改。

平昌射堂再葺，喜謝掌故烏程孫見玄先生

緊予爲射堂，精華氣相迫。列宿亘環互，三垣烱可摘。時來風候清，如窺月巖隙。宫墻及諸子，樓觀滿六籍。空知朋好求，誰爲我躬惜。猗與孫夫子，三嘆撫陳跡。攄精動維斗，決胸開震澤。章甫越人路，絲竹靈光宅。相於絃誦晨，晤彼文尊夕。同人習坤静，大壯晞乾闢。井逕虹蜺生，户牖風雲積。徒用感斯文，無因佐于役。戢戢魯諸生，何時射鄒嶧？

【箋】

作於遂昌知縣罷任後，家居。

〔孫見玄〕名楙昭，舉人，任遂昌教諭。見遂昌縣志。

【校】

〔大壯晞乾闢〕晞，原本誤作「睎」。據天啓本改。

【評】

沈際飛評「同人」二句云：「初唐有此等經語，畢竟是陳隋滯氣。」

東作懷周緜貞明府南昌

達人貴濟世，知音常苦稀。陶潛覺今是，蘧瑗悟昔非。雖云息交樂，終悲懷卷違。蘭陵賦雲物，郊干眷旟旂。我有良友人，傾筐佇前輝。氣茂神理清，襟虛言笑微。心賞暫所悅，目成良可睎。握別動盈歲，從游霜雪霏。燈燭醉餘寒，蒸樵飫朝饑。鸞鶴從西來，山水當鳴徽。聊爲朝夕言，忘吾天壤機。歲晏難久淹，車馬送言歸。歸來垂中春，田事繞荆扉。野雉既登壠，黄鳥復飛飛。祓潔方及辰，臨流振初衣。爲問神明宰，南州誰見依？

【箋】〔周縣貞明府〕名起元，萬曆三十三年（一六〇五）任南昌知縣。其下任三十六年視事。見南昌府志卷二二。

過洪陽先生叢桂軒望仙有作

張公世名德，映響若金鏞。西叟明大象，東丘感猶龍。全神會日母，揚靈覲天宗。厥友惟鄧君，深松映芙蓉。紛吾托根淺，華葉常苦穠。閲技止外獎，祈道乃心恭。代斵自傷指，傳薪寧改蹤。仙檢已如期，勉矣青霞峯。

【箋】〔洪陽先生〕張位號。南昌人。前任首相，罷官里居。明史卷二一九有傳。

〔厥友惟鄧君〕鄧以讚，與張位同籍。明史卷二八三有傳。

止周叔夜嶺行，并示丹壇諸友

羈棲遊嶺南，所適一何遠。何止遠道嘆，桂瘴劇冬煖。去心在行旅，來筮得往蹇。與君千里期，顧我一何晚。入門迴驚遽，晤言深委婉。起坐夜常半，欲去衣數挽。燕歌情易摧，湘騷韻難反。多病髮有白，少營心未損。何得攬眠睡，亦復減餐飯。心知爲誰設，眼見非予忖。會是侣山王，未及遊嵇阮。中冷謝貪水，内熱傷炎坂。罷謁蒼梧道，晦息幽蘭畹。來成吕生駕，去作子猷返。曲壇多道書，荆扉且愉偃。

【校】

〔中冷謝貪水〕冷，各本都誤作「泠」。今改正。

〔内熱傷炎坂〕内，萬曆本作「肉」。

送魯司農還南漳

上林非一樹，逸翮有同林。忽逢春氣美，因聽黄鳥音。憶昔乘雲翔，凝華散簪襟。晨趨建禮月，晝息蘭臺陰。年髮方向盛，意氣亦交深。洗刷自清漢，何言有飛沉。冉冉二十年，悠悠方寸心。寸心紆北闕，羈孤並南粵。枕席氣清遠，江山候明發。蕩舟星巖遊，留筏海珠歇。側影羅浮外，洗氣蒼梧謁。落羽傷炎洲，蠹桂迷煙月。丹砂不可問，清淚銷人骨。失路自相親，况乃在窮髮。窮髮飽經過，拚飛出網羅。漸有風雲氣，翻增遊子歌。新安水清淺，括蒼山翠多。揆予乖錦製，欣子得琴和。長嘆拂虹霓，相憐慎風波。蹭蹬亦何爲，有人山之阿。明玉豈終泣，上路君鳴珂。鳴珂復揚汰，徵書出淮沛。既奉潘輿喜，復上司農最。三載隔思存，一夕良宴會。高閣動春酒，平沙方解帶。天入斗牛淺，地兼江楚大。高歌碧雲合，罷望朝隮薈。南浦君如何？冥鴻寄江外。

【箋】

詩叙南遷徐聞及任官遂昌時與魯司農會合事。司農名點，字子與，湖廣南漳人。湯氏同年進士。參本書卷六南漳魯子與出理廣州過别、卷一一别魯司理、高要送魯司理。

【校】

〔題〕南漳，萬曆本作「朝」。

〔留筏海珠歇〕筏，萬曆本作「連」。

〔清淚銷人骨〕清，萬曆本作「絲」。

【評】沈際飛評「上林」句云：「草草。」又評「清淚」句云：「傷絕。」

亡書嘆

兩都三十年，買書幾千帙。存亡遞抄寫，頗亦費紙筆。校壽無停晷，金石銷弱質。苦成文士名，粗與時賢匹。愛惜復何意，壯志未云畢。念此益人智，候彼承家一。高樓留丹青，以擬蓬萊室。歸休省人事，卧久玄思溢。期閒理籤軸，半百永餘日。安知雨痕深，并與青箱失。龍門幸未腐，羽陵蠹將佚。聚散理常然，低空抱吟膝。

【箋】詩云「安知雨痕深，并與青箱失」，語意不明，疑是二十六年罷官，運書自遂昌還鄉途中喪失。

【校】〔校壽無停晷〕壽，當作「讎」。

【評】沈際飛評云：「亦自落落。」

伍貞婦詩

青雲有貞婦，宜家成孝廉。婉娩閨閣間，恩意何沾沾。計偕泣有贈，爲兆理亦嫌。孝廉竟客死，貞婦誓隨殲。蒲桃豈療饑，聊以寬慈嚴。兒女傷人心，歲月難久淹。素履示芳跡，池光没流蟾。北海如可期，良不愧鰜鰜。

【評】沈際飛評「爲兆」句云：「只是讖意，作句不善。」評「蒲桃」句云：「實事。」評「兒女」句云：「兒女茶境，三字了之。」又評「池光」句云：「名貴。」

送黄元常偕叔幼于弟仲倩叔遠同魏季玄歸應秋試

世故不可期，心迹殊自知。早從冠劍豪，老爲章句癡。況乃通家子，欲以專門師。率爾動致敬，友于仍切偲。分燈雨窗急，散帙晴軒遲。永日坐自課，良夜析所疑。問事愁不休，談文欣一爲。清切促函丈，留連低絳帷。念此欲何之，磊磊休明時。講肄若鍾鼓，虛鳴寧足羈？牽率吾家駒，黽勉千里馳。黄世瓊琬業，魏生金石姿。學子一如此，起予良在兹。紳帶肅中堂，信宿行參差。賓散委餘悵，朋睽紆遠思。百日共升第，七州誰見隨。把酒暮河橋，高歌拊林涯。君看白雲起，秦青方此辭。

【箋】元常、仲倩、叔遠，爲顯祖友人廣昌黄立言之子。仲倩名中雅，萬曆四十六年舉人。任保昌知縣、巨津知州。見建昌府志卷八。參看本書卷一六送黄太次上都箋。

智志詠示子

有志方有智，有智方有志。惰士鮮明體，昏人無出意。兼兹庶其立，缺之安所詣。珍重少年人，努力天下事。

【評】

沈際飛評首二句云：「二語可存。」

送曾人倩由武夷還南海

桂樹之南梅花渚，洞庭山人曠幽阻。挾日丹霞不作雨，中星大火初流暑。芳樹凝塵怕着人，冰壺貯雪須留汝。行看障壁畫涼風，坐見星河流織女。帝鄉雲氣來蒼梧，遊子秋風生白紵。闌干木葉先秋鳴，蟋蟀草根深夜語。三千雲海風初積，四十才名春未舉。葱崖赤徼問流人，花州石壁藏仙侣。我友祁生久溟漠，半歲孤兒今幾許？即死何人懷報珠，此生在日能張楚。有才歷落宜自愛，君休頓挫神色沮。珊瑚鏡臺明月珠，結采飛光無處所。直爲豪情貪擊結，豈少金錢學羈旅？洪都僊候我沉冥，建溪秋色君容與。南中桂樹秋芬氲，笙歌一曲武夷君。獨笑幔亭星月夜，爲憶西山鸞鶴羣。

【箋】

〔祁生〕名衍曾，字羡仲。東莞人。曾居羅浮山中。見東莞縣志。

【校】

〔挾日丹霞不作雨〕霞，萬曆本作「靈」。

〔闌干木葉先秋鳴〕闌干，萬曆本作「井闌」。

【評】

沈際飛評「蟋蟀」句云：「有會。」又評末句云：「駘蕩，有起止。」

憶祁羨仲武夷

建江煙月武夷君，幔亭綵屋清溪門。沓草霏花紫霞褥，酒行命奏賓雲曲。鄉人男女皆會孫，罷起翩翩朝至尊。弟子壇場閟春色，賓從笙歌清夢魂。仙骸半枕若沉月，千花叠棧摇飛雲。羅浮祁生好留此，九曲鳴榔清嘯聞。

【箋】

參看前詩。

【評】

沈際飛評「仙骸」句云：「譜出。」

伍仲元老人飲酒歌

青雲老人何爲者，高冠細袖長人也。家多故事饒談笑，年少他鄉劣遊冶。老去初爲童子師，貧來未覺交情寡。到門問酒隨生熟，坐地吟詩雜風雅。有子能裝翡翠花，無人獨爨青松把。謝郎弈墅宜酬對，羅公講席曾沾惹。白雲東岡草蕪没，緑竹西塘夢瀟灑。猶記長橋春醉時，月出高林人上馬。

【箋】

〔青雲〕峯名，在臨川城南。

〔謝郎〕當指謝廷諒、謝廷讚兄弟。

〔羅公〕當指羅汝芳。曾在臨川講學。

【評】沈際飛評第二句云：「俳。」又評「無人」句云：「真。」

送帥從龍北上

忽忽鶯啼二三月，瀲瀲春隨遊子發。但覺林泉幽意深，方悲世道交情歇。我與若翁真吾人，岸幘留連如笑嗔。金錢除書不控眼，連珠酒令當爭新。深燈起坐風雷迅，洛誦之子驚神駿。翁當厭世有書留，我尚爲人覺才盡。與翁早拂長安鞭，江山何限酒壚前。那堪耆舊山陽笛，獨送兒郎江上船。江上從龍日千里，極目搖帆我心喜。老矣當如長路何，少年自致青雲耳。

【箋】〔帥從龍〕湯顯祖同里密友帥機之子。據陽秋館集惟審先生履歷，帥機卒於萬曆二十三年七月，詩當作於此後。

【校】

〔連珠酒令當争新〕當，沈本作「常」。

〔洛誦之子驚神駿〕誦，原本誤作「涌」。今改正。

【評】

沈際飛評「方悲」句云：「閱歷語。」

寄麻城周少愚太學

亭州布衣今已老，十年蹭蹬長安道。與君遊處可憐人，煙花漠漠傷懷抱。令弟孝廉殊秀羸，秋月秦淮照人好。燕子江清回夜闌，美人出門亦草草。正擬新驢兩弟兄，何悟交情一死生。念此過江欲愁絶。在日滿堂誰目成？當時我亦鳳臺門，緑衣人去舊銷魂。無問江湘一來往，含情含涕與君論。

【箋】

亭州非麻城所屬。

【評】沈際飛評末句云：「悽惻。」

過貞湖王孫問疾

帝子閣中寧獻王，神僊開國多文章。龍孫斗西實宗老，一時貞吉還宗良。宗良一生稱長者，古色峨峨澹瀟灑。朝論幾回擇宗正，名流是處酬風雅。十數年中餘一人，七十老翁餘半身。尚有天機出文賦，深堂見客隨車輪。三年別君常忽忽，視日相看怕蕪没。後來作者知何人，世亦不復貴此物。我來雨雪病經旬，久矣相忘世外春。偶欲向君舒一笑，會見龍沙出勝人。

【箋】〔貞湖王孫〕朱多熸，字宗良。寧獻王六世孫。博雅好修，晚折節有令譽。掖垣薦堪宗正者，於南昌首推宗良。後病痿不廢吟哦。見列朝詩集小傳閏集。下同。

〔龍孫斗西〕朱多煃，字用晦。寧獻王六世孫。續五子之一。所居名斗西春院。

〔貞吉〕朱多炡，字貞吉。寧獻王六世孫。有詩集名倦遊。

【評】沈際飛評「視日」句云：「摯。」又評「世亦」句云：「傷世。」

送李參之侍尊人以魯邸傳歸漳浦

出門蒼生吾不免，且閉池林自疎遣。眠教女子護春衣，坐對兒郎弄秋卷。惟當千里數飛蓬，誰憐三徑生苔蘚。傳聞有客自南溟，迎侍尊人發東兗。早已才名春未深，但道神交心不淺。且須盃酒興淋漓，未暇論文極宣展。罷相王家醴酒清，靈光巋然新賦成。東郡趨庭少陵意，北穀捐書黃石情。白雲隱映封中出，黃菊支離江上行。雲霄驛外家山色，風月樓前歸鴈聲。瓏葱曉發日南陸，峥嶸夜語河西傾。何得長聞李老子，猶嫌未見林先生。

【評】沈際飛評「眠教」句云：「曠致。」又評「北穀」句云：「華贍。」

送鄭見素遊江東

艷艷春墀發花朶，寂寂春寒試燈火。人日何人清夜沉，玉茗堂前風月可。向昔登高平遠間，滿目滄浪無土山。就中有人鄭君美，學富文清幽意閒。信美閒遊動千里，如花攬結金陵子。但聞春草爲春生，幾見情人爲情死。采葛成衣秋奈何，看朱成碧春又過。冉香亭下神姑酒，忽忽江皋離恨多。

【評】沈際飛評「但聞」句云：「殊不勝情。」

懷曾舜徵衡山

年少相逢在何所，山東道上風塵語。零落相思今一時，美人悠悠隔江楚。一上春官垂廿年，滿目無人私自憐。此生薄相自應爾，似子通材那復然。長安有懷未傾瀉，迴鴈峯前音不下。忽傳南嶽金簡文，來振西方白蓮社。空門酬唱老生涯，衡廬真作往來家。有情身中無盡藏，與子同開心肺花。

【箋】當作於萬曆三十一年前不久。舜徵名鳳儀，號金簡，湖廣耒陽人，萬曆十一年進士。曾與湯氏同官南京禮部。上據耒陽縣志。

【校】〔迴鴈峯前音不下〕音，沈本作「嘗」。

【評】沈際飛評「此生」句云：「便。」評「來振」句云：「語未化。」又評「有情」句云：「少致。」

養龍歌送謝玄瑞吴越遊，兼呈郭開府

君不見養龍之墟有靈窟，雲霧晦冥龍子出。首高三尺長丈餘，汗花如雲氣騰勃。何因得入小明王，天與皇明受英物。不可控御當如何，囊沙壓之初滅没。久乃馴習如游龍，清凉山中來九重。時平初行夕月禮，一塵不動怡天容。皇帝賜名飛越峯，煙綃貌取雲溶溶。神奇會合自有數，沙苑萬里隨遭逢。何得貴陽謝生美如此，齒至龍媒尚邊鄙。亦有山東坐安石，兼以采芝學黄綺。譚深具曉經略材，世淺安知遊俠旨。江湘放客心盈盈，吴越懷人春靄靄。爲君一擊珊瑚樹，壯不如人今老矣。君不見黔臺水鏡留青螺，一人知己將無多。但是漢家天子遠相致，辨作芝房天馬歌。

【箋】

〔謝玄瑞〕名三秀，一字君寀。貴筑人。萬曆間學官，有雪鴻集。見靜志居詩話卷一七。

〔郭開府〕名子章，字相奎，號青螺。泰和人。曾任貴州巡撫。見同書卷一五。

送謝玄瑞遊吴

幾年空谷少聞鶯，恰恰鶯春得友聲。家在東山留遠色，客來南國見高情。尊開元夕花燈喜，坐對前池雪水清。萬里龍坑有雲氣，飛騰那得傍人行？

【箋】

參看前詩。

粒粒歌

米粒粒，我所入，不愛惜之真可泣。書篇篇，我所箋，不愛惜之真可憐。何足可憐何足泣，窖粟藏書争緩急。清遠樓頭笑一場，後輩誰開玉茗堂。無人解種豐年玉，不作書囊作飯囊。

【評】沈際飛評「清遠」句云：「哭不得。」

園居示姜緒父

林塘有佳色，長日自蕭疎。静覺懷春好，喧知閲世餘。夢隨芳樹遠，人去落花初。窅爾滄浪外，何從爲卜居。

【箋】〔姜緒父〕名鴻緒。見卷一〇送姜耀先寄懷周臨海詩箋。

【評】

沈際飛評「夢隨」句云：「悠藹。」

送酉陽掾

慷慨何爲者，悠悠鄉里親。星華五渚闊，風俗九溪馴。煖獵隨南客，寒泉應北人。黔中美花木，知是武陵春。

【校】

〔題〕掾，各本誤作「椽」。今改正。

送古萍歸百丈山

到來都是淚，過去即成塵。秋色生鴻鴈，江聲冷白蘋。别離心草草，珍重語頻頻。莫待他生見，還爲慚愧人。

【箋】〔百丈山〕在江西奉新縣西百二十里。上有百丈寺，古萍當是寺僧。

【評】沈際飛云：「綴景是臨川勝處。」

約謝吏部先九日同令弟友可伍山人仲元造池上

謝郎高卧聽西池，樓外風翻滴露枝。道有山人能勸酒，不妨家弟一圍碁。三江白鴈來何蚤，九月茱萸興莫遲。正恐登高見籬菊，落英先發楚臣悲。

【箋】〔謝吏部〕名廷寀。金谿人。隆慶五年進士。官至吏部文選郎，移疾歸。友可名廷諒，相之長子。廷寀爲其堂兄。見撫州府志。

【評】沈際飛評云：「後聯描出先九日意，妙。」

小閣

新秋小閣净炎氛，徙倚歌聲隔岸聞。郭外青山纔薦爽，坐中芳草莫辭薰。煙空雨色摇斜日，江迴芙蓉度彩雲。竟日淹留那不極，白鷗秋水正爲羣。

【評】沈際飛云：「題已無俗意，詩自稱之。」

西陵夕照

紅泉碧磴舊追攀，臺樹參差金石間。海色乍收天外雨，晴光忽動水邊山。清秋積翠雲霞净，盡日幽芳歲月閒。爛熳尊前隨意晚，欲乘明月弄潺湲。

孔授人歸，寄聲吏民

好在平昌舊吏民，如今江表一閒人。承明再上三年計，列宿曾班五度春。户外煙霞迴簿領，琴中山水寄情神。秫田種後何人醉，長笑先生漉酒巾。

【校】

〔題〕孔授人，萬曆本作「徐生」。

戲答平昌建亭之問

墮淚書開淺亦濃，訟堂春草碧丰茸。看山忽憶排衙鼓，玩月時分出寺鐘。政與棲鸞同恍惚，夢因爲鳥得從容。何當更説征南事，陵谷蕭蕭有得儂。

【校】

〔題〕平昌，萬曆本作「華三石」。

〔陵谷蕭蕭有得儂〕陵谷蕭蕭，萬曆本作「没字碑中」。

送王性凝叔彝還盱並問登州王使君

隴麥離離朝雉鳴，偶然幽谷兩鶯聲。鄉多載酒來青舫，年少游僊自赤城。彩筆夢移波浪穩，長廊春送雨花晴。因風一問蓬萊守，曾傍麻姑清淺行。

【箋】

〔登州王使君〕名一言，字民法。江西南城人。羅汝芳之弟子。萬曆二年（一五七四）進士。官萊州知府。以上據建昌府志卷八。若士一時誤記，登州應作萊州。

【校】

〔題〕萬曆本作「送王郎歸盱並問登州使君」。

【評】

沈際飛評「因風」句云：「綰帶。」

送劉參藩寄問東莞覃見日盧海疇諸子

曲江春老賦停雲，病淺臨風一送君。暫有公榮宜對酒，那堪孫楚即離羣。高餐露菊逢秋盡，細語霜鍾入夜分。更折梅花問耆舊，羅浮清隱最相聞。

【箋】

〔劉參藩〕或是劉一瀾。臨川人。顯祖同年進士。曾任廣東布政司參政。見撫州府志卷五一。

【校】

〔題〕萬曆本作「送劉參藩南粵」。

〔高餐露菊逢秋盡〕高、露，萬曆本分别作「將」、「楚」。

〔更折梅花問耆舊〕更、問、耆、舊，萬曆本分别作「待」、「相」、「憶」、「否」。

送胡元吉饒陽

五月驅車亦自憐，三回來别見周旋。雖貪絳帳無多日，自是文章美少年。片月夢回青雀舫，好風歌送白華編。芝山秀色年年賞，容易秋光玉茗前。

【校】

〔題〕「饒陽」，萬曆本下有「歸覲有期」四字。

送張自雲兄弟歸新淦

斷橋官柳繫船輕，年少馮高一送迎。玉茗種花閒令尹，秀江紆錦待儒生。當歌逸興風前滿，漉酒相看雨後清。家在吟峯好秋色，鴈行飛作鳳鸞聲。

【校】

〔題〕張自雲兄弟，萬曆本作「張思元文學」。

【評】

沈際飛云：「少塵土。」

送朱鴻臚使粵還朝

冰雪堂開寄碧潯，蕭然有客自山陰。經趨半榻蓮花府，名在中朝翰墨林。河朔坐銷殘暑氣，嶺南歸負歲寒心。沾襟忽憶常朝日，傳唱初瞻玉殿深。

送張廣陵

淮海新恩喜復驚，太行親舍舊含情。知心彩袖三年別，自倚冰壺六月行。江棹瀑花吹短鬢，石城秋雨送高旌。相思玉茗尊前月，得似瓊花夢裏清。

【校】

〔江棹瀑花吹短鬢〕棹，萬曆本作「岸」。

【評】

沈際飛云：「清翠。」

馮開之綺閣夜贈徐茂吴

石渠清切綺雲高，珍重宜春舊法曹。河朔亭臺過避暑，江東帷蓋欲生濤。關中納客談何易，閣裏題材事已勞。但醉獨愁鄉夢繞，西湖風雨似離騷。

【箋】

〔馮開之〕名夢禎，萬曆五年（一五七七）會元。秀水人。二十六年自南京國子監祭酒罷歸。築室孤山之麓，歸田九年而卒。見實録及列朝詩集小傳丁集下。

〔徐茂吴〕名桂。餘杭人。萬曆五年（一五七七）進士。除袁州（宜春）推官，時已免職。有大滌山人詩集十三卷。見杭州府志。

寄麻城陳偶愚懷梅克生劉思雲

逐夜秋風動井梧，幾年無鴈向江湖。花邊説夢銷閒好，句裏拈禪發興殊。幕府才華千古盡，錦衣人地一時無。曾同弔屈今垂老，猶自招魂楚大夫。

【箋】

〔陳偶愚〕或是以聞别號。麻城人。萬曆三十五年（一六〇七）進士。曾任吴縣、無錫知縣。〔梅克生劉思雲〕克生名國楨，湯顯祖同年進士，官至總督兵部右侍郎，萬曆三十三年（一六〇五）卒。思雲名守有，官錦衣衛。二人爲中表，俱麻城人。見野獲編卷一七梅客生司馬條。劉守有又爲萬曆十一年武進士。

城南窑上李東華少年，以善禁方得幸貴人，補吏往赴於越李開府薊門，調理將士

十年旅食路猶窮，一騎纔嘶塞上風。幸以岐黄趨大府，總將文墨事深功。方抄熠燿曹丞相，丸奉蜣螂馬侍中。軍吏自公微問取，藥籠能許護英雄。

【箋】

〔李開府〕見卷一五答太傅于田李公河上四十三韵箋。

【校】

〔一騎纔嘶塞上風〕上，原本誤作「土」。據天啓本改。

金右辰客相公所過訪上藍

偶從一食過伊蒲，自恣堂諠飲興殊。勝事芙蓉依緑水，高談罔象出玄珠。徵歌怕逐千人和，授簡傳驚一坐無。更上閒雲高百尺，時時殘醉倚江湖。

【箋】

〔金右辰〕名光弼，號天擎。江西永新人。負才名，累舉進士不第。年未五旬而卒。著有功臣傳、九邊考、旁觀録及金竺山房詩集。見永新縣志卷一七。湯顯祖曾爲其詩集作序。

〔相公〕當指故相張位，江西新建人。

〔上藍〕寺名，在南昌。

〔閒雲〕閒雲樓在南昌章江門外。張位别墅。見南昌府志卷七。

同孔陽宗侯陳伯達陳仲容小飲閒雲樓

子墨掀書氣若芸，我朱清酒笑爲羣。江鷗浪甃臨樓净，風燕簾斜覺坐曛。遠磬一聲分暝色，暮帆千里帶晴雲。扁舟欲濟何年事，領取閒情問相君。

【箋】

〔孔陽宗侯〕皇族，寧獻王朱權後人。

〔閒雲樓〕見前詩箋。

【評】

沈際飛評「遠磬」句云：「唐聯選句。」

明遠樓陳伯達陳仲容仲宣去諒夕燕前有宗生在座引去，留之遲歌兒壓雪不至二首

南河五月似新秋，晦日搴帷接勝遊。酒半竹廚連霧暝，夜深漁火帶螢流。門迴緑草分車馬，座借青藜切斗牛。莫爲麻衣驚避起，高樓曾爲至公留。

湖風日夕雨初晴，鎖院堂開坐復清。堂迴客過歸燕喜，草暄人語夜蟲驚。高歌轉覺停雲重，豔舞那須壓雪輕。況是斗牛清切地，陳家今夜德星明。

【評】

沈際飛評第一首「夜深」句云：「幽。」又云：「第二首出壓雪意尤非勝場。」

送曾東鄉廉州，以予前謫雷陽問路，答之

東人垂淚向君侯，石闕祠堂不可留。家近峨嵋思蜀雪，身將愛子入炎州。心清碧海珠難寄，道暍梅關火正流。賴是雷陽舊遷客，題書堪寄鴈湖秋。

【箋】

〔曾東鄉〕東鄉知縣曾遇，四川富順人。見撫州府志。

見東人扶道遮留曾明府者，曾故蜀材暐朗，再考人無間言，數薦宜以高第內徵，苦貧甚，旁郡貴公子索之不能應，遷廉州丞，士民悲而祠之，婉孌三日，亦異也，廉吏不可爲而可爲

卻從常調過梅關，吏部那知父老攀。路入瘴雲隨桂遠，心將明月看珠還。扁舟

曉夢連王峽，銅柱高牙制百蠻。特爲東人留信宿，思君常在大廉山。

【箋】

參看前詩。

【校】

〔扁舟曉夢連王峽〕王，當作「三」。

送晏禮垣陪都，公臨川沙河元獻後，徙寓南昌，時封事十不報一，風景去予祠部時遠，慨焉

春酒纔醺晝錦濃，千山欲送雨重重。江花日出看盈把，諫草天回下幾封。家近章門移市宅，班兼祠部憶朝鐘。千年相國風流在，長向沙河問濯龍。

【箋】

〔晏禮垣〕名文輝，號懷泉。南昌人。官南京禮科給事中。南昌府志、常州府志各有傳。

寄蔡參知江陰，參知先公長憲於越，而余於南署時有目成之契，懷之二首

耆舊相思日幾過，入閩簪紱最情多。新參按節風雲遠，舊署含香雨露和。江館夜燈留燕語，海門春汛屬漁歌。扁舟一卧堪來往，别恨年年賦渌波。

清都一飯許年華，每夜章門望劍花。上路旬宣新節鎮，外臺官屬舊通家。銜參曉散江沉月，翰墨晴飛海上霞。乘興就君拚一醉，慧泉新火畫溪茶。

【箋】〔蔡參知〕名獻臣。福建同安人。時以南直參政銜分巡常（州）鎮（江），江陰其駐地也。詩當作於萬曆三十五年（一六〇七）前。參尺牘卷五寄蔡虚臺憲伯。

送黄㓗正

仙縣談交玉馬羣，獨留芳月照餘醺。燈深繞座江湖色，年少承家錦繡文。豈有

門墻高日月，長存逕路接風雲。君歸莫似春歸急，病起鶯聲得乍聞。

病起檢理破篋中，見蕪陰故人俞白麓陳王庭夏辛岑劉居仁書，泫然久之

年少過逢得好看，故人無在獨平安。雲霞過客情千里，風月關人事幾般？語笑目成春夢遠，吟愁心逐夜江寒。拚知不作重游興，便去新歡豈舊歡。

送東鄉翁明府北徵，暫歸常熟，并懷長公青瑣

祇聞中秩賜黄金，何意徵書即下臨。七夕星河隨棹遠，十旬膏雨訟庭深。謳歌幾處甘棠色，建禮中宵視草心。會是金門連夕拜，鴈行清切鳳凰音。

【箋】

〔翁明府〕名俞祥。常熟人。見撫州府志。長公指其兄憲祥，萬曆二十年（一五九二）進士。明史卷二三四有傳。青瑣，此指其所任給事中也。

饒二十舅到中黄渡，不欲西，嘲之

好風長日病留連，頭白相過四十年。便作雨添衣帶水，豈無人泊釣絲船。心衰祇覺身難寄，累淺纔知老較便。試問沉吟闤闠裏，何如調笑酒壚前？

送黄冲輔西歸並示李孺德

風漸蘭澤自名邦，臏馥懷書玉茗窗。來似枉川窺劍浦，歸從間道得清江。三冬雪借寒暄盡，千頃陂看意氣降。勝事眼前飛將在，射鵰吾意欲加雙。

送淮揚分司吴年兄並問謝山子

十年南署水衡清，大府仍高京口名。不惜鹽車催遠道，那堪驥櫪起長鳴。門連水墅青尊色，路繞江關鴻鴈聲。暫過維揚作鄉語，吾憐小謝最才情。

【箋】

〔謝山子〕名廷讚，字曰可。金谿人。萬曆二十八年（一六〇〇）上疏言事，罷刑部主事官。僑寓維揚，授徒自給。明史卷二二三有傳。

送楊太醫常山

倦游心跡自悲傷，耆舊相過語興長。傲吏久忘蒼嶺路，僊家仍住玉龍鄉。三秋采艾思盈掬，五月浮蒲客在堂。歡食幾時那便去，肯憐衰病一留方。

答孫鵬初太史華容二首

蕭條塵外省追攀，獨有懷人意未閒。夕拜共瞻星斗下，晝遊長望水雲間。波生木葉連江渚，寒動秋煙隔楚山。借問湘沅舊僊客，一時捐珮幾人還？

何年太史動浮湘，行遂初衣理芰裳。春思路漸汀芷緑，秋悲庭覆井梧黄。百年緩步高曾後，千里同心屈宋旁。今日登高成獨醉，洞庭相憶酒泉香。

【箋】

〔孫鵬初太史〕見玉茗堂文之四孫鵬初遂初堂集序箋。

【評】

沈際飛評「秋悲」句云：「閒雅。」

送楊龍泉兼問平昌舊士民作

十縣龍泉稱大方，遠來人吏亦冠裳。河橋舊聽吹簫好，秋色遥看製錦良。每及同官趨燕堠，頗思前令在平昌。蓮花繞郡還堪賞，爲寄雲霞墨數行。

別館尊開叢桂秋，好溪千里舊曾遊。仙人榜上朝霞重，君子堂深宿雨稠。梓社青雲殊自喜，桐鄉白髮更何求。少微星動重遊日，會向留槎閣上留。

【箋】

〔楊龍泉〕名開泰。臨川人。任龍泉知縣。見處州府志。

送顧亭之東歸

耆舊熒熒江夢悠，素衣初見草堂幽。山王去後風期盡，公子來時氣色留。獨夜雨聲思秉燭，東行雲樹憶歸舟。君家兄弟如羣玉，衰白能從顧俊遊。

送王松潘寄懷蔡參知威茂

長安西盡一維州，獨坐邊樓得借籌。萬里軍儲從灌口，百花風物寄遨頭。懷湘賦許江蘺泣，入蜀書因蒟醬求。未愛王郎輕九折，同官欣作錦官遊。

【箋】

〔王松潘〕名志。東鄉人。時任四川參知備兵松潘衛。見撫州府志卷五一。

【校】

〔懷湘賦許江蘺泣〕蘺，原本誤作「籬」。今改正。

送岳石梁仲兄西粤二首

汝兄顏髮舊蕭然，十五從君計吏年。世事始知碁局淺，悲歌全賴唾壺堅。春光老去碧湘盡，瘴雨青來寒燒連。欲向蒼梧同謁帝，一時魂夢九嶷煙。

夜半傳盃玉茗堂，一麾千里寄宜陽。登朝積歲遊何薄，失路逢知語自長。客興漫隨春草緑，臣心真與帝梧蒼。何時獨宿天台上，風雨莓苔看石梁。

【箋】

〔岳石梁〕名和聲。嘉興人。曾出守慶遠，擢惠潮道參政。著有餐薇子集。其兄元聲，號石帆。萬曆二十四年（一五九六）三月以論劾兵部尚書石星，罷工部都水司郎中職。著有潛初子集。見嘉興府志卷五〇及明史紀事本末卷六二。

九日送王巽父兄東下作

夕照離離江上楓，微軀渾欲送江東。驚看壯節同心友，來共黄花白髮翁。獨宿自傷千里外，重逢相憶百年中。蒼茫後會知何得，猶望加餐涕淚同。

【評】

沈際飛云：「語漸逼真。」

得湘中陳獻可書感寄

獻賦明庭坐數奇，黄沙匹馬憶追隨。百年夢盡沉湘客，千里書開采艾時。户引酃泉宜漬酒，家臨韶石好吟詩。相思會面終難得，便作魂招祇淚垂。

【評】

沈際飛云：「穩重。」

哭戴愚齋老師。師微病，書偶語于門，落筆而逝。語云：百年混世，今朝始得抛除；一笑歸真，俗客無勞挽弔

生死虚空一暮朝，由來得道始逍遥。心迴日月光猶晏，夢落江山氣未消。清嘯似聞雲鶴舉，墨花長擬鬢絲摇。千秋不受巫陽弔，雪竇雲門赴大招。

【箋】

〔戴愚齋老師〕名洵。奉化人。萬曆八年（一五八〇）湯顯祖遊南京國子監，戴洵爲祭酒。旋以失意張居正致仕里居。

〔雪竇雲門〕山名。雪竇在奉化，雲門在紹興。

【評】

沈際飛評「由來」句云：「率。」又評「夢落」句云：「挺挺。」

送王元對歸郢

千秋有客自臨川，晴雨相看笑語前。大好歡來逢去日，肯因愁别緩流年。風軒遠佇江籬色，浪柂全開郢樹煙。向後心期寒夢裏，楚天蘭雪倍應憐。

【校】

〔風軒遠佇江籬色〕籬，疑當作「蘺」。

送周咸寧應召，公家舒莊僖同里期之

忽忽登高望不窮，一州冠冕餞城東。孤舟向鄂留春色，駿馬趨燕起朔風。太史自占鳧舄影，陶潛偏笑菊花叢。臨川氣脈西南好，曾是尚書給事中。

【箋】

〔周咸寧〕臨川人。曾任咸寧知縣。

〔舒莊僖〕名化。臨川人。曾任户科、刑科給事中，晉刑部尚書。卒謚莊僖。

【評】

沈際飛云：「多借官銜作句，臨川一病。」

送嘉水趙孝廉明南度嶺

先朝名諫趙當湖，祖德文心世不孤。賴有壺觴稱地主，敢將絲管寄門徒。江皋客借經時卧，海國春隨至日敷。莫向美人輕弄璧，連城須在帝王都。

送王孝廉東旭還越

軒車未敢拜迎疎，咄咄尊前風雨餘。問偈僧來頻薦語，倦遊人去恰題書。元龍有榻高留客，枚乘能文病起予。向後永安新夜月，海天遥對一舟虚。

【評】沈際飛評「元龍」句云：「少着落。」又評末二句云：「遠。」

樂安張聖如明府以廉能第一入覲，喜而贈此

至日青旂散曉寒，尚留殘雪美人看。潘輿在御難爲別，陶徑新開略盡歡。嶽夢遠連承露掌，棠陰初覆切雲冠。天書得借廉平色，一遣周行見鳳鸞。

【箋】萬曆朝樂安知縣張姓者二人，一爲張崇烈，湖廣應城人，一爲張名時，福建莆田人。頸聯「嶽夢」云云，似以崇烈爲合，應城距玄嶽武當山不太遠。參本書尺牘之五。

送費師之寄兆卿

未須裘馬去翩翩，風物名家自儼然。數幅輕羅留結苧，一盃芳草寄題箋。青衫客散河橋柳，暮雨春歸寒食天。定向林間呼小阮，荷湖新着釣魚船。

【評】

沈際飛評「一盃」句云：「婉轉。」

右武粤歸，云憨公道勞山修煉處，意有動，欣然問之

右武談鋒醉欲豪，新沾一滴水甜曹。已通陽艷東南海，得似神山大小勞。箭柱風前啣鷲影，軍持水上伏龍韜。不知動後能生死，珍重轅門賽寶刀。

【箋】

據實録，萬曆二十三年（一五九五）湖廣右参政丁此吕被逮。明史卷二二九傳又云逮後戍邊，戍所或即廣東也。憨山大師曾棲勞山，萬曆二十四年遣戍雷陽，住錫曹溪五年。見列朝詩集小傳

閏集。

右武座中，章斗津朱以功舉吾郡雜字鄉音爲戲，听然答之

問到玄亭酒亦玄，諸般字説笑臨川。門閂略近闔門尹，冇有如書大有年。事取聲形時會意，書兼半滿幻成圓。通方便俗從來理，只待蘇張注服虔。

【校】

〔只待蘇張注服虔〕服，原作「伏」。

首秋玉石臺送胡元吉塹返芝湖

漉中沙井竹廚煙，五柳門生得此賢。醉與踏歌清夢曉，老拚吟眺白雲天。盃分玉石人如玉，舟過蓮荷客泛蓮。便欲同君將巧思，秋光時近鵲橋邊。

【箋】

〔玉石臺〕一名獅子石，在臨川。

【評】

沈際飛云：「纖矣，晚唐何疑。」

再送張自雲歸閣皂

久拚文墨卧漳濱，年少何當清路塵。氣脈遠連金鳳里，名家真是玉堂人。青箱稚子窺題藻，高燭蛾眉記飲巡。莫忘干旄遲歲月，西樓吟望白頭新。

送周富滿臨海尉赴象山巡檢。富吾家舊小史也，出身傍人，而事予甚謹，憐而送之

少小相依京洛行，爲誰書記得微名。驚看妙尉臨雙闕，又送巡官出四明。但是歲時來薄俸，每當憂喜見長情。秋光去後何人憶，紅木樨開海嶠清。

【評】

沈際飛評「秋光」二句云：「可繪。」

建安王夜宴即事二首

龍沙正自擁名藩，秀骨淩霄帝子孫。淥水宜人秋澹淡，小山何客暮攀翻。衣簪翠拂長眉舞，犀玉盃深古色存。似是建安逢七子，盈盈飛蓋舊西園。

偶隨高勝接華軒，花動名園客思繁。玉斗夜傾珠斗近，衮衣遥覺布衣尊。徵歌一一從南楚，守器纍纍奉北藩。巧笑舊沾詞客醉，博山通曉奉餘温。

【箋】〔建安王〕據明史卷一〇二諸王世表三，康懿王多爀，萬曆元年（一五七三）襲封，二十九年去世。

奉别建安王

盡日王門醉小伶，碧窗秋繞露泠泠。迴塘漫接清華館，巧石懸開乳翠亭。坐末相如雲氣遠，登高宋玉暮山青。猶聞道術生毛羽，玉女同看第幾星。

【校】

〔迴塘漫接清華館〕迴，原本誤作「迴」。今改正。

覺右武有病悲之

菊籬藤架舊胡床，湖面風吹新月光。芳樹乍離秋色苦，碧雲纔合暮情傷。當歌欲別思來日，看劍心知老故鄉。賴近龍沙有僊訣，忍教容髮易滄桑。

【評】

沈際飛評「當歌」句云：「意緒似縈。」

聞東邑愛慕前令伍象明，爲築臺思之，欣東曾明府，二君皆蜀才也

中江原自錦江來，錦製遥占試劇才。谷向朝陽晴色滿，山當獨秀暮雲開。新秋菊圃三迴見，舊令棠陰一倍栽。自是東人愛西美，與君如對象明臺。

【箋】

〔伍象明〕名文焕，東鄉知縣。見撫州府志。

〔曾明府〕東鄉知縣曾遇。見同書。

【評】

沈際飛評三、四句云：「明净。」

閒雲樓宴呈張師相二首

青閣透迤坐日醺，楚江春酒思氤氳。親知河嶽千年氣，更作蓬壺一片雲。日照西峯鸞鶴舞，風迴南浦棹歌聞。朝飛暮捲渾閒事，願得爲龍護聖君。

羽翼初成鬢亦斑，西來鸞鶴剩追攀。空驚浴日臨蒼海，暫許行雲過舊山。雜樹鶯啼高舫外，緑波春色畫樓間。江湖魏闕尋常夢，且聽漁歌盡日閒。

【箋】

〔張師相〕張位，萬曆二十六年（一五九八）六月閒住。萬曆五年，湯顯祖遊南太學，張位爲司業。

【評】沈際飛評第二首云：「合拍。」

杏花樓宴答張師相二首

傴人近住杏花樓，籬門相對百花洲。端居色色春來好，高卧時時雲出遊。洞户雨迴蒼翠曉，明湖風切管絃流。歡深向夕臨蘭興，何限煙波倚釣舟。

紫禁初歸鬢未華，五雲樓閣是傴家。湖光欲瀉窗櫺入，磴道全依草樹斜。風物差池疑鳳嶺，月光清淺問龍沙。白頭弟子抛閒得，春色年年醉杏花。

【箋】參看前詩。

【評】沈際飛評第二首云：「清高致爽。」

臨章樓宴別張詹簿

西樓長夏日滔滔，曾侍東皇醉碧桃。細草落花行處好，風帆沙鳥坐來高。西山近拂蛾眉翠，南浦遥聽楚客騷。卻怪夜來衫袖濕，緑波春酒隱葡萄。

建安曲池夜歸醉和

梁園春物藹餘暉，繞徑春歸客未歸。粉黛笑侵圖畫色，殿堂光發舞人衣。星槎暗逐樓臺轉，簾影晴隨風雨飛。殘燭卧深清露曉，蒲萄香夢醉霏微。

【評】沈際飛評第二句云：「會心。」

爲維揚李孝廉催歸作

一拍洪崖鬢未班，葱蘢原自古西山。即知僊李蟠根大，肯對瓊花竟日閒。燕趙風塵行拂首，秦淮春色醉扶顔。逢人定唱江南好，無奈鄉心雲水間。

春槎晚泛，同吴門李賓侯章門宗侯霞埜館作

偶從修禊到江關，竟日移尊未擬還。風物並高吴楚外，羅衣初試雨晴間。青波泛月寧辭夜，白髮禁春好是閒。極目興亡成一醉，古來鸞鶴在西山。

送周起西溧陽

到日芙蓉花滿池，高齋殘燭醉還移。三山客夢潮生早，十月鴻飛雪下遲。去矣自饒歌白苧，淒其吾欲繫青驪。江關一别能相憶，春市橋頭聽雨時。

送吴近陽掌故以荆傳暫還上高

每恨才多局世間，高情良夜一追攀。初經廣武逢人嘆，何待湘騷送客還。桃李暗飛春雪盡，圖書高對墨池閒。相思莫便催顔髮，遠色年年在鏡山。

清高起後詩爲姚廣昌作。公子當世俊才，公侯必復，其在兹乎

榮華千載竟誰前，獨是清高托後賢。清似若泉藴春藻，高如竺嶺動秋煙。君臣十事中書令，父子三朝太史傳。邂逅姑山聞一曲，薰風仍似嘆虞絃。

【箋】

〔姚廣昌〕當是榮國公姚廣孝之後人。

和答清公軍中秋日寫懷。下勞山，戍雷陽，止觀六祖寺。聞送稅使章江，只尺臨川不到，問之

海印東行萬里沙，十年生事到南華。珠池解作抽衣寶，梅嶺能高拂坐花。獨夜從軍吹篳篥，有時送客淚袈裟。開書欲笑廬山遠，不到柴桑處士家。

【箋】

〔清公〕德清，號憨山。曾棲山東勞山，寺名海印居。以私造寺院，遣戍雷陽。萬曆二十四年（一五九六）二月抵戍所，癘饑三年。赭衣見大師，即軍中說法。居五年，住錫曹溪六祖寺。見列朝詩集小傳閏集。

【評】

沈際飛云：「只是掇合好。」

余如竹喻叔虞夜宴閒雲樓有作二首

耆舊相看酒不空，小山秋色畫樓中。微波遠帶星河白，艷曲全銷蠟炬紅。浮世

累多真冉冉，高情年少莫匆匆。堪將枕簟鈎簾畔，一卧閒雲聽曉風。

高樓直上捲簾輕，大好西山一倍晴。遠勢鴈隨殘照落，片雲秋逐暮帆生。歡多燭瀉風前語，年少尊開物外情。共笑采鸞千歲後，可能長此聽江聲。

【箋】〔喻叔虞〕名應益。新建人。工詩。見南昌府志卷四四。〔閒雲樓〕故相張位别墅，在南昌章江門外。見南昌府志卷七。

【評】沈際飛評第一首結句云：「鬆。」又評第二首五、六二句云：「實實虚虚。」

圖南邀宴其先公瀑泉舊隱偶作

佳期長是説參差，江楚風流自一時。幽意動尋叢桂隱，高情傳唱牡丹詞。澹臺門北秋生蚤，蜆子湖西月上遲。爛醉長松深夜語，瀑泉風雨到寒枝。

【箋】

〔圖南〕皇族，寧王朱權之後人。

〔牡丹詞〕指牡丹亭傳奇。

〔澹臺〕南昌東湖旁有澹臺祠。

【評】

沈際飛評云：「一篇意活，尚嫌澹臺二句景實。」

夕佳樓留别海岳太素圖南叔虞得八齊

平楚開尊睥睨齊，倚樓晴覺鴈飛低。三秋采菊人難見，九月登高客自淒。南浦棹歌來漢女，夕陽山氣似虹霓。臨岐躑躅沙城事，無限風光郤向西。

【箋】

〔叔虞〕見本卷余如竹喻叔虞閒雲樓有作二首箋。

【校】

〔平楚開尊睥睨齊〕平，原本誤作「乎」。今改正。

送賀孝廉讀禮朝海東歸，寄懷賀知忍

十月梅花驛騎催，麻衣猶滯孝廉才。交親客向江南好，大士香傳海上來。半菊池臺秋色盡，繞天風木夜鴻哀。孤舟卻憶丹陽郭，羣從縱横日幾迴。

【箋】

〔賀知忍〕名學仁，以鄉貢謁選，授文華殿中書舍人。丹陽縣志卷一九有傳。其子世壽，字函伯，萬曆三十八年進士。

送伍念父武昌

省曾信宿不逢迎，半百同生好弟兄。洛下傳書千里色，衡陽歸夢十年情。江楓露滴綈袍重，楚客愁分遠樹輕。半屋青雲舊家口，審將官柳寄春晴。

再送念父遊鄂並問郭美命孟義甫

十年心事幾經過，一夕離尊可奈何。鴻鴈影寒天暮色，芙蓉秋盡水層波。通書近覺青雲少，別夢遥隨芳草多。零落侍臣湘楚盡，豈能無淚向煙蘿。

【箋】

〔郭美命〕名正域。江夏人。顯祖同年進士，官至禮部右侍郎，萬曆三十一年（一六〇三）乞休。明史卷二二六有傳。

〔孟義甫〕或指同年進士孟養浩。湖廣咸寧人。

【評】

沈際飛評「別夢」句云：「流活。」

懷袁中郎曹能始二美二首

雪灑燈殘衣上塵，十年雲卧憶情神。侵朝每借風霞色，後夜全開月露真。燕市交遊常病酒，江南詞賦易傷春。無奇一縣千巖裏，上客何由到此人。

每愛袁郎思欲飛，仍傳子建足天機。湘中歲月初投佩，江外雲山一染衣。雪唱曉風吹的皪，雨花秋水帶菲微。佳人遲暮難重會，腸斷溝頭匹馬歸。

【箋】

〔袁中郎〕名宏道。公安人。反對後七子甚力，與湯顯祖爲同調。顯祖長宏道十八歲，早九年成進士，其排擊王、李亦爲公安之先驅。

〔曹能始〕名學佺。侯官人。見列朝詩集小傳丁集下。

【評】

沈際飛評第二首「江外」句云：「佳句。」

寄孫子京並懷王悦之二首

滿眼春陽醉欲醺，宮亭迴鴈憶離羣。鍾丘幾過神靈雨，芳苑長開水樹雲。去住有情年事窘，山川無恙客愁分。江東弟子招何得，未肯魂銷一傍君。

奉常弟子最知名，絲竹傳經一倍清。自解風前留色笑，恰從雲外聽飛鳴。新春作夢江南好，故物懷悲川上盈。白髮王生推長者，可能重會漢公卿。

【箋】

〔宫亭〕鄱陽湖之南部。

〔鍾丘〕江西進賢。

相公木蘭軒

一春風雨半龍沙，鵲喜新晴報晚霞。水鏡題才新赴闕，天台擲賦舊名家。關梅出餞催鶯蚤，江草移帆掠燕斜。向後得陪東閣飲，思君長詠木蘭花。

【箋】

〔相公〕前相國張位。江西新建人。明史卷二一九有傳。

送周仰謙參知入關

西笑何因更入秦，一盃芳草醉留春。關中氣色催行旆，河上軍輪擁去塵。失路戲憐當路客，宦情偏滯道情人。相思雲壑堪誰老，珍重天涯況此身。

送石首王司理南康

千旌奕奕見時巡，五柳熏風入座新。雨過池亭邀上客，曲喧花鳥奏蕤賓。荆江漸北寒飛瀑，鶉火兼西夕照鄰。不爲劍光零落盡，移家星子欲相親。

送仲文使君東歸。使君每憐余瘦，念之

由來紫氣欲東還，豈有移文動北山。江上雲霞新祖帳，山中蘭菊舊追攀。三年字滅心難寄，五柳門虚卧欲關。再見莫憐消瘦盡，加餐那得向離顔。

【箋】

〔仲文〕姜士昌字，萬曆二十六（一五九八）至三十五年任江西參政。明史卷二三〇有傳。

【校】

〔題〕上海博物館藏手卷作「同張師相丁參知送仲文使君江東」。

徐生伯聚，生尊人光禄君以抗疏去官奉道，伯聚能世其家，喜爲贈此

曾奏鄉書躡紫氛，龍丘君長世人聞。齋居妙入莊嚴理，柱史名留光禄勳。獨悵山河回白首，總看公子入青雲。陶家紙筆渾無恙，俊骨能飛得似君。

送胡實美遊吴

一時才盡百年餘，千里心銷六月初。别淚隴雲新燕引，片帆江雨暮蟬疎。湘騷楚客收殘賦，耆舊吴門問索居。石闕題來知不忝，兼君能讀父藏書。

【箋】

〔胡實美〕名欽華。南昌人。顯祖友人孟弢胡汝焕之子。見南昌府志卷四四。

同相國爲嘿菴王孫壽

蕭史蕭峯拂紫煙，六旬六月啓初筵。心將一嘿觀玄祕，坐擁高談發後賢。朱户雅兼歌雪泛，青藜光並相星懸。江西亦有淮南操，長被薰風仰帝絃。

【箋】

〔相國〕指前内閣大學士張位，萬曆二十六年（一五九八）罷。